Don Juan Manuel (1282-1348) fue un destacado escritor en lengua castellana, célebre por su obra *El Conde Lucanor*, donde cultivó el género de los cuentos de carácter moral. A lo largo de su vida acumuló un importante número de títulos nobiliarios, además de ser el tutor de su sobrino, el rey Alfonso XI de Castilla. Su influencia política en la Corte fue, pues, decisiva hasta que decidió retirarse de la vida política pocos años antes de morir. Entre sus obras, principalmente de carácter didáctico, destacan los opúsculos *Crónica abreviada* (anterior a 1325), *Libro de la caza* (1325-1326), *Tratado de la Asunción de la Virgen* (posterior a 1335), *Libro infinido* o *Castigos a su hijo don Fernando* (1336-1337) y *Libro de las tres razones* (1345), y obras de más extensión como *Libro del cavallero e del escudero* (1326-1328), *Libro de los estados* (1330), además del ya citado *El Conde Lucanor* (1330-1335).

José Manuel Fradejas Rueda es catedrático de filología románica en la Universidad de Valladolid y un reconocido experto en lingüística y crítica textual. De su obra de investigación destaca la edición de *El Conde Lucanor* y de varios textos de caza medievales, entre los que se cuenta el *Libro de la caza* del mismo don Juan Manuel.

DON JUAN MANUEL

El Conde Lucanor

Edición de
JOSÉ MANUEL FRADEJAS RUEDA

PENGUIN CLÁSICOS

Papel certificado por el Forest Stewardship Council®

MIXTO
Papel procedente de
fuentes responsables
FSC® C117695

Penguin
Random House
Grupo Editorial

Serie «Clásicos comentados», dirigida por José María Díez Borque,
Catedrático de Literatura Española de la Universidad Complutense de Madrid

Primera edición en Penguin Clásicos: mayo de 2015
Cuarta reimpresión: noviembre de 2022

PENGUIN, el logo de Penguin y la imagen comercial asociada son marcas registradas
de Penguin Books Limited y se utilizan bajo licencia.

© 2002, José Manuel Fradejas Rueda, por la introducción, edición y actividades
© J. M. Ollero y Ramos Distribución, S. L., por la colección Clásicos comentados
© 2002, Penguin Random House Grupo Editorial, S. A. U.
Travessera de Gràcia, 47-49. 08021 Barcelona
Diseño de la cubierta: Penguin Random House Grupo Editorial
Ilustración de la cubierta: © Pepe Medina

Printed in Spain – Impreso en España

ISBN: 978-84-9105-026-1
Depósito legal: B-9.222-2015

Compuesto en M. I. Maquetación, S. L.
Impreso en Prodigitalk, S. L.

PG 2 5 9 6 B

ÍNDICE

Introducción

1. Perfiles de la época

La época de don Juan Manuel, finales del siglo XIII primera mitad del XIV es un período de tiempo de revueltas y grandes problemas políticos. En los reinos de Castilla y León, en 1284, muere Alfonso X y accede al trono el segundogénito, Sancho IV, lo cual suponía crear una fractura en el orden dinástico. Estos problemas dinásticos se continúan a lo largo de toda la época de don Juan Manuel pues los herederos de Sancho IV (1285-95), Fernando IV (1285-1312) y Alfonso XI (1311-50) sufrirían las consecuencias de las minorías y los regentes. La Reconquista apenas avanzó en esta época y en este sentido destaca la invasión de los benimerines en 1339 que fueron derrotados al año siguiente en la batalla del Salado, a pesar de lo poco que progresó el territorio recuperado, fue de vital importancia ya que permitió el dominio del Estrecho de Gibraltar y, por lo tanto, la vía de comunicación entre el Atlántico y el Mediterráneo. Por otra parte, el papado sufrió numerosos problemas debido a las intromisiones de la monarquía francesa, contra la que sostuvo una fuerte pugna Bonifacio VIII (1294-1303) y que desembocaría, tras la elección de Clemente V (1305-1314), en el traslado de la corte papal a la ciudad francesa de Aviñón, dando lugar al llamado Cautiverio de Aviñón (1309-1377). En Francia también se originó un agudo problema dinástico al extinguirse la dinastía de los Capetos y pretender el trono el rey inglés Eduardo II, lo cual inició la llamada Guerra de los Cien Años (1337-1453) que no sólo afectó a Francia e Inglaterra sino también a Castilla y Flandes. Mientras que la corona aragonesa inicia su expansión mediterránea con la dominación de las islas de Córcega (1323) y Cerdeña (1324) y la fundación del ducado catalán de Atenas (1326).

Debido a los problemas dinásticos habidos a la muerte de Alfonso X, se produce una especie de guerra civil en Castilla, que tendrá un resurgimiento cuando Sancho IV muera y deje el trono a su hijo Fernando IV, ya que se le consideraba ilegítimo al no haber tenido el matrimonio de Sancho IV y María de Molina la licencia papal. En este período surgen las Hermandades de la ciudades y concejos que se unen para defenderse de las pretensiones de los nobles. Es también una época de crisis económica pues la enorme expansión territorial de Castilla no estuvo acompañada por una adecuada repoblación y explotación de los espacios ocupados, además hubo una preponderacia de la ganadería sobre la agricultura lo que llevó a una escasez de alimentos lo cual tuvo dos consecuencias: unas fortísimas subidas de precios y hambrunas que también se vieron propiciadas por las adversas condiciones climáticas que predominaron durante el primer cuarto del siglo XIV, que produjeron enormes mortandades, y a esto se añade que en 1348 se inició la mayor plaga de peste negra, afeccción de la que moriría Alfonso XI en cerco de Gibraltar en 1350.

La época juanmanuelina desde el punto de vista cultural es floreciente, brillante. Surgen varias universidades como la de Alcalá de Henares (1293), Coimbra, Córdoba y Lérida (1301). Nacen grandes autores como Petrarca (1304), Boccaccio (1313), Pero López de Ayala (1332) o Geoffrey Chaucer (1340), y mueren otros como Dante Alighieri (1321) o el rey don Dinís (1325) y el pintor Giotto (1337). Es un período prolífico. Hacia 1292 aparecen los *Castigos e documentos del rey don Sancho* y la versión castellana de la *Gran Conquista de Ultramar* que cuenta la historia de las cruzadas; entorno a 1303 se concluye el *Libro del caballero Zifar* la primera novela de caballerías castellana y en 1343 Juan Ruiz finaliza su *Libro de Buen Amor*, en 1344 se escribe la *Crónica de 1344* y en 1348 Boccaccio inicia la composición del *Decamerón* y en Castilla aparece el *Poema de Alfonso XI*. La dinastía nazarí de Granada edifica la Alhambra. Es la época del gran médico Guido de Cauliaco.

2. CRONOLOGÍA

AÑO	AUTOR-OBRA	HECHOS HISTÓRICOS	HECHOS CULTURALES
1282	5 de mayo: nace don Juan Manuel en Escalona (Toledo).	Rebelión del infante Sancho, futuro rey, contra su padre, Alfonso X. Vísperas Sicilianas, Pedro III el Grande, rey de Aragón, proclamado rey de Sicilia.	
1283	Muere el infante don Manuel, su padre. Hereda el Adelantamiento de Murcia.		

AÑO	AUTOR-OBRA	HECHOS HISTÓRICOS	HECHOS CULTURALES
1284		Muere el rey Alfonso X, le sucede su hijo Sancho IV. Felipe IV el Hermoso rey de Francia.	
1285		Muere Pedro III de Aragón y le sucede Alfonso III el Liberal.	
1290	Muere su madre, Beatriz de Saboya.	Encuentro de Sancho IV y Felipe el Hermoso en Bayona; el rey francés se compromete a no ayudar a los infantes de la Cerda.	Fundación de la Universidad de Lisboa (más tarde se trasladadará a Coimbra).
1291		Muere Alfonso III de Aragón y le sucede Jaime II, con quien se inicia la expansión aragonesa por el Mediterráneo. Pérdida de San Juan de Acre en Tierra Santa.	
1292		Conquista de Tarifa; Guzmán el Bueno es el alcaide de la plaza.	Composición de los *Castigos y documentos del rey don Sancho* y la *Gran Conquista de Ultramar*.
1293			Sancho IV funda el Estudio alcalaíno siguiendo el modelo vallisoletano.
1294	Primera acción bélica de Juan Manuel, sus hombres derrotan a Iahazan Abenbucar Abenzayen. En septiembre recibe en Peñafiel a Sancho IV, su primo, muy enfermo. Poco después se entrevista en Madrid con él.		

AÑO	AUTOR-OBRA	HECHOS HISTÓRICOS	HECHOS CULTURALES
1295		Muere Sancho IV. Los seguidores de los infantes de la Cerda se organizan para usurpar la corona. Minoría de Fernando IV. Su madre, Mª de Molina es regente. Se ve envuelto en las rivalidades dinásticas.	
1296		Aragón comienza la toma de la zona fronteriza de Alicante con Murcia, gobernada por J. Manuel.	
1297		Tratado de Alcañices firmado entre María de Molina y Dinís de Portugal.	
1299	Contrae matrimonio con la infanta Isabel de Mallorca, matrimonio que había sido concertado por Sancho IV.	Aragón y Portugal guerrean contra Castilla.	
1300	Obtiene Alarcón a cambio de Elche, que había sido tomada por los aragoneses.		
1301	Muere la infanta Isabel, su esposa.	Fin de la minoría de Fernando IV.	Se crean las universidades de Córdoba y Lérida.
1302		Promulgación de la bula papal *Unam sanctam* contra Felipe el Hermoso, rey de Francia.	
1303	Se entrevista con Jaime II y concierta su matrimonio con doña Constancia, hija, de pocos años, de Jaime II, a quien toma por señor natural salvo en caso de guerra contra Castilla; le son devueltas Murcia, Elche y otros territorios. Fernando IV quiere asesinarlo.	Muere el infante don Enrique tío de Sancho IV.	Fecha aproximada para la composición del *Libro del caballero Zifar*.

AÑO	AUTOR-OBRA	HECHOS HISTÓRICOS	HECHOS CULTURALES
1304	Elche pasa definitivamente a Aragón, pero J. Manuel conserva Villena y cambia Alarcón (de Castilla) por Cartagena (de Aragón).	Pacto castellano-aragonés en Ágreda. Alfonso de la Cerda renuncia a sus supuestos derechos dinásticos y obtiene a cambio un inmenso señorío. Muere el papa Bonifacio VIII.	Nace Petrarca.
1306	En mayo se firman las capitulaciones matrimoniales con doña Constanza, niña de seis años, con la promesa de no consumar el matrimonio hasta que cumpla doce.		
1307		Llega de Roma la noticia de que Fernando IV debe confiscar todas las posesiones de los templarios.	
1308		Alianza castellano-aragonesa para continuar la Reconquista.	Traslado a Coimbra de la universidad que fundó don Dinís en Lisboa.
1309		Encuentro de Fernando IV y Jaime II en Ariza para concertar la campaña de Almería, asiste don Juan Manuel. Fernando IV toma Gibraltar. Muere Guzmán el Bueno. Traslado de la Santa Sede a Aviñón.	
1310	Juan Manuel y su tío, el infante don Juan, abandonan en Algeciras la campaña alegando desavenencias con el rey castellano. La empresa fracasa.		Nace Gil Álvarez de Albornoz.

AÑO	AUTOR-OBRA	HECHOS HISTÓRICOS	HECHOS CULTURALES
1311	Se casa con doña Constanza.	Nace Alfonso XI. Se fundan los condados aragoneses de Atenas y Neopatria.	Comienzan las obras de la Catedral de Gerona.
1312	Pierde el Adelantamiento de Murcia.	Muere Fernando IV. Nueva minoría real.	
1313	Es nombrado *mayordomo*.	En las Cortes de Palencia se logra una regencia compartida entre María de Molina, y los infantes don Juan y don Pedro.	Nace Boccaccio.
1314		Cortes de Burgos. Se organiza una Hermandad para defender las ciudades y las villas de los abusos de los nobles. Mueren el papa Clemente V y el rey Felipe IV de Francia. Fin de la Orden del Temple con la ejecución de Jacques Moley y otros dignatarios de la orden.	
1316			Muere Gil de Roma, autor del *De regimine principum*.
1318	Funda el convento dominico de Peñafiel.	Don Dinís funda, con las propiedades de los abolidos Templarios, la orden de Cristo.	
1319	Juan Manuel es corregente junto con María de Molina y el infante don Felipe, aunque Jaime II le había aconsejado que se ocupara él solo del reino.	Mueren los regentes don Pedro y don Juan. Anarquía general durante la crisis de 1319-25. Fundación de la orden de Montesa con los restos de la Orden del Temple aragonesa.	

AÑO	AUTOR-OBRA	HECHOS HISTÓRICOS	HECHOS CULTURALES
1320	Usa plenos poderes como tutor, para lo que se fabricó un sello real.		
1321	Alfonso XI obliga a don Juan Manuel a abandonar la regencia. Se concierta el matrimonio de su hija Constanza con el rey. Fuertes confrontaciones entre don Juan Manuel y su cuñado, el arzobispo de Toledo.	El papa Juan XXII envía un legado a Castilla para poner fin a las disputas nobiliarias. Muere María de Molina. La Castilla rural cae bajo el pillaje y el saqueo.	Muere Dante Alighieri.
1324		Se utiliza por primera vez la pólvora en Europa, en la ciudad francesa de Metz.	
1325	Reconciliación entre don Juan Manuel y el arzobispo de Toledo. Las cortes de Valladolid sancionan el matrimonio de Alfonso XI y Constanza Manuel. Ya está concluida la *Crónica abreviada*.	Mayoría de edad de Alfonso XI. Muere don Dinís, rey de Portugal, sube al trono Alfonso IV, el Bravo.	
1326	Don Juan Manuel vence a los musulmanes en Málaga. Escribe el *Libro del cavallero e del escudero* en Sevilla y ya ha debido de concluir el *Libro de la caza*.	Alfonso XI comienza a estabilizar la situación interna asesinando a Juan el Tuerto en Toro.	
1327	Muere doña Constanza, su esposa. Alfonso XI retiene en Toro a doña Constanza Manuel. Juan Manuel se desnatura del reino de Castilla y declara la guerra al rey buscando la alianza del rey de Granada. Hace las paces con el rey. Comienza la redacción del *Libro de los estados*.	Alfonso XI se casa con María de Portugal. Muere Jaime II, reina Aragón Alfonso IV el Benigno.	

AÑO	AUTOR-OBRA	HECHOS HISTÓRICOS	HECHOS CULTURALES
1328		Muere Carlos IV de Francia, con lo que se extingue la casa de los Capetos, y se entroniza la casa de Evreux.	
1329	Se casa en terceras nupcias con Blanca Núñez de Lara. Se aparta de la política hasta 1335.		
1330		Primeras invasiones turcas en Europa.	Primera redacción del *Libro de Buen Amor*.
1332	Nace Fernando, hijo de Juan Manuel. Finaliza el *Libro de los estados*.		Nace Pero López de Ayala.
1333		Caída de Gibraltar en manos de Mohamed IV de Granada. Llegada de un nuevo contingente musulmán a la península.	
1334	Alfonso XI ataca a don Juan Manuel por haberle negado su ayuda en el cerco de Gibraltar. Se declara súbdito del rey de Aragón, del que recibe el título de Príncipe de Villena.		Construcción del Generalife y ampliación de la Alhambra.
1335	12 de junio, concluye *El conde Lucanor*. Julio: deniega públicamente el homenaje a la corona castellana, aduciendo, en esta ocasión, que el rey impedía el matrimonio de su hija con Pedro de Portugal. El rey marcha para atacarle en Peñafiel, pero don Juan Manuel huye a Valencia.		

AÑO	AUTOR-OBRA	HECHOS HISTÓRICOS	HECHOS CULTURALES
1336		Nueva invasión de los benimerines.	
1337	Nueva avenencia entre Juan Manuel y el rey por intercesión de Juana Núñez "Palomilla". *c.* 1326-27 escribe el *Libro infinido.*	Alfonso XI pacifica finalmente el reino. Comienza la Guerra de los Cien Años entre Inglaterra y Francia.	Muere Giotto.
1340	Batalla del Salado y victoria de Alfonso XI. La participación de don Juan Manuel en la batalla del Salado es a la vez alabada y criticada.	Matrimonio de Constanza con Pedro de Portugal.	Nace Geoffrey Chaucer.
1342	Escribe el *Prólogo general* de sus obras. Después de este año escribe el *Tratado de la Asunción de la Virgen María.*	Se inicia el asedio de Algeciras, en el que participa Juan Manuel.	
1344		Caída de Algeciras; Juan Manuel, llevando la enseña de Castilla, encabeza el ejército cristiano.	Se escribe la *Crónica de 1344.*
1346		La artillería inglesa derrota a la caballería francesa en Crèzy, y los ingleses toman la ciudad de Calais.	
1347		Llega la peste bubónica a Gibraltar.	
1348	A finales del año, o principios de 1349, muere don Juan Manuel.		
1350	Leonor Guzmán, amante del rey, prepara el matrimonio de su hijo Enrique con Juana Manuel.	Viernes Santo: Alfonso XI muere de peste en el sitio de Gibraltar.	

AÑO	AUTOR-OBRA	HECHOS HISTÓRICOS	HECHOS CULTURALES
1367		Muere Pedro I de Portugal y le sucede su hijo Fernando, nieto de don Juan Manuel.	
1369		23 de marzo: asesinato de Pedro I el Cruel en Montiel. Juana Manuel es reina de Castilla tras la victoria de los Trastámara.	
1379		25 de julio: el nieto de Juan Manuel es coronado rey en Burgos; es el segundo rey de la casa de Trastámara y reina con el nombre de Juan I.	

3. Vida y obra de don Juan Manuel

3.1. Vida

Don Juan Manuel fue nieto de Fernando III el Santo, sobrino de Alfonso X el Sabio, primo de Sancho IV el Bravo, tío de Fernando IV el Emplazado, tutor de Alfonso XI el Batallador, padre de Constanza, que fue esposa de Enrique II, y de Juana Manuel, esposa de Pedro I de Portugal, y por último fue abuelo de Juan I de Castilla y Fernando I de Portugal, e incluso él mismo fue considerado rey en el reino de Murcia, ya que su padre y sus herederos habían recibido aquel señorío con la condición de que *"troxiessen su casa et su fazienda en manera de reys"* (I: 132) [1], aunque nunca utili-

---

[1] Las citas a las obras de don Juan Manuel se hacen de acuerdo con el texto editado por José Manuel Blecua en *Juan Manuel. Obras completas*. Madrid, Gredos, 1982. El número romano hace referencia al tomo y el arábigo a la página o páginas en las que se encuentra el pasaje citado.

zó dicho título, ni tampoco el muy difundido y erróneamente aplicado de infante, pues él no era hijo de rey, correspondiéndole, por el contrario, el de príncipe, por haberse casado con las princesas Isabel de Mallorca en 1299 y Constanza de Aragón en 1303, y también porque Alfonso IV de Aragón le nombró, de manera honorífica, Príncipe de Villena, título que luego trocaría don Juan Manuel por el de duque, por considerarlo de mayor categoría.

Nació un martes cinco de mayo de 1282 en el pueblo toledano de Escalona, a orillas del río Alberche. Fueron sus padres el infante don Manuel, hijo menor de Fernando III, y doña Beatriz de Saboya, hija de Amadeo IV. Dieciocho meses después, en 1284, murió su padre y en 1290, cuando apenas contaba ocho años, su madre, que se había encargado de su educación.

Al contrario que otros autores de la época –Juan Ruiz–, él mismo nos ha legado multitud de datos y hechos de su vida. La primera acción bélica en la que se vio envuelto ocurrió cuando no tenía nada más que doce años, cuando el rey le envió "a tener frontera con los moros" en el reino de Murcia, hecho en el que sus hombres vencieron a Iahazan Abenbucar Abenzayen, aunque al jovencísimo don Juan Manuel lo dejaron a buen recaudo en la ciudad de Murcia, según cuenta en el *Libro de las armas* "ca se non atrevieron a me meter en ningún peligro porque era tan moço" (I: 135).

En septiembre de 1294 recibió, según el *Libro de las armas*, a su primo el rey Sancho IV el Bravo en Peñafiel, villa y castillo que le regalara don Sancho cuando nació, y poco más tarde le visitó en Madrid cuando el rey estaba ya moribundo, teniendo lugar la célebre conversación de la que nos da una recreación personal en dicha obra.

A consecuencia de la muerte en 1275 de don Fernando de la Cerda, primogénito y heredero de Alfonso X, se vio envuelto en las luchas dinásticas puesto que Alfonso III de Aragón había reconocido como rey de Castilla a Alfonso de la Cerda, hijo mayor de don Fernando, el cual le dio como pago de su protección el reino de Murcia, del que era Adelantado don Juan Manuel al haber muerto su padre; y como Jaime II, después de la toma de Tarifa (1292), renoció también los derechos dinásticos de Alfonso de la Cerda, no es de extrañar que don Juan Manuel estuviese preocupado por estos problemas dinásticos, sobre todo cuando él y su padre fueron siempre partidarios de Sancho IV. Por eso, cuando Jaime II alegó sus derechos sobre Murcia, don Juan Manuel perdió Elche, por lo que exigió a la reina doña María de Molina que le entregase a cambio Alarcón.

En 1299 se casó con la infanta Isabel de Mallorca, que murió dos años después. En mayo de 1303 se entrevistó con el rey Jaime II para solventar sus problemas sobre Elche y hablarle de la política castellana. Como deseaba estar a bien con el rey aragonés, le pidió como esposa a su hija Constanza, que aún era muy niña, a lo que accedió Jaime II, lo cual le obligaba a defender a don Juan Manuel de sus enemigos y éste le aceptaba como rey de Murcia y señor natural, excepto en caso de haber guerra contra Castilla, que entonces permanecería neutral. No es de extrañar, pues, que Fernando IV quisiera matarlo, según supo don Juan Manuel por medio de un emisario del rey de Aragón.

En 1304, en Ágreda, se firmó la paz entre Castilla y Aragón, con lo que Elche quedó definitivamente incorporada a la corona aragonesa, con las protestas de don Juan Manuel, que conservó Villena y cambió Alarcón por Cartagena. Dos años más tarde firmó las capitulaciones matrimoniales con Constanza, de seis años aún, prometiendo llevarla al Alcázar de Villena y no consumar el matrimonio hasta que ella cumpliese los doce años. En 1309 asistió al encuentro de Ariza entre Fernando IV y Jaime II, donde se organizó la campaña de Almería. Juan Manuel y su primo hermano, el infante don Juan, hermano menor de Sancho IV, no fueron muy partidarios de este proyecto y a principios de 1310 abandonaron la lucha. Esto hizo que la guerra fracasara y ambos Juanes anduvieran vagando por el reino de León, temerosos del rey castellano, aunque pronto se avinieron con él. El 3 de abril de 1311, en Valencia, se casó definitivamente con doña Constanza, y en el castillo de Garcimuñoz recibió la noticia de la muerte de Fernando IV, acaecida el 7 de septiembre de ese mismo año, con lo que sus problemas comenzaron de nuevo, pues el sucesor de la corona, Alfonso XI, apenas contaba con trece meses de vida.

Los tutores del rey Alfonso XI, los infantes don Pedro y don Juan, le quitaron el Adelantamiento de Murcia, pues los murcianos no le querían. Tras la muerte de ambos, acaecida en 1319, don Juan Manuel llegó a ser corregente junto con doña María de Molina y el infante don Felipe, tío de Alfonso XI, y como tal intervino activamente en los negocios castellanos, actuando con cierta brutalidad, sobre todo a partir de la muerte de doña María de Molina, acaecida el 30 de junio de 1321, por lo que el propio Alfonso XI le obligó a declinar la regencia. En este momento se le plantea un nuevo y duro problema a don Juan Manuel, que le acarreó no pocos disgustos, pues el rey, que entonces contaba quince años de edad, le pidió por esposa a su hija Constanza, pero el matrimonio no se llegó a realizar a pesar de que fue sancionado por las Cortes de Valladolid de 1325, y el rey llegó, incluso, a retener a doña Constanza en Toro como rehén. Así, en 1327, año en el que murió su mujer, doña Constanza, se desnaturó del reino de Castilla y le declaró la guerra a Alfonso XI, para lo que pidió ayuda a los moros de Granada en una carta que interceptó el rey. Finalmente llegó a un acuerdo con Alfonso el Batallador por el cual conservaba todos sus privilegios y se le devolvía el Adelantamiento del reino de Murcia. A esta época se refiere el propio don Juan Manuel en el *Libro de los estados* como "doloroso et triste tiempo" (I: 208). En el año 1329 se casó en terceras nupcias con doña Blanca Núñez de Lara, hija de Juana Núñez y el hijo del primer Fernando de la Cerda. De este matrimonio nació, en 1332, don Fernando, su primogénito, para quien escribiría años más tarde el *Libro infinido*.

Entre 1329 y 1335 tuvo un período de gran actividad literaria y un relativo alejamiento de la política y las luchas. A pesar de ello tuvo un nuevo enfrentamiento con el rey Alfonso XI ya que no quiso ayudarle en el sitio de Gibraltar. Así, en 1334, el rey marchó desde Sevilla contra don Juan Manuel y su cuñado Juan Núñez; este hecho le obligó a visitar al rey de Aragón, al que confió sus temores y deseos de seguir en paz con el rey de Castilla. En 1336 se volvió a desnaturar, alegando, entre otros motivos, que Alfonso XI tenía presa a su hija Constanza y que no la dejaba partir para que se casase con el infante don Pedro, hijo de Alfonso IV de Portugal, por lo cual el rey marchó hacia Peñafiel y don Juan Manuel se vio obligado a refugiarse en Valencia, aunque al año siguiente se avinieron de nuevo por medio de un acuerdo firmado en Madrid y participaría, junto a Alfonso XI, en la batalla del Salado y en la toma de Algeciras (1340), sin embargo, la *Crónica de Alfonso XI* (cap. xxv) le acusa de cobardía. Poco tiempo después encontramos a nuestro autor en el castillo de Garcimuñoz arreglando el matrimonio de su hijo Fernando con una hija de don Ramón Berenguer.

Tuvo algunos años de relativa calma, los cuales pasó normalmente en Murcia y murió a finales de 1348 o principios de 1349. Fue enterrado, de acuerdo con las instrucciones de su testamento "en el mi alcáçar en la eglesia nueva ante el altar mayor", o lo que es lo mismo, ante el altar mayor del convento dominico de Peñafiel que fundó en 1318, en donde también enterraron a su esposa doña Constanza y al que confió la custodia de sus obras para que nadie le imputara errores debidos a la impericia de los copistas.

3.2. Obra

Don Juan Manuel es uno de los primeros autores españoles que presenta una clara conciencia de escritor, y que además se preocupó por la transmisión de su obra:

> «...don Johan ruega a los que leyeren cualquier libro que fuere trasladado del que él compuso, o de libros que él fizo, que si fallaren alguna palabra mal puesta, que non pongan la culpa en él, fasta que vean el libro mismo que don Johan fizo, que es emendado, en muchos logares, de su letra...»

A pesar de esta preocupación, el códice con sus obras completas, corregido por él mismo, que depositó en el convento de Peñafiel, se ha perdido.

Nos han llegado varias copias de sus obras, algunas incompletas y no muy bien copiadas. Sabemos qué obras compuso y cuáles se han perdido, porque el mismo don Juan Manuel nos ha legado dos listas de ellas: una, la más extensa, en el *Prólogo General* y otra en el anteprólogo a *El Conde Luca-*

nor, pieza que para algunos es, cuando menos, misteriosa (Ayerbe-Chaux 1983: 8). La cosa se complica con una tercera lista presentada por Gonzalo Argote de Molina, primer editor de *El Conde Lucanor* (Sevilla, 1575):

Prólogo general	Conde Lucanor	Argote de Molina
Libro de las armas	*Crónica abreviada*	*Chrónica de España*
Castigos y consejos a su hijo	*Libro de los sabios*	*Libro de los sabios*
Libro de los estados	*Libro de la cavallería*	*Libro del cavallero*
Libro del cavallero e del escudero	*Libro del infante*	*Libro del escudero*
Libro de la cavallería	*Libro del cavallero e del escudero*	*Libro del infante*
Crónica abreviada	*Libro del Conde*	*Libro de los cavalleros*
Crónica complida	*Libro de la caza*	*Libro de la caza*
Libro de los engeños	*Libro de los engeños*	*Libro de los engaños*
Libro de la caza	*Libro de los cantares*	*Libro de los cantares*
Libro de las cantigas		*Libro de los exemplos*
Reglas de trovar		*Libro de los consejos.*

Pero no todos los libros que se citan en estas tres listas se han conservado y, por otra parte, los títulos que ofrece cada una de ellas no son idénticos, como es el caso del *Libro del infante* y el *Libro de los estados*, o que en la de Argote de Molina el *Libro del cavallero e del escudero* se encuentra como dos obras diferentes –*Libro del cavallero* y *Libro del escudero*–. A todos esos títulos habría que añadir el *Tratado de la asunción de la Virgen María*.

Establecer una cronología de sus escritos no es sencillo. Algunos libros dan unas fechas, que si bien no sirven para datar todas sus obras, sí al menos permiten situar en el tiempo las más importantes. El *Libro de los estados* y *El Conde Lucanor* están fechados en 1332 y 1335 respectivamente. Además, don Juan cita en el *Libro del cavallero e del escudero* el *Libro de la caballería,* y de éste ofrece algunos pasajes en el *Libro de los estados,* y así mismo menciona el *Libro de los estados* en *El Conde Lucanor* y estos dos, a su vez, los cita en el *Libro infinido.* Hagamos una lista más clara de esto:

	Libro de la caballería
	Libro del caballero y del escudero
1332	*Libro de los estados*
1335	*El Conde Lucanor*
	Libro infinido

Las demás obras son más difíciles de ubicar en el tiempo y, por lo tanto, de ordenar. Lo que está claro es que todas las que se mencionan en el prólogo a *El Conde Lucanor* deben de ser anteriores a 1335, y las que añade en el *Prólogo general* son posteriores, y más tardío, incluso, es el *Tratado de la Asunción de la Virgen María,* ya que no se encuentra en el *Prólogo general.* Una cronología estimativa sería la siguiente:

a. 1325	*Crónica abreviada*
h. 1325	*Libro de la caza*
1326-28	*Libro del cavallero e del escudero*
1332	*Libro de los estados*
1335	*El Conde Lucanor*
1336-37	*Libro infinido*
1342	*Libro de las armas*
d. 1342	*Tratado de la asunción de la Virgen María*

Algunas de las obras perdidas no lo están por completo, ya que don Juan Manuel incluyó algunos fragmentos en otras. Así sucede, por ejemplo, con el *Libro de la caballería,* del que encontramos pasajes incorporados al *Libro del cava-*

llero e del escudero, lo cual permite fecharla antes de este, hacia 1326. Las demás obras perdidas es imposible situarlas cronológicamente.

Las obras que se han conservado tienen un interés muy distinto, unas son importantes por sus datos autobiográficos —como es el caso del *Libro infinido* o el *Libro de las armas*—, otras por su contenido literario, especialmente *El Conde Lucanor,* aunque también encierra algunos datos biográficos. Esto es un rasgo muy particular de don Juan Manuel: prefiere aparecer él mismo en sus obras en vez de recurrir a las pedantes citas clásicas de las que tanto gustaban otros autores de la época, así, en el *Libro infinido* dice "por ende asmé de componer este tractado que tracta de cosas que yo mismo probé en mí mismo e en mi fazienda e vi que contesçió a otros, de las que yo fiz e vi fazer, e me fallé dellas bien e yo e los otros porque sepa por este libro cuáles son las cosas que yo probé e vi" (I: 147), aunque eso no le impide mencionar, de vez en cuando, alguna sesuda autoridad como el *De regimine principum* de Gil de Roma (I: 159).

Su producción se suele dividir en tres etapas cronológicas. La primera, que abarcaría tres obras, está constituida por la *Crónica abreviada*, el *Libro de la caza* y el perdido *Libro de la caballería*. Esta primera época se ha establecido en virtud de su fuerte vinculación con la tradición alfonsí, en la que imitaría los modelos genéricos de su tío, el rey Sabio: el historiográfico —*Crónica*—, el jurídico —*caballería*— y el cinegético —*caza*—.

Las otras dos etapas, por el contrario, son las del alejamiento del linaje alfonsí y exaltación del suyo propio. Sus obras tratarán de mostrar el prestigio y el poder que le corresponde a su linaje y que le han sido negados (Serés 1994: XLVI).

La segunda etapa es la época más productiva y de mayor calado; es cuando compone sus obras maestras, y coincide con el período más tumultuoso de su vida, de 1327 a 1337, es la década de las desavenencias con el rey Alfonso XI. Este fecundo y tempestivo espacio temporal se inicia con el *Libro del cavallero e del escudero* y se cierra con la primera parte del *Libro infinido*, y entre medias surgen el *Libro de los estados*, *El Conde Lucanor* y el perdido *Libro de los engeños*.

La tercera y última etapa literaria es la de la finalización del *Libro infinido*, del *Libro de las armas* –o *de las tres razones*– y el, también, perdido *Libro de las reglas de cómo se deve trovar*, que habría sido el más antiguo tratado de poética castellano. Cierra este período el *Tratado de la asunción de la Virgen María*.

Las obras de don Juan Manuel, al igual que se han podido dividir en tres épocas de creación, se pueden dividir en cuatro bloques temáticos, aunque muy bien se podrían reducir a tres, pero que no coinciden con la división temporal y que se presentan ordenados en la lista que se encuentra en el Prólogo general. El primer bloque lo constituyen los llamados tratados familiares o biográficos –*Libro de las armas* y *Libro infinido*–, en los que o bien afirma el futuro de su hijo –*infinido*– o manipula el pasado a su conveniencia –*de las armas*–; el segundo es el de las obras para la formación del caballero –*Libro de los estados*, *Libro del cavallero e del escudero*, *Libro de la caballería* y *El Conde Lucanor*–; el tercero sería el de las obras de carácter histórico –*Crónica abreviada* y la perdida *Crónica complida*–; el cuarto y último sería lo que Serés (1994: xxxv) llama "obras técnicas o de artes particulares" y comprendería el *Libro de los engeños* –máquinas de guerra–, el *Libro de la caza*, el *Libro de las can-*

tigas y el *Libro de las reglas de cómo se deve trovar*. Sin embargo, las obras que constituyen este cuarto bloque bien pueden incluirse en el de las obras para la formación del caballero, pues la caza era un elemento fundamental de la formación del caballero, así lo expresa el mismo don Juan Manuel en el *Libro de los estados*, y, si entendemos el *Libro de las cantigas* y las *Reglas de trovar* como los libros de "lectura" que debe atender el joven caballero, entonces se pueden incluir, como he dicho, en el grupo de la formación del caballero, el más importante y extenso de la obra juanmanuelina. Germán Orduna (1972: 24) fue más lejos al considerar que toda la producción juanmanuelina, con excepción del *Tratado de la asunción de la Virgen María*, trata de todo lo que un joven noble debía aprender.

Veamos, un breve resumen argumental de cada una de las obras conservadas y una ligera aproximación a las perdidas.

Crónica abreviada

Es un resumen, capítulo por capítulo, de la *Primera crónica general* que compuso Alfonso X. Es la única obra de don Juan Manuel que no se encuentra en el códice *S* (= ms. 6376 de la Biblioteca Nacional de Madrid), que es en el que se nos ha transmitido su *opera omnia*.

Libro de la caza

En esta obra también sigue la tradición alfonsí, y es donde expresa su gran admiración y elogio a Alfonso X, al que dice seguir; sin embargo, parece seguir más bien el *De arte venandi cum avibus* de Federico II. Es la obra que menor interés literario tiene, puesto que la materia, cómo cuidar, entrenar, curar y cazar con halcones, no se presta a grandes lucimientos estilísticos, pero a pesar de ello presenta una gran agilidad con el lenguaje al relatar algunas de sus experiencias cinegéticas. En esta obra vemos un matiz muy curioso de su personalidad: era un gran bromista con los cazadores novatos cuando éstos no conocían el lugar. Esta obra nos ha llegado incompleta y plagada de errores; es muy posible que don Juan Manuel no llegara a completar el plan inicial, pues menciona otras partes –caza con azores y montería– de las que no hay ni datos ni indicios.

Libro del cavallero e del escudero

Según cuenta el mismo don Juan Manuel en el prólogo, lo escribió en unas noches sevillanas de insomnio (1326) y que imita otro libro: "...fiz este libro en que puse cosas que fallé en un libro" (I: 40). El libro en el que se basó don Juan Manuel, aunque no lo dice, es el *Llibre del orde de la cavaylería* de Raimundo Lulio. La trama argumental de ambas obras es la misma: un rey convoca cortes y un joven escudero decide asistir a ellas. Por el camino encuentra a un caballero anciano; el escudero pasa algún tiempo con él, preguntándole todo lo que se le ocurre sobre lo divino y lo humano. Lo que distingue esta obra de la de Raimundo Lulio es que don Juan Manuel no solo habla de las cosas relativas a la caballería, sino que el anciano caballero explica al escudero muchos más temas: qué "cosa" es Dios, qué son los cielos, el "homne", las "bestias"… Se ha conservado de manera incompleta, pues falta desde el final del capítulo III hasta los inicios del XVI.

Libro de los estados

Está dedicado a su cuñado don Juan, arzobispo de Toledo, y "fabla de las leyes e de los estados en que viven los homnes, e ha nombre *Libro del infante* o el *Libro de los esta-*

dos" (I: 195). Este doble título apunta, por un lado, al contenido novelesco de la obra, que trata del infante Johas, de ahí el título *Libro del infante*, y por otro, al didáctico, que se centra en la posibilidad de que todos los hombres, independientemente de su estado –por eso *Libro de los estados*–, pueden salvar sus almas; sin embargo, hay quienes ven en esta doble titulación y en algunos desajustes cronológicos que se observan en el primer libro, que la composición de la obra no fue lineal, sino que compuso el primer libro entre 1326-27 y que lo revisó en el bienio de 1329-30, que es cuando redactó toda la segunda parte.

La fuente de la trama novelesca, que es muy tenue –Johas, hijo del rey Morabán, recibe una educación en la que se le oculta el dolor y la muerte, pero al descubrir un hombre "finado" y preguntarle por ello a Turín, su maestro, descubre la insuficiencia de las explicaciones de Turín, las cuales se verán completadas por Julio, un sabio cristiano, quien acabará convirtiendo al cristianismo a Johas, Morabán y a Turín–, es el *Baarlam y Josafat*, pero los tres encuentros de esta obra –el ciego, el leproso y el viejo decrépito– quedan reducidos a uno, con el hombre finado.

La parte didáctica responde a la pregunta de Johas de cuál es el mejor estado para salvar el alma, ya que los hombres pueden ser desde emperadores a humildes siervos. Julio le responde que cualquier estado es bueno si se vive de acuerdo con la ley cristiana y, a partir de ese momento, pasa revista a todos los estados posibles y a las obligaciones que conlleva cada uno de ellos, y éstos son tres: oradores, defensores y labradores. Es el único tratado de la baja Edad Media destinado específicamente a estudiar la estructura social, de ahí que Gómez Redondo (1987: 27) diga que "es un tratado completo de teoría social en el que se pretende coordinar la vida mundana con su sentido religioso".

El libro es un largo diálogo, y así lo advierte el mismo don Juan Manuel: "Compús este libro en manera de preguntas et respuestas que fazían entre sí un rey et un infante, su fijo, et un cavallero que crió al infante et un filósofo" (I: 208). En esta obra es donde se da el mayor número de autocitas de don Juan Manuel.

Libro infinido

En esta obra, titulada también *Castigos a su hijo don Fernando,* lo que hace es aconsejar a su hijo Fernando, nacido de su tercer matrimonio, en un estilo breve, ágil y claro en el que abandona el procedimiento de pregunta-respuesta que utiliza en las obras anteriores a favor de un discurso directo, cuyos capítulos se inician siempre con el vocativo "Fijo don Ferrando". Es un ejemplo de la amplia tradición de libros de consejos –*castigos*– y regimientos de príncipes, no en vano cita el más famoso y difundido de todos, el *De regimine principum* de Gil de Roma, pero no se parece a ninguna otra obra por el simple motivo que no recurre a los consabidos "ejemplos" sino a sus propias experiencias.

Libro de las armas

Al igual que el libro anterior, esta obra tampoco tiene paralelo con ningún otro libro de la época, ni por el contenido ni por la forma. En el prólogo explica de qué trata: "...la razón porque fueron dadas al infante don Manuel, mio padre, estas armas, que son alas e leones, e por que yo e mio fijo, legítimo heredero, e los herederos del mi linaje podemos fazer caballeros non lo seyendo nos, e de la fabla que fizo conmigo el rey don Sancho en Madrit, ante de su muerte" (I: 121).

Pero no se queda en estas explicaciones sino que ofrece unas vivísimas memorias cuyo fin son enaltecer su persona y su linaje. También se conoce como el *Libro de las tres razones*, debido a que se estructura a lo largo de tres razones – "razón porque fueron dadas al infante don Manuel", "razón por que podemos fazer caballeros non lo seyendo nos" y "razón de la fabla que fizo conmigo el rey don Sancho"– en los que *razona*, con todo tipo de pruebas, la superioridad de su linaje, que se remonta directamente a Fernando III mientras que el de Sancho, del que desciende Alfonso XI está maldito. En esta obra es en la que la intención política está más clara.

Tratado de la Asunçión de la Virgen

Parece ser que ésta fue la última obra que escribió, ya que no se cita en ninguno de los dos prólogos y, habida cuenta que el prólogo general está redactado en 1342, es de suponer que es posterior a este año. Está dedicada a fray Ramón Masquefa, prior del convento de dominicos de Peñafiel, y su fin era explicar los motivos para que nadie dude que "Sancta María non sea en el çielo en cuerpo e en alma", pero como el tratado está destinado para las personas letradas pero no avezadas en teología utiliza argumentos racionales y no teológicos. Es curiosa su similitud con la Cantiga 419 de Alfonso X –"Esta .ix. é da vigilia de Santa Maria d'Agosto, como ela passou deste mundo e foi levada ao çeo"– y el Misterio de Elche.

De las obras perdidas apenas si podemos especular sobre su contenido. El llamado *Libro de los sabios*, según Ayerbe-Chaux (1983: 9) puede encontrarse incorporado en *El Conde Lucanor*, así mismo, aventura que el *Libro de los cantares* o *Libro de las cantigas* "pudo ser una recopilación o selección de las *Cantigas de Nuestra Señora Santa María*, de Alfonso el Sabio" (1983: 10). El *Libro de los engeños* debió de ser un tratado de arte militar, especialmente de máquinas de guerra; el *Libro de las reglas de cómo se deve trovar* podría tratarse de un tratado de poética y la *Crónica complida* habría sido una versión amplia de la *Crónica abreviada*.

4. *El Conde Lucanor*

Don Juan Manuel se refiere a esta obra con varios títulos: *Libro de los enxiemplos del Conde Lucanor e de Patronio, Libro del Conde, Libro de Patronio, Libro de los enxiemplos.* De todos ellos parece ser que prefería el primero, aunque desde que en 1575 Argote de Molina publicara la *editio princeps* se ha conocido normalmente con el de *El Conde Lucanor*.

Fue acabado, según declara el colofón, "en Salmerón, lunes XII días de junio, era de mil e CCC e LXX e tres años", es decir en el año 1373 de la era española, que se inició 38 años antes que la era cristiana y, por tanto, corresponde al año 1335.

Se conoce por medio de cinco manuscritos distintos (*S* –ms. 6376 de la Biblioteca Nacional de Madrid, de finales del siglo XIV–; *P* –ms. 15 de la Real Academia Española, también conocido como de Puñonrostro, de principios del siglo XV–; *H* –ms. 9/5893/E-78 de la Real Academia de la Historia, de mediados del siglo XV–; *M* –ms. 4236 de la Biblioteca Nacional de Madrid, de la segunda mitad del siglo XV– y *G* –ms. 18415 de la Biblioteca Nacional de Madrid, de mediados del siglo XVI; se le designa como el ms. *G* ya que su último propietario conocido antes de pasar a formar parte de la Biblioteca Nacional fue don Pascual de Gayangos–, pero sólo dos de ellos están completos (*S* y *G*), ya que en los otros tres (*H*, *M* y *P*) falta el *Libro de los proverbios* y en todos ellos, salvo *S*, falta algún que otro *exemplo* o están incompletos o desordenados. Hay que añadir un sexto testimonio, la *editio princeps* publicada por Argote de Molina, que se designa con la letra *A*, que tampoco contiene una versión completa de la obra, pues presenta el prólogo y 49 exemplos, carece del anteprólogo, los *exemplos* 28 y 51 y el *Libro de los proverbios*.

A esta breve, pero larga lista de testimonios, habría que añadir unos cuantos manuscritos de los que se ha tenido constancia pero que están perdidos o, en el mejor de los casos, en paradero desconocido. Argote de Molina dice que para su edición hizo uso de tres manuscritos –según parece uno de ellos debió de ser muy parecido a *G*– y don Bartolomé José Gallardo perdió en Cádiz, en 1823, otros tres manuscritos de *El Conde Lucanor*. A ellos habría que añadir el que en la corte de João I de Portugal (1357-1433) debió de existir otra copia de la que el rey luso pudo extraer la cita que hace de los *viessos* del *exemplo* XXI en su *Livro da montaria*: "Ca falando o conde Lucanor do castigo dos moços fidalgos, pos en seu exemplo, e disse, nom castigues moço mal tragendo, mas dilhe com que lhe uaa prazendo" (Esteves Pereira 1918: 68-69). Todo esto habla de la gran difusión que esta obra ha gozado, aunque no sería apreciada en toda su grandeza hasta que la publicara Argote de Molina, versión por medio de la cual fue leída por algunos de los grandes autores del Siglo de Oro como Cervantes, Lope de Vega, Calderón, Quevedo y, de entre todos ellos, Gracián.

Según parece, don Juan Manuel compuso primero los cincuenta (y un) *exemplos*, los cuales tuvieron vida independiente y en una revisión posterior, a petición de Jaime de Jérica, añadió las restantes partes de la obra, la cual está constituida por dos prólogos, los cincuenta (y un) *exemplos* y las partes finales en cuyo número –de dos a cuatro– no se ponen de acuerdo los investigadores (véase III. 1. 2) y que son el "Razonamiento que faze don Johan por amor de don Jaime de Xérica" que contiene 98 proverbios y sentencias, a lo que sigue una excusación de Patronio al conde Lucanor y 49 proverbios y sentencias más un razonamiento de Patronio al conde Lucanor, lo que precede a otros 29 proverbios y, por último, un largo discurso doctrinal.

Estos añadidos de don Juan Manuel se encuentran separados entre ellos por dos medios: el empleo de tres fórmulas didácticas distintas: el *exemplo*, los proverbios y la exposición doctrinal y por otra parte por las intervenciones del mismo don Juan Manuel y de los personajes principales, el Conde Lucanor y Patronio, que con sus diálogos marcan el fin de una sección y el comienzo de la siguiente.

De todas las partes que constituyen *El Conde Lucanor* en esta edición sólo nos ocuparemos de la parte central o primer libro, constituido por los dos prólogos y los cincuenta (y un) *exemplos* (véase el análisis en el apartado III).

5. Opiniones sobre la obra

«Estando el año pasado en la corte de Su Majestad vino a mis manos este libro del *Conde Lucanor,* que por ser de autor tan ilustre me aficioné a leerle, y comencé luego a hallar en él un gusto de la propiedad y antigüedad de la lengua castellana, que me obligó a comunicarlo a los ingenios curiosos y aficionados a las cosas de su nación, porque juzgaba ser cosa indigna que un príncipe tan discreto y cortesano, y de la mejor lengua de aquel tiempo, anduviese en tan pocas manos.

Allende que en este libro no solamente se hallará lengua, más juntamente con esto doctrina de obras y de buenas costumbres y muy cuerdos consejos con que cada uno se puede gobernar, según su estado.»

(Gonzalo Argote de Molina, en el prólogo de su edición de *El Conde Lucanor,* Sevilla, Hernando Díaz, 1575, fol. a 4)

«Explícanse algunas veces estos paradoxos dictámenes por una ingeniosa y gustosa ficción: hállanse muchos partos de grandes ingenios: el que fue inventivo, prudente y muy razonado fue el excelentísimo príncipe don Manuel y nieto del rey don Fernando el Santo. Este sabio príncipe puso la moral enseñanza de la prudencia y de la sagacidad en algunas historias, parte verdaderas, parte fingidas, y compuso aquel erudito, magistral y entretenido libro intitulado el *Conde Lucanor,* digno de la librería Déllica.»

(Baltasar Gracián, *Agudeza y arte de ingenio,* discurso XXIII, en *Obras de Lorenzo Gracián,* Barcelona, Jaime Suriá, II, p. 133)

«Trae muchos muy ingeniosos el excelentísimo don Juan Manuel en su nunca bien apreciado libro del *Conde Lucanor,* en que reduxo la filosofía moral a gustosísimos cuentos; bástale para encomio haberlo ilustrado con notas y advertencias e impreso modernamente Gonzalo Argote de Molina, varón insigne en noticias, erudición, historia y de profundo juicio.»

(Ibíd., discurso XXVII, p. 162)

«Esta obrita con el título de *Conde Lucanor,* donde el autor, debajo de una preciosa fábula moral, enseña a los hombres el acierto y buen orden de vivir, con muy cuerdos consejos y ejemplos de obras y costumbres, es la que nos proponemos por muestra del lenguaje más culto y puro de aquel tiempo (corriendo los años 1327). Ciertamente no pueden dejar de aficionar a su lectura la propiedad y ancianidad de su locución: además que el autor mezcla felizmente lo dulce con lo provechoso, suavizando la rigidez de la doctrina con la narración de graciosos cuentos y casos notables.»

(A. de Capmany y Montpalau, *Teatro histórico-crítico de la Elocuencia española,* Madrid, Sancha, 1766-94, I pp. 33-34)

«Me parece que el *Conde Lucanor* es un libro no menos digno de atención en lo que respecta a la historia de la literatura que el *Decamerón* y los *Canterbury Tales,* y que será apreciado en lo debido si se le considera respecto a su origen y a sus relaciones con las demás obras de esta forma. Es innegable que por la seriedad y dignidad de la exposición, por la subordinación del todo al fin principal de la enseñanza y el adorno del entendimiento también a este fin enderezado, por su sentido sentencioso y la tendencia estrechamente moral, se atiene muy de cerca a los modelos orientales, y singularmente a las ya en época muy temprana traducidas al español, *Fábulas de Bidpai (Hitopadeza).*»

(F. J. Wolf, *Historia de las literaturas castellana y portuguesa,* trad. de M. de Unamuno, Madrid, 1895, I p. 105-06)

«En casi todos (los cuentos) vemos la vasta experiencia y el seso de un hombre de mundo (tal cual entonces existía el mundo); la observación fría y sagaz de un filósofo que conocía bien el corazón humano, y había sufrido demasiado tratando con él para conservar las ilusiones engañosas de la juventud.

Sin duda el *Conde Lucanor* se escribió en algún intervalo feliz, robado al estrépito y alboroto de los campos de batalla, a las intrigas de la corte y a los crímenes de la rebelión, cuando la experiencia de una larga vida, sus aventuras y pasiones habían pasado, y estaban ya demasiado lejos para excitar sus sentimientos personales, aunque al mismo tiempo tan fuertemente grabadas en su memoria, que pudo presentar con toda sencillez y candor sus resultados en esta serie de cuentos y anécdotas, llenos de la originalidad de aquel siglo, y que ofrecen una especie de filosofía caballeresca y sabia honradez que podrían honrar a cualquiera otro siglo de más adelantamiento y civilización.»

(J. Ticknor, *Historia de la literatura española*, trad. de Pascual de Gayangos y Antonio Vedia, Madrid, 1851, I pp. 80-81)

«Necesario sería copiar todo el libro para apreciar dignamente la madurez de juicio y sana intención, la ciencia de las cosas del mundo y el conocimiento del corazón humano que en él manifestó don Juan Manuel, abundando en todos sus cuadros las mismas galas literarias que exornan los apólogos transcritos. Bastan éstos, no obstante, para advertir cómo obedeciendo al mismo impulso civilizador que movió la pluma del Arcipreste de Hita, dio el prócer castellano al arte didáctico-simbólico la perfección posible en aquellos días, encaminándolo a un fin de más directa y cumplida utilidad moral y enlazándolo más estrechamente con las costumbres, las creencias y los sentimientos de la nación española.»

(José Amador de los Ríos, *Historia de la literatura española*, Madrid, 1863, IV pp. 281-82)

«Don Juan Manuel logró reunir en el *Conde Lucanor* todos los procedimientos que la tradición europea y oriental le ofrecían como recursos didácticos: el diálogo, la narración ejemplar, el proverbio y la exposición o argumentación. Todos encuentran el lugar adecuado para insertarse en el marco flexible que brinda el diálogo entre el conde Lucanor y su ayo, mediante el cual se logra la integración de las cinco partes. A la aparente regularidad formal de cada uno de los capítulos –léase *exemplos*– del Libro I, se oponen asimétricamente las cuatro partes restantes, agrupadas en tres colecciones paralelas –de extensión decreciente y concentración creciente– y un tratadito final, que parece volver a la exposición doctrinal del *Libro de los estados*. A los 51 'enxiemplos', se contrapone artísticamente el relato aislado, que se incluye en la Quinta Parte.

Don Juan Manuel ha logrado, mediante la estructura elegida para su libro, reunir los relatos y casos planteados sin necesidad de seguir un orden lógico aparente, ni agruparlos por temas ni por *a. b. c.* como era corriente en las colecciones de *exemplos* en latín y en vulgar. El ordenamiento del libro no proviene de categorías externas al hecho literario, sino de los principios estéticos que rigen su composición.»

(Germán Orduna, "El exemplo en la obra literaria de don Juan Manuel", *Juan Manuel Studies,* ed. Ian Macpherson, Londres, Tamesis, 1977, p. 138)

«En la literatura europea de *exemplos* España se lleva la palma con el Arcipreste de Hita y, sobre todo, con don Juan Manuel. Los personajes de los breves *exemplos*, tocados por la pluma de don Juan Manuel, ganan en dimensión psicológica; otras veces, la anécdota tradicional se adjudica a personajes históricos y crea artísticamente un contrapunto irónico entre esas personalidades reales y el mundo de ficción en que se las coloca. En muchos aspectos, las versiones de los ejemplarios contrastan por su pobreza, al ser comparadas con las de don Juan Manuel, y nos damos cuenta de que algo extraordinario ha ocurrido en nuestra literatura, que la creación literaria ha tenido lugar: la palabra fluída y potente de un gran escritor explora un mundo intocado y lo expresa con belleza y armonía; la reiteración repetitiva, los grupos sintácticos paralelos de su prosa roban la atención de los oyentes. Una materia muerta ha obtenido vida».

(Reinaldo Ayerbe-Chaux, ed. Don Juan Manuel, *El conde Lucanor*, Madrid, Alhambra, 1983, p. 12)

6. Bibliografía

Ediciones

–Argote de Molina, Gonzalo, ed. *El conde Lucanor*, Sevilla, Hernando Díaz, 1575, edic. facsimilar con prólogo de Enrique Miralles, Barcelona, Puvill, 1978).

–Ayerbe-Chaux, Reinaldo, ed., Madrid, Alhambra, 1983.

–Blecua, José Manuel, ed., Madrid, Gredos, 1983.

–Blecua, José Manuel, ed., Madrid, Castalia, 1969.

–FRADEJAS RUEDA, José Manuel, ed., Barcelona, Plaza y Janés, 1984.

–GÓMEZ REDONDO, Fernando, ed., Madrid, Castalia, 1987.

–LACARRA, Mª Jesús, ed., Madrid, Espasa-Calpe, 1987.

–SERÉS, Guillermo, ed., estudio preliminar de Germán de Orduna, Barcelona, Crítica, 1994.

Estudios
–AYERBE-CHAUX, Reinaldo, *"El Conde Lucanor": materia tradicional y originalidad creadora*, Madrid, José Porrúa Turanzas, 1975.

–BARCIA, Pedro Luis, *Análisis de "El Conde Lucanor"*, Buenos Aires, Centro Editor de la América Latina, 1968.

–BLECUA, Alberto, *La transmisión textual de "El conde Lucanor"*, Bellaterra, Universidad Autónoma de Barcelona, 1980.

–DEVOTO, Daniel, *Introducción al estudio de don Juan Manuel y en particular de "El Conde Lucanor"*, Madrid, Castalia, 1972.

–GIMÉNEZ SOLER, Andrés, *Don Juan Manuel, biografía y estudio crítico*, Zaragoza, Academia, 1932.

–GÓMEZ REDONDO, Fernando, "Don Juan Manuel: la cortesía nobiliaria", *Historia de la prosa medieval castellana. I. La creación del discurso prosístico: el entramado cortesano*. Madrid, Cátedra, 1998, pp. 1093-1204.

–HOYOS HOYOS, Mª del Carmen, *Contribución al estudio de la lengua de "El conde Lucanor"*, Valladolid, Universidad, 1982.

–Huerta Tejadas, Félix, *Vocabulario de las obras de don Juan Manuel (1284-1348)*, Madrid, Real Academia Española, 1956 (publicado previamente en el *Boletín de la Real Academia Española*, 34 (1954), 35 (1955) y 36 (1965).

–*Juan Manuel. VII Centenario*, Murcia, Universidad-Academia Alfonso X el Sabio, 1982.

–Lacarra, Mª Jesús y Fernando Gómez Redondo, "Bibliografía sobre don Juan Manuel", *Boletín Bibliográfico de la Asociación Hispánica de Literatura Medieval*, 5 (1991), 179-212.

–Macpherson, Ian, ed. *Juan Manuel Studies*, Londres, Tamesis, 1977.

7. La edición

El texto de esta edición se basa en el ms. *S* de la Biblioteca Nacional, ya que es el único que contiene todas las partes de *El Conde Lucanor*, pero habida cuenta de los serios problemas de transmisión textual que ha sufrido, como se demuestra en el ensayo de Alberto Blecua (1980), tengo presentes las ediciones de Blecua (Madrid, Gredos, 1983, pp. 23-438) y las de Ayerbe-Chaux (Madrid, Alhambra, 1983) y Serés (Barcelona, Crítica, 1994).

Para facilitar en la medida de lo posible la lectura he seguido las siguientes normas editoriales:

1. Resuelvo las abreviaturas sin indicación alguna.

2. Normalizo la separación y unión de palabras con criterios lexicológicos.

3. Regularizo el uso de mayúsculas y minúsculas.

4. Acentúo según las reglas actuales, aunque en algunas palabras ha sido necesario introducir un acento diacrítico no normativo:

ál = 'otro' / *al* = *a* + *el*
ó 'donde' / *o* = conjunción
só 'soy' / *so* 'bajo' o 'su' (depende del contexto)
dél = *de* + *él* / *del* = *de* + *el*
nós = sujeto / *nos*
vós = sujeto / *vos*

5. He regularizado el uso de <i> y <u> y sólo se emplean en sus valores vocálicos, pero cuando representan valores consonánticos las he transcrito con el valor consonántico actual, de manera que <i> → <j> (*meior* > *mejor*, *conseio* > *consejo*) y <u> → <b> (*fablaua* > *fablaba*) o <v> (*cauar* > *cavar*) de acuerdo con las normas actuales. La grafía <y> se actualiza en <i> (*traya* > *traía*, *parayso* > *paraíso*, *juyzio* > *juizio*, *ally* > *allí*, *ya* > *ía*, *ystoria* > *historia*) salvo cuando el diptongo actual presente <y> (*rey*, *ley*) o represente el sonido consonántico (*ya*, *mayor*).

6. He restituido la <h>- (inicial) en aquellas palabras que se escribían sin ella (*aver* > *haber*, *omne* > *homne*, *onrra* > *honra*, *ystoria* > *historia*), aunque se mantiene la <f>- en las formas que así aparecen en el texto (*fablaba*, *fazer*, *fasta*), aun cuando hoy se debieran de escribir con <h> (*hablaba*, *hacer*, *hasta*).

7. Simplifico las consonantes dobles sin valor fonológico (*commo* > *como*; *affincamiento* > *afincamiento*, *soffrir* > *sofrir*, *ssi* > *si*) o redundantes (*rrey* > *rey*, *onrra* > *honra*).

8. Regularizo la secuencia <qua> en la forma actual <cua> (*quando* > *cuando*, *quanto* > *cuanto*, *qual* > *cual*).

9. Adecúo al sistema actual el uso <m> y <n> ante <b> y <p> (*cunplia* > *cumplía*, *enxenplo* > *enxemplo*, *desenbargar* > *desembargar*).

10. Actualizo el uso de <g> seguido de <e> o <i> (*consegero* > *consejero*, *muger* > *mujer*).

11. Restituyo una <l> en aquellas palabras que hoy presentan <ll> (*leuaua* > *llevaba*) o la elimino cuando hoy no la tienen (*sallir* > *salir*).

12. Mantengo las consonantes finales agrupadas (*grand*, *grant*) y los grupos cultos interiores (*escripto*).

El Conde Lucanor

Prólogo General

Este libro fizo don Johan, fijo del muy noble infante don Manuel, deseando que los homnes fiziessen en este mundo tales obras que les fuessen aprovechosas de las honras e de las faziendas[1] e de sus estados,[2] e fuessen más allegados[3] a la carrera[4] porque pudiessen salvar las almas. E puso en él los enxiemplos más aprovechosos que él sopo de las cosas que acaesçieron,[5] porque los homnes puedan fazer esto que dicho es. E sería maravilla si de cualquier cosa que acaezca a cualquier homne, non fallare en este libro su semejança que acaesçió a otro.

E porque don Johan vio e sabe que en los libros contesçe muchos yerros en los trasladar,[6] porque las letras semejan unas a otras, cuidando[7] por la una letra que es otra, en escri-

---

[1] *faziendas*: fortuna, riqueza.
[2] *estados*: condición, clase o función social que desempeña una persona; también puede significar la profesión, oficio, etc., ésta es una de las cosas que más preocupaba a don Juan Manuel.
[3] *allegados*: cercanos.
[4] *carrera*: camino.
[5] *acesçieron*: sucedieron.
[6] *trasladar*: copiar.
[7] *cuidando*: pensando.

biéndolo, múdase[8] toda la razón e por aventura confóndese, e los que después fallan aquello escripto, ponen la culpa[9] al que fizo el libro. E porque don Johan se reçeló[10] desto, ruega a los que leyeren cualquier libro que fuere trasladado del que él compuso, o de los libros que él fizo, que si fallaren alguna palabra mal puesta, que non pongan la culpa a él, fasta que vean el libro mismo que don Johan fizo, que es emendado, en muchos logares, de su letra. E los libros que él fizo son estos que él ha fecho fasta aquí: la *Crónica abreviada*, el *Libro de los sabios*, el *Libro de la caballería*, el *Libro del infante*, el *Libro del caballero e del escudero*, el *Libro del Conde*, el *Libro de la caça*, el *Libro de los engeños*, el *Libro de los cantares*. E estos libros están en el monesterio de los fraires predicadores[11] que él fizo en Peñafiel.[12] Pero, desque vieren los libros que él fizo, por las menguas[13] que en ellos fallaren, non pongan la culpa a su entençión, mas pónganla a la mengua del su entendimiento, porque se atrevió a se entremeter a fablar en tales cosas; pero Dios sabe que lo fizo por entençión que se aprovechassen de lo que él diría las gentes que non fuessen muy letrados[14] nin muy sabidores.[15] E por ende[16] fizo todos los sus libros en romançe,[17] e esto es señal[18]

---

[8] *múdase*: se cambia.

[9] *ponen la culpa*: echan la culpa.

[10] *se reçeló*: se temió.

[11] *fraires predicadores*: orden de Santo Domingo, dominicos.

[12] Monasterio que fundó don Juan Manuel en 1318.

[13] *menguas*: faltas.

[14] *letrados*: instruidos, cultos.

[15] *sabidores*: sabios.

[16] *por ende*: por lo tanto.

[17] *romançe*: lengua vulgar, es decir, en castellano.

[18] *señal*: signo.

çierto que los fizo para los legos[19] e de non muy grand saber como lo él es.

E de aquí adelante, comiença el prólogo del *Libro de los Enxiemplos del Conde Lucanor e de Patronio.*

---

[19] *legos*: incultos, no instruidos en latín.

PRÓLOGO

En el nombre de Dios: amén. Entre muchas cosas estrañas e maravillosas que nuestro Señor Dios fizo, tovo por bien de fazer una muy maravillosa; ésta es: de cuantos homnes en el mundo son, non ha uno que semeje[20] a otro en la cara; ca como quier que todos los homnes han essas mismas cosas en la cara, los unos que los otros, pero[21] las caras en sí mismas non semejan las unas a las otras. E pues en las caras, que son tan pequeñas cosas, ha en ellas tan grant departimiento, menor maravilla es que haya departimiento[22] en las voluntades e en las entenciones de los homnes. E assí fallaredes que ningún homne non se semeja del todo en la voluntad nin en la entençión con otro. E fazervos he[23] algunos enxiemplos porque lo entendades mejor.

Todos los que quieren e desean servir a Dios, todos quieren una cosa, pero non lo sirven todos en una manera, que unos le sirven de una manera e otros en otra. Otrosí,[24] los que sirven a los señores, todos los sirven, mas non los sirven todos en una manera. E los que labran e crían e

---

[20] *semeje*: se parezca.

[21] *ca como quier que... pero*: porque... aunque.

[22] *departimiento*: diferencia.

[23] *fazervos he*: os haré.

[24] *Otrosí*: además.

trebejan [25] e caçan e fazen todas las otras cosas, todos las fazen, mas non las entienden nin las fazen todos en una manera.

E así, por este exiemplo, e por otros que serién muy luengos [26] en dezir, podedes entender que, como quier que los homnes todos sean homnes e todos hayan voluntades e entençiones, que atán [27] poco como se semejan en las caras, tan poco se semejan en las entençiones e en las voluntades; pero todos se semejan en tanto que todos usan e quieren e aprenden mejor aquellas cosas de que se más pagan [28] que las otras.

E porque cada homne aprende mejor aquello de que se más paga, por ende el que alguna cosa quiere mostrar a otro, débegelo [29] mostrar en la manera que entendiere que será más pagado el que la ha de aprender. E porque a muchos homnes las cosas sotiles non les caben en los entendiemientos, porque non las entienden bien, non toman plazer en leer aquellos libros, nin aprender lo que es escripto en ellos. E porque non toman plazer en ello, non lo pueden aprender ni saber así como a ellos cumplía. [30]

Por ende, yo, don Johan, fijo del infante don Manuel, adelantado mayor de la frontera [31] e del regno de Murçia, fiz [32] este libro compuesto de las más apuestas [33] palabras que yo

---

[25] *trebejan*: participan en justas y torneos.
[26] *luengos*: largos, extensos.
[27] *atán*: tan.
[28] *pagan*: contentan.
[29] *debégelo*: débeselo.
[30] *cumplía*: convenía.
[31] *adelantado mayor de la frontera*: gobernador militar y civil de un territorio.
[32] *fiz*: hice.
[33] *apuestas*: hermosas.

pude, e entre las palabras entremetí algunos exiemplos de que se podrían aprovechar los que los oyeren. E esto fiz segund la manera que fazen los físicos,[34] que cuando quieren fazer alguna melizina[35] que aproveche el fígado, por razón que naturalmente[36] el fígado se paga[37] de las cosas dulçes, mezclan con aquella melezina que quieren melezinar el fígado, açúcar o miel o alguna cosa dulçe; e por el pagamiento[38] que el fígado ha de la cosa dulce, en tirándola[39] para sí, lleva con ella la melezina quel ha de aprovechar. E esso mismo fazen a cualquier miembro que haya mester[40] alguna melezina, que siempre la dan con alguna cosa que naturalmente aquel miembro la haya de tirar a sí. E a esta semejança, con la merçed de Dios, será fecho este libro, e los que lo leyeren si por su voluntad tomaren plazer de las cosas provechosas que y[41] fallaren, será bien; e aun los que lo tan bien non entendieren, non podrán escusar[42] que, en leyendo el libro, por las palabras falagueras[43] e apuestas que en él fallarán, que non hayan a leer las cosas aprovechosas que son y mezcladas, e aunque ellos non lo deseen, aprovecharse han dellas, así como el fígado e los otros miembros dichos se aprovechan de las melezinas que son mezcladas con las cosas de que se ellos pagan. E Dios, que, es complido e complidor[44]

---

[34] *físicos*: médicos.
[35] *melizina*: medicina, medicamento.
[36] *naturalmente*: por su naturaleza.
[37] *se paga*: gusta.
[38] *pagamiento*: atracción.
[39] *en tirándola*: atrayéndola.
[40] *mester*: necesidad.
[41] *y*: allí.
[42] *escusar*: evitar.
[43] *falagueras*: halagüeñas.
[44] *complido e complidor*: perfecto y realizador de perfecciones.

de todos los buenos fechos, por la su merçed e por la su piedat,[45] quiera que los que este libro leyeren, que se aprove-
chen dél a su serviçio de Dios e para salvamiento de sus
almas e aprovechamiento de sus cuerpos; así como Él sabe
que yo, don Johan, lo digo a essa entención. E lo que y fallaren que non es tan bien dicho, non pongan culpa a la mi
entençión, mas pónganla a la mengua[46] del mio entendimiento. E si alguna cosa fallaren bien dicha o aprovechosa,
gradéscanlo[47] a Dios, ca Él es aquél por quien todos los buenos dichos e fechos se dizen e se fazen.

E pues el prólogo es acabado, de aquí adelante
començaré la manera[48] del libro, en manera de un grand
señor que fablaba con un su consejero. E dizían[49] al señor,
conde Lucanor, e al consejero, Patronio.

---

[45] *piedat*: piedad.
[46] *mengua*: falta.
[47] *gradéscanlo*: agradézcanlo.
[48] *manera*: materia.
[49] *dizían*: llamaban.

Exemplo I

De lo que contesçió[50] a un Rey con un su privado[51]

Acaesçió[52] una vez que el conde Lucanor estaba fablando en su poridat[53] con Patronio, su consejero, e díxol:[54]

—Patronio, a mí acaesçió que un muy grande homne e mucho honrado, e muy poderoso, e que da a entender que es ya cuanto mio amigo,[55] que me dixo pocos días ha, en muy grant poridat, que por algunas cosas quel acaesçieran, que era su voluntad de se partir[56] desta tierra e non tornar a ella en ninguna manera, e que por el amor e grant fiança[57] que en mí había, que me quería dexar toda su tierra: lo uno vendido, e lo ál,[58] comendado.[59] E pues esto quiere, seméjame muy grand honra e grant aprovechamiento para mí; e vós dezitme e consejadme lo que vos paresçe en este fecho.

---

[50] *contesçió*: sucedió, aconteció.
[51] *privado*: persona de confianza del rey.
[52] *Acaesçió*: sucedió, érase.
[53] *poridat*: secreto, intimidad.
[54] *díxol*: le dijo.
[55] *que es ya cuanto mio amigo*: que es muy amigo mío.
[56] *se partir*: partir, irse.
[57] *fiança*: confianza.
[58] *lo ál*: lo otro.
[59] *comendado*: encomendado.

—Señor conde Lucanor –dixo Patronio–, bien entiendo que el mio consejo non vos faze grant mengua, pero que vos conseje sobre ello, fazerlo he luego.[60] Primeramente, vos digo a esto que aquél que cuidades[61] que es vuestro amigo vos dixo, que non lo fizo sinon por vos probar. E paresçe que vos conteçió con él como conteçió a un rey con un su privado.

El conde Lucanor le rogó quel dixiese cómo fuera aquello.

—Señor –dixo Patronio–, un rey era que había un privado en que fiaba mucho. E porque non puede ser que los homnes que alguna buena andança[62] han, que algunos otros no hayan envidia dellos por la privança[63] e bien andança que aquel su privado había, otros privados daquel rey habían muy grant envidia e trabajábanse del buscar mal con el rey, su señor. E como quier que muchas razones le dixieron, nunca pudieron guisar[64] con el rey quel fiziese ningún mal, nin aun que tomase sospecha nin dubda dél, nin de su serviçio.

E de que[65] vinieron que por otra manera non pudieron acabar lo que querían, fizieron entender al rey que aquel su privado que se trabajaba de guisar porque él muriese, e que un fijo pequeño que el rey había, que fincase[66] en su poder,[67] e de que él fuese apoderado[68] de la tierra, que guisaría cómo muriese el moço e que fincaría él señor de la tierra. E como

[60] *luego*: en seguida.
[61] *cuidades*: pensáis.
[62] *buena andança*: buena fortuna.
[63] *privança*: favor.
[64] *guisar*: disponer.
[65] *de que*: cuando.
[66] *fincase*: quedase.
[67] *poder*: custodia, protección.
[68] *apoderado*: enseñoreado.

que fasta entonce non pudieran poner en ninguna dubda al rey contra aquel su privado, de que esto le dixieron, non lo pudo sofrir el coraçón que non tomase dél reçelo, ca en las cosas en que tan grant mal ha, que se non pueden cobrar[69] si se fazen, ningún homne cuerdo non debe esperar ende[70] la prueba. E por ende, desque el rey fue caído en esta dubda e sospecha, estaba con grant reçelo, pero non se quiso mover en ninguna cosa contra aquel su privado fasta que desto sopiese alguna verdat.

E aquellos otros que buscaban mal a aquel su privado dixiéronle una manera[71] muy engañosa en cómo podría probar que era verdat aquello que ellos dizían, e enformaron[72] bien al rey en una manera engañosa, segund adelante oidredes,[73] cómo fablase con aquel su privado. E el rey puso en su coraçón de lo fazer, e fízolo.

E estando a cabo de algunos días el rey fablando con aquel su privado, entre otras razones muchas que fablaron, començol un poco a dar a entender que se despagaba[74] mucho de la vida deste mundo e quel paresçía que todo era vanidat. E entonçe non le dixo más. E después, a cabo de algunos días, fablando otra vez con el aquel su privado, dándol a entender que sobre otra razón començaba aquella fabla, tornol a dezir que cada día se pagaba menos de la vida deste mundo e de las maneras que en él veía. E esta razón le dixo tantos días e tantas vegadas,[75] fasta que el privado

---

[69] *cobrar*: recobrar.
[70] *ende*: de ello.
[71] *manera*: razón.
[72] *enformaron*: informaron.
[73] *oidredes*: oiréis.
[74] *despagaba*: cansaba, hastiaba.
[75] *vegadas*: veces.

entendió que el rey non tomaba ningún plazer en las honras deste mundo, nin en las riquezas, nin en ninguna cosa de los bienes nin de los plazeres que en este mundo habié. E desque el rey entendió que aquel su privado era bien caído en aquella entençión, díxol un día que había pensado de dexar el mundo e irse desterrar a tierra do non fuesse conosçido, e catar[76] algún lugar extraño e muy apartado en que fiziese penitençia de sus pecados. E que, por aquella manera, pensaba que le habría Dios merçed dél e podría haber la su gracia porque ganase la gloria del Paraíso.

Cuando el privado del rey esto le oyó dezir, estrañógelo mucho, deziéndol muchas maneras por que lo non debía fazer. E entre las otras díxol que si esto fiziese, que faría muy grant deserviçio[77] a Dios en dexar tantas gentes como había en el su regno que tenía él bien mantenidas en paz e en justiçia, e que era çierto que luego que él dende[78] se partiese, que habría entrellos muy grant bolliçio[79] e muy grandes contiendas, de que tomaría Dios muy grant deserviçio e la tierra[80] muy grant daño; e cuando por todo esto non lo dexase, que lo debía dexar por la reina, su mujer, e por un fijo muy pequeñuelo que dexaba: que era çierto que serían en muy grant aventura,[81] tan bien[82] de los cuerpos, como de las faziendas.

A esto respondió el rey que, ante que él pusiesse en toda guisa[83] en su voluntad de se partir de aquella tierra, pensó él

---

[76] *catar*: buscar.
[77] *deserviçio*: ofensa, agravio.
[78] *dende*: de allí.
[79] *bolliçio*: alboroto.
[80] *tierra*: país, territorio.
[81] *aventura*: riesgo, peligro.
[82] *tan bien*: tanto.
[83] *en toda guisa*: resueltamente.

la manera en cómo dexaría recabdo[84] en su tierra porque su mujer e su fijo fuesen servidos e toda su tierra guardada, e que la manera era ésta: que bien sabía él que el rey le había criado e le había fecho bien e quel fallara siempre muy leal, e quel sirviera muy bien e muy derechamente, e que por estas razones, fiaba en él más que en homne del mundo, e que tenía por bien del dexar la mujer e el fijo en su poder, e entregarle e apoderarle[85] en todas las fortalezas e logares del regno, porque ninguno non pudiese fazer ninguna cosa que fuese de servicio de su fijo; e si el rey tornase en algún tiempo, que era cierto que serviría muy bien a la reina, su mujer, e que criaría[86] muy bien a su fijo, e quel ternía[87] muy bien guardado el su regno fasta que fuese de tiempo[88] que lo pudiese muy bien gobernar; e así, por esta manera, tenía que dexaba recabdo en toda su fazienda.

Cuando el privado oyó dezir al rey que quería dexar en su poder el reino e el fijo, como quier que lo non dio a entender, plógol[89] mucho en su coraçón, entendiendo que pues todo fincaba en su poder, que podría obrar en ello como quisiese.

Este privado había en su casa un su cativo[90] que era muy sabio homne e muy grant philósopho. E todas las cosas que aquel privado del rey había de fazer, e los consejos quel había a dar, todo lo fazía por consejo de aquel su cativo que tenía en casa.

---

[84] *recabdo*: gobierno.
[85] *apoderarle*: conferirle el poder.
[86] *criaría*: educaría.
[87] *ternía*: tendría.
[88] *tiempo*: edad.
[89] *plógol*: se alegró.
[90] *cativo*: cautivo.

E luego que el privado se partió del rey, fuese para aquel su cativo, e contol todo lo quel conteçiera con el rey, dándol a entender, con muy grant plazer e muy grant alegría, cuánto de buena ventura era, pues el rey le quería dexar todo el reino e su fijo e su poder.

Cuando el philósopho que estaba cativo oyó dezir a su señor todo lo que había pasado con el rey, e cómo el rey entendiera que quería él tomar en poder a su fijo e al regno, entendió que era caído en grant yerro; començolo a maltraer[91] muy fieramente, e díxol que fuese çierto que era en muy grant peligro del cuerpo e de toda su fazienda; ca todo aquello quel rey le dixiera, non fuera porque el rey hobiese voluntad de lo fazer, sinon que algunos quel querían mal habían puesto[92] al rey quel dixiese aquellas razones por le probar, e pues entendiera el rey quel plazía, que fuese çierto que tenía el cuerpo e su fazienda en muy grant peligro.

Cuando el privado del rey oyó aquellas razones, fue en muy grant cuita,[93] ca entendió verdaderamente que todo era así como aquel su cativo le había dicho. E desque aquel sabio que tenía en su casa le vio en tan grand cuita, consejol que tomase una manera como podrié escusar de aquel peligro en que estaba.

E la manera fue ésta: luego, aquella noche, fuese raer[94] la cabeça e la barba, e cató una vestidura muy mala e toda apedaçada,[95] tal cual suelen traer estos homnes que andan

---

[91] *maltraer*: reprender.
[92] *puesto*: insinuado, convencido.
[93] *cuita*: pena.
[94] *raer*: afeitar.
[95] *apedaçada*: rota.

pidiendo limosnas andando en sus romerías, e un bordón[96] e unos çapatos rotos e bien ferrados,[97] e metió entre las costuras de aquellos pedaços de su vestidura una gran cuantía de doblas.[98] E ante que amaniçiese, fuese para la puerta del rey, e dixo a un portero que y falló que dixiese al rey que se levantase por que[99] se pudiesen ir ante que la gente despertasse, ca él allí estaba esperando; e mandol que lo dixiese al rey en grant poridat. E el portero fue muy maravillado cuandol vio venir en tal manera, e entró al rey e díxogelo así como aquel su privado le mandara. Desto se maravilló el rey, e mandó quel dexase entrar.

Desque lo vio cómo vinía, preguntol por qué fiziera aquello. El privado le dixo que bien sabía cómol dixiera que se quería ir desterrar, e pues él así lo quería fazer, que nunca quisiese Dios que él desconosçiese cuánto bien le feziera; e que así como de la honra e del bien que el rey hobiera, tomara muy grant parte, que así era muy grant razón que de la lazería[100] e del desterramiento que el rey quería tomar, que él otrosí[101] tomase ende su parte. E pues el rey non se dolía[102] de su mujer e de su fijo e del regno e de lo que acá dexaba, que non era razón que se doliese él de lo suyo, e que iría con él, e le serviría en manera que ningún homne non gelo[103] pudiese entender, e que aun le llevaba tanto haber[104] metido

---

[96] *bordón*: bastón de peregrino.
[97] *ferrados*: claveteados.
[98] *doblas*: monedas de oro.
[99] *por que*: para que.
[100] *lazería*: sufrimiento.
[101] *otrosí*: también.
[102] *dolía*: apenaba, preocupaba.
[103] *gelo*: se lo.
[104] *haber*: dinero.

en aquella su vestidura, que les abondaría [105] asaz [106] en toda su vida, e que, pues que a irse habían, que se fuesen ante que pudiesen ser conosçidos.

Cuando el rey entendió todas aquellas cosas que aquel su privado le dizía, tovo que gelo dizía todo con lealtad, e gradeçiógelo mucho, e contol toda la manera en cómo hobiera a seer engañado e que todo aquello le fiziera el rey por le probar.

E así, hobiera a seer aquel privado engañado por mala cobdiçia, e quisol Dios guardar, [107] e fue guardando por consejo del sabio que tenía cativo en su casa.

E vós, señor conde Lucanor, ha menester [108] que vos guardedes que non seades engañado déste que tenedes por amigo; ca çierto sed, que esto que vos dixo que non lo fizo sinon por probar qué es lo que tiene en vos. E conviene que en tal manera fabledes con él, que entienda que queredes toda su pro [109] e su honra, e que non habedes cobdiçia de ninguna cosa de lo suyo, ca si homne estas dos cosas non guarda a su amigo, non puede durar entre ellos el amor [110] luengamente. [111]

El conde se falló por bien aconsejado del consejo de Patronio, su consejero, e fízolo como él le consejara, e fallose ende bien.

E entendiendo don Johan que estos exiemplos eran muy

---

[105] *abondaría*: bastaría.
[106] *asaz*: bastante.
[107] *guardar*: proteger.
[108] *ha menester*: es necesario.
[109] *pro*: beneficio, ventaja.
[110] *amor*: amistad.
[111] *luengamente*: mucho tiempo.

buenos, fízolos escribir en este libro, e fizo estos viessos [112] en que se pone la sentençia [113] de los exiemplos. E los viessos dizen assí:

Non vos engañedes, nin creades que, endonado, [114]
faze ningún homne por otro su daño de grado.

E los otros dizen assí:

Por la piadat de Dios e por buen consejo,
sale homne de cuita e cumple su deseo.

E la estoria deste exiemplo es ésta que sigue: [115]

---

[112] *viessos*: versos.

[113] *sentençia*: moraleja.

[114] *endonado*: sin mediar interés, graciosamente.

[115] No está claro lo que quiere decir esta frase, que se repite al final de todos los ejemplos del libro; parece ser que tras cada uno de ellos había una miniatura y así parece confirmarlo el manuscrito que, entre cada dos ejemplos, deja un hueco en blanco.

Exemplo II

De lo que contesçió a un homne bueno con su fijo

Otra vez acaesçió que el conde Lucanor fablaba con Patronio, su consejero, e díxol cómo estaba en grant coidado e en grand quexa de un fecho que quería fazer, ca, si por aventura lo fiziese, sabía que muchas gentes le trabarían[116] en ello; e otrosí, si non lo fiziese, que él mismo entendié quel podrían trabar en ello con razón. E díxole cuál era el fecho e él rogol quel consejase lo que entendía que debía fazer sobre ello.

—Señor conde Lucanor –dixo Patronio–, bien sé yo que vós fallaredes muchos que vos podrían consejar mejor que yo, e a vos dio Dios muy buen entendimiento, que sé que mi consejo que vos faze muy pequeña mengua,[117] mas pues lo queredes, decirvos he lo que ende entiendo. Señor conde Lucanor –dixo Patronio–, mucho me plazería que parásedes mientes[118] a un exiemplo de una cosa que acaesçió una vegada con un homne bueno con su fijo.

---

[116] *trabarían*: censurarían.
[117] *mengua*: falta, necesidad.
[118] *parásedes mientes*: atendieseis, meditaseis.

El conde le rogó quel dixiese que cómo fuera aquello. E Patronio dixo:

—Señor, assí contesçió que un homne bueno había un fijo; como quier que[119] era moço segund sus días,[120] era asaz de sotil entendimiento. E cada[121] que el padre alguna cosa quería fazer, porque pocas son las cosas en que algún contrallo[122] non puede acaesçer, dizíal el fijo que en aquello que él quería fazer, que veía él que podría acaesçer el contrario. E por esta manera le partía[123] de algunas cosas quel complían[124] para su fazienda. E bien cred que cuanto los moços son más sotiles de entendimiento, tanto son más aparejados[125] para fazer grandes yerros para sus faziendas; ca han entedimiento para començar la cosa, mas non saben la manera como se puede acabar, e por esto caen en grandes yerros, si non ha qui[126] los guarde dello. E así, aquel moço, por la sotileza que había del entendimiento e quel menguaba[127] la manera de saber fazer la obra complidamente, embargaba[128] a su padre en muchas cosas que habié de fazer. E de que el padre passó grant tiempo esta vida con su fijo, lo uno por el daño que se le seguía de las cosas que se le embargaban de fazer, e lo ál, por el enojo que tomaba de aquellas cosas que su fijo le dizía, e señaladamente lo más, por castigar[129] a su fijo e darle exiem-

---

[119] *como quier que*: aunque.
[120] *días*: edad.
[121] *cada*: cada vez, siempre.
[122] *contrallo*: contrario.
[123] *partía*: apartaba, alejaba.
[124] *complían*: convenían.
[125] *aparejados*: dispuestos, preparados.
[126] *qui*: quien.
[127] *menguaba*: faltaba.
[128] *embargaba*: estorbaba.
[129] *castigar*: aconsejar, corregir.

plo cómo fiziese en las cosas quel acaesçiesen adelante, tomó esta manera segund aquí oiredes:

El homne bueno e su fijo eran labradores e moraban çerca de una villa. E un día que fazían y mercado, dixo a su fijo que fuesen amos allá para comprar algunas cosas que habían mester;[130] e acordaron de llevar una bestia en que lo traxiesen. E yendo amos[131] a mercado, llevaban la bestia sin ninguna carga e iban amos de pie e encontraron unos homnes que vinían daquella villa do[132] ellos iban. E de que fablaron en uno[133] et se partieron los unos de los otros, aquellos homnes que encontraron començaron a departir[134] ellos entre sí e dizían que non les paresçía de buen recabdo[135] aquel homne e su fijo, pues llevaban la bestia descargada e ir entre amos de pie.[136] El homne bueno, después que aquello oyó, preguntó a su fijo que quél paresçía daquello que dizían. E el fijo dixo que dizían verdat, que pues la bestia iba descargada, que non era buen seso[137] ir entre amos de pie. E entonçe mandó el homne bueno a su fijo que subiese en la bestia.

E yendo así por el camino, fallaron otros homnes, e de que se partieron dellos, començaron a dezir que lo errara mucho aquel homne bueno, porque iba él de pie, que era viejo e cansado, e el moço, que podría sofrir lazería,[138] iba en

---

[130] *habían mester*: necesitaban.
[131] *amos*: ambos.
[132] *do*: donde.
[133] *fablaron en uno*: hablaron unos con otros.
[134] *departir*: hablar, conversar.
[135] *de buen recabdo*: sensatos.
[136] *de pie*: andando.
[137] *non era buen seso*: carecía de sentido.
[138] *lazería*: fatiga, cansancio.

la bestia. Preguntó entonçe el homne bueno a su fijo que quél paresçía de lo que aquellos dizían; e él díxol quel paresçía que dizían razón. [139] Entonçe mandó a su fijo que diciese [140] de la bestia e subió él en ella.

E a poca pieça [141] toparon con otros, e dixieron que fazía muy desaguisado [142] dexar el moço, que era tierno e non podría sofrir lazería, ir de pie, e ir el homne bueno, que era usado de pararse [143] a las lazerías, en la bestia. Entonçe preguntó el homne bueno a su fijo que quél paresçié destos que esto dizían. E el moço díxol que, segund él cuidaba, quel dizían verdat. Entonçe mandó el homne bueno a su fijo que subiese en la bestia porque non fuese ninguno dellos de pie.

E yendo así, encontraron otros homnes e començaron a dezir que aquella bestia en que iban era tan flaca que abés [144] podría andar bien por el camino, e pues así era, que fazían muy grant yerro ir entramos en la bestia. E el homne bueno preguntó al su fijo que quél semejaba [145] daquello que aquellos homnes buenos dizían; e el moço dixo a su padre quel semejaba verdat aquello. Estonçe el padre respondió a su fijo en esta manera:

—Fijo, bien sabes que cuando saliemos de nuestra casa, que amos veníamos de pie e traíamos la bestia sin carga ninguna, e tu dizías que te semejaba que era bien. E después, fallamos homnes en el camino que nos dixieron que non era

---

[139] *dizían razón*: tenían razón.
[140] *diciese*: desmontara.
[141] *pieça*: rato.
[142] *fazía muy desaguisado*: era injusto, desacertado.
[143] *pararse*: hacer frente, arrostrar.
[144] *abés*: apenas.
[145] *quél semejaba*: qué le parecía.

bien, e mandete yo sobir en la bestia e finqué[146] de pie, e tú dixiste que era bien. E después fallamos otros homnes que dixieron que aquello non era bien, e por ende desçendiste tú e subí yo en la bestia, e tú dixiste que era aquello lo mejor. E porque los otros que fallamos dixieron que non era bien, mandete subir en la bestia comigo, e tú dixiste que era mejor que non fincar tú de pie e ir yo en la bestia. E agora estos que fallamos dizen que fazemos yerro en ir entre amos en la bestia, e tú tienes que dizen verdat. E pues que assí es, ruégote que me digas qué es lo que podemos fazer en que las gentes non puedan trabar, ca ya fuemos entramos de pie, e dixieron que non fazíamos bien; e fu[147] yo de pie e tú en la bestia, e dixieron que errábamos; e fu yo en la bestia e tú de pie, e dixieron que era yerro; e agora imos[148] amos en la bestia, e dizen que fazemos mal. Pues en ninguna guisa non puede ser que alguna destas cosas non fagamos, e ya todas las fiziemos, e todos dizen que son yerro, e esto fiz yo por que tomasses exiemplo de las cosas que te acaesçiessen en tu fazienda; ca çierto sey[149] que nunca farás cosa de que todos digan bien; ca si fuere buena la cosa, los malos e aquellos que se les non sigue pro de aquella cosa, dirán mal della; e si fuere la cosa mala, los buenos que se pagan del bien non podrían dezir que es bien el mal que tú feziste. E por ende, si tú quieres fazer lo mejor e más a tu pro, cata[150] que fagas lo mejor e lo que entendieres que te cumple más, e sol que non sea mal, non dexes

---

[146] *finqué*: quedé.
[147] *fu*: fui.
[148] *imos*: vamos.
[149] *çierto sey*: estate seguro.
[150] *cata*: mira.

de lo fazer por reçelo de dicho [151] de las gentes; ca çierto es que las gentes a lo demás [152] siempre fablan en las cosas a su voluntad, e non catan lo que es más a su pro.

—E vós, conde Lucanor, señor, en esto que me dezides que queredes fazer e que reçeledes que vos trabarán las gentes en ello, e si non lo fazedes, que esso mismo farán, pues me mandades que vos conseje en ello, el mi consejo es éste: que ante que començedes el fecho, que cuidedes [153] toda la pro o el dapño que se vos puede ende seguir, e que non vos fiedes en vuestro seso e que vos guardedes que vos non engañe la voluntad, e que vos consejedes con los que entendiéredes que son de buen entendimiento, e leales e de buena poridat. [154] E si tal consejero non falláredes, guardat que vos non arrebatedes [155] a lo que hobiéredes a fazer, a lo menos fasta que passe un día e una noche, si fuere cosa que non pierda por tiempo. E de que estas cosas guardáredes en lo que hobiéredes de fazer, e lo falláredes que es bien e vuestra pro, conséjovos yo que nunca lo dexedes de fazer por reçelo de lo que las gentes podrían dello dezir.

El conde tovo por buen consejo lo que Patronio le consejaba. E fízolo assí, e fallose ende bien.

E cuando don Johan falló este exiemplo, mandolo escribir en este libro, e fizo estos viessos en que está abreviadamente toda la sentençia deste exiemplo. E los viessos dizen assí:

---

[151] *por reçelo de dicho*: por miedo a lo que puedan decir.
[152] *a lo demás*: las más veces, con frecuencia.
[153] *cuidedes*: penséis, consideréis, calibréis.
[154] *de buena poridat*: discretos.
[155] *arrebatedes*: apresuréis.

Por dicho de las gentes
sol[156] *que non sea mal,*
al pro tenet las mientes,
e non fagades ál.

E la estoria deste exiemplo es ésta que se sigue:

---

[156] *sol*: salvo.

Exemplo III

Del salto que fizo el rey Richalte de Inglaterra en la mar contra los moros

Un día se apartó el conde Lucanor con Patronio, su consejero, e díxol así:

—Patronio, yo fio mucho en el vuestro entendimiento, e sé que lo que vós non entendiéredes, o a lo que non pudiéredes dar consejo, que non ha ningún otro homne que lo pudiese açertar;[157] por ende, vos ruego que me consejedes lo mejor que vós entendiérdes en lo que agora vos diré:

Vós sabedes muy bien que yo non só ya muy mançebo, e acaesçiome assí: que desde que fui nasçido fasta agora, que siempre me crié e visqué[158] en muy grandes guerras, a vezes con cristianos e a vezes con moros, e lo demás siempre lo hobe con reis, mis señores e mis vezinos. E cuando lo hobe con cristianos, como quier que siempre me guardé que nunca se levantase ninguna guerra a mi culpa, pero non se podía escusar de tomar muy grant daño muchos que lo non meresçieron. E lo uno por esto, e por otros yerros que yo fiz contra nuestro señor Dios, e otrosí, porque veo que por ser

---

[157] *açertar*: resolver.
[158] *visqué*: viví.

homne del mundo, nin por ninguna manera, non puedo un día solo ser seguro de la muerte, e só çierto que naturalmente,[159] segund la mi edat, non puedo vevir muy luengamente, e sé que he de ir ante Dios, que es tal juez de que non me puedo escusar por palabras, nin por otra manera, nin puedo ser judgado sinon por las buenas obras o malas que hobiere fecho; e sé que si, por mi desaventura fuere fallado en cosa porque Dios con derecho haya de ser contra mí, só çierto que en ninguna manera non pudié escusar de ir a las penas del Infierno en que sin fin habré a fincar, e cosa del mundo non me podía y tener pro; e si Dios me fiziere tanta merçed porque Él falle en mí tal meresçimiento, porque me daba escoger para ser compañero de los sus siervos e ganar el Paraíso, sé por çierto,[160] que a este bien e a este plazer e a esta gloria, non se puede comparar ningún otro plazer del mundo. E pues este bien e este mal tan grande non se cobra sinon por las obras, ruégovos que, segund el estado[161] que yo tengo, que cuidedes e me consejedes la manera mejor que entendiéredes por que pueda fazer emienda a Dios de los yerros que contra Él fiz, e pueda haber la su gracia.

—Señor conde Lucanor —dixo Patronio—, mucho me plaze de todas estas razones que habedes dicho, e señaladamente porque me dixiestes que en todo esto vos consejase segund el estado que vós tenedes, ca si de otra guisa[162] me lo dixiéredes, bien cuidaría que lo dixiéredes por me probar segund la prueba que el rey fezo a su privado, que vos conté

---

[159] *naturalmente*: por la naturaleza.
[160] *por çierto*: con seguridad.
[161] *estado*: grupo social.
[162] *guisa*: manera.

el otro día en el exiemplo que vos dixe; [163] mas plázeme mucho porque dezides que queredes fazer emienda a Dios de los yerros que fiziestes, guardando vuestro estado e vuestra honra; ca çiertamente, señor conde Lucanor, si vós quisiéredes dexar vuestro estado e tomar vida de orden [164] o de otro apartamiento, [165] non podríades escusar que vos non acaesciesçen dos cosas: la primera, que seríades muy mal judgado de todas las gentes, ca todos dirían que lo fazíades con mengua de coraçón e vos despagábades de vevir entre los buenos; e la otra es que sería muy grant maravilla si pudiésedes sofrir las asperezas de la orden, e si después la hobiésedes a dexar, o vevir en ella non la guardando como debíades, seervos ía [166] muy grant daño paral [167] alma e grant vergüença e grant denuesto [168] paral cuerpo e para el alma e para la fama. Mas pues este bien queredes fazer, plazerme ía que sopiésedes lo que mostró Dios a un ermitaño muy sancto de lo que había de conteçer a él e al rey Richalte de Englaterra. [169]

El conde Lucanor le rogó quel dixiese que cómo fuera aquello.

—Señor conde Lucanor –dixo Patronio–, un ermitaño era homne de muy buena vida, e fazía mucho bien, e sufría grandes trabajos por ganar la gracia de Dios. E por ende, fízol Dios tanta merçed quel prometió e le aseguró que habría la gloria de Paraíso. El ermitaño gradesçió esto

---

[163] Se refiere al exemplo I.
[164] *vida de orden*: ingresar en una orden religiosa.
[165] *apartamiento*: vida retirada.
[166] *seervos ía*: os sería.
[167] *paral*: para el.
[168] *denuesto*: tacha, baldón, deshonra.
[169] *Richalte de Englaterra*: Ricardo Corazón de León (1157-1199).

mucho a Dios; e seyendo ya desto seguro, pidió a Dios por merçed quel mostrasse quién había de seer su compañero en Paraíso. E como quier que el Nuestro Señor le enviase dezir algunas vezes con el ángel que non fazía bien en le demandar [170] tal cosa, pero tanto se afincó [171] en su petiçión, que tovo por bien nuestro señor Dios del responder, e enviole dezir por su ángel que el rey Richalte de Inglaterra e él serían compañones [172] en Paraíso. Desta razón non plogo mucho al ermitaño, ca él conosçía muy bien al rey e sabía que era homne muy guerrero e que había muertos e robados e desheredados muchas gentes, e siempre le viera fazer vida muy contralla de la suya e aun, que paresçía muy alongado [173] de la carrera de salvación; e por esto estaba el ermitaño de muy mal talante. [174]

E desque nuestro señor Dios lo vio así estar, enviol dezir con el su ángel que non se quexase nin se maravillase de lo quel dixiera, ca çierto fuesse que más serviçio fiziera a Dios e más meresçiera el rey Richalte en un salto que saltara, que el ermitaño en cuantas buenas obras fiziera en su vida.

El ermitaño se maravilló ende mucho, e preguntol cómo podía esto seer.

E el ángel le dixo que sopiese que el rey de Francia [175] e el rey de Inglaterra e el rey de Navarra [176] pasaron a Ultramar. [177]

---

[170] *demandar*: preguntar.

[171] *se afincó*: insistió.

[172] *compañones*: compañeros.

[173] *alongado*: alejado.

[174] *talante*: genio.

[175] El rey francés es Felipe Augusto (1165-1223).

[176] No hubo ningún rey navarro en la tercera cruzada (1188-1192).

[177] *Ultramar*: normalmente con esta palabra se alude a lo que hoy llamamos Oriente Próximo.

E el día que llegaron al puerto, yendo todos armados para tomar tierra, vieron en la ribera, [178] tanta muchedumbre de moros, que tomaron dubda [179] si podrían salir a tierra. Estonçe el rey de Francia envió dezir al rey de Inglaterra que viniese a aquella nave a do él estaba e que acordarían cómo habían de fazer. E el rey de Inglaterra, que estaba en su caballo, cuando esto oyó, dixo al mandadero del rey de Francia quel dixiese de su parte que bien sabía que él había fecho a Dios muchos enojos e muchos pesares en este mundo e que siempre le pidiera merçed quel traxiese a tiempo quel fiziese emienda por el su cuerpo, e que, loado a Dios, que veía el día que él deseaba mucho; ca si allí muriese, pues había fecho la emienda que pudiera ante que de su tierra se partiesse e estaba en verdadera penitencia, que era çierto quel habría Dios merced al alma, e que si los moros fuessen vençidos, que tomaría Dios mucho serviçio, e serían todos de muy buena ventura.

E de que esta razón hobo dicha, acomendó [180] el cuerpo e el alma a Dios e pidiol merçed quel acorriesse, [181] e signose del signo de la Santa Cruz e mandó a los suyos quel ayudassen. E luego dio de las espuelas al caballo e saltó en la mar contra [182] la ribera do estaban los moros. E como quiera que estaban cerca del puerto, non era la mar tan baxa [183] que el rey e el caballo non se metiessen todos so [184] el agua, en guisa que non paresçió dellos ninguna cosa; pero Dios, así como

---

[178] *ribera*: orilla.
[179] *tomaron dubda*: dudaron.
[180] *acomendó*: encomendó.
[181] *acorriesse*: socorriese, ayudase, amparase.
[182] *contra*: hacia.
[183] *baxa*: poco profunda.
[184] *so*: bajo.

Señor tan piadoso e de tan grant poder, e acordándose de lo que dixo en el Evangelio, que non quiere la muerte del pecador sinon se convierta e viva, acorrió entonçe al rey de Inglaterra, librol de muerte para este mundo e diol vida perdurable para siempre, e escapol [185] de aquel peligro del agua. E endereçó a [186] los moros.

E cuando los ingleses vieron fazer esto a su señor, saltaron todos en la mar en pos dél e endereçaron todos a los moros. Cuando los françeses vieron esto, tovieron que les era mengua grande, lo que ellos nunca solían sofrir, e saltaron luego todos en la mar contra los moros. E desque los vieron venir contra sí, e vieron que no dubdaban [187] la muerte, e que venían contra ellos tan bravamente, non les osaron asperar, e dexáronles el puerto de la mar e començaron a fuir. E desque los cristianos llegaron al puerto, mataron muchos de los que pudieron alcançar e fueron muy bien andantes, [188] e fizieron dese camino mucho serviçio a Dios. E todo este bien vino por aquel salto que fizo el rey Richalte de Inglaterra.

Cuando el ermitaño esto oyó, plogol ende mucho e entendió quel fazía Dios muy grant merçed en querer que fuese él compañero en Paraíso de homne que tal serviçio fiziera a Dios, e tanto enxalçamiento en la fe católica.

E vós, señor conde Lucanor, si queredes servir a Dios e fazerle emienda de los enojos quel habedes fecho, guisat que, ante que partades de vuestra tierra, emendedes lo que habedes fecho a aquellos que entendedes que feziestes algún daño. E fazed penitençia de vuestros pecados, e non paredes

---

[185] *escapol*: le libró, le sacó.
[186] *endereçó a*: se dirigió hacia.
[187] *non dubdaban*: no temían.
[188] *bien andantes*: dichosos, afortunados.

mientes[189] al ufana[190] del mundo sin pro, e que es toda vanidat, nin creades a muchos que vos dirán que fagades mucho por la valía,[191] e esta valía dizen ellos por mantener muchas gentes, e non catan si han de que lo pueden complir,[192] e non paran mientes cómo acabaron o cuántos fincaron de los que non cataron sinon por esta que ellos llaman grant valía o cómo son poblados los sus solares.[193]

E vós, señor conde Lucanor, pues dezides que queredes servir a Dios e fazerle emienda de los enojos quel feziestes, non querades seguir esta carrera que es de ufana e llena de vanidat. Mas, pues Dios vos pobló[194] en tierra quel podades servir contra los moros, tan bien por mar como por tierra, fazet vuestro poder porque seades seguro de lo que dexades en vuestra tierra, e esto fincando seguro e habiendo fecho emienda a Dios de los yerros que fiziestes, por que estedes en verdadera penitençia, por que de los bienes que fezierdes hayades de todos mereçimiento; e faziendo esto, podedes dexar todo lo ál e estar siempre en serviçio de Dios e acabar así vuestra vida. E faziendo esto, tengo que ésta es la mejor manera que vós podedes tomar para salvar el alma, guardando vuestro estado e vuestra honra. E debedes crer que por estar en serviçio de Dios non morredes[195] ante, nin vivredes[196] más por estar en vuestra tierra. E si muriéredes en serviçio

---

[189] *paredes mientes*: prestéis atención.
[190] *ufana*: vanidad, soberbia.
[191] *valía*: prestigio.
[192] *complir*: mantener.
[193] *solares*: tierras sobre las que el señor tenía pleno dominio sobre los pobladores.
[194] *Dios vos pobló*: Dios os concedió pueblos.
[195] *morredes*: moriréis.
[196] *vivredes*: viviréis.

de Dios, viviendo en la manera que yo vos he dicho, seredes mártir e muy bien aventurado, e aunque non murades por armas, la buena voluntat e las buenas obras vos farán mártir, e aun los que mal queredes seer caballero de Dios e dexades de ser caballero del diablo e de la ufana del mundo, que es falleçedera.[197]

Agora, señor conde, vos he dicho el mio consejo segund me lo pidiestes, de lo que yo entiendo cómo podedes mejor salvar el alma segund el estado que tenedes. E semejaredes[198] a lo que fizo el rey Richalte de Inglaterra en el sancto e bien fecho que fizo.

Al conde Lucanor plogo mucho del consejo que Patronio le dio, e rogó a Dios quel guisase que lo pueda fazer como él lo dizía e como el conde lo tenía en coraçón.[199]

E veyendo don Johan que este exiemplo era bueno, mandolo poner en este libro, e fizo estos viessos en que se entiende abreviadamente todo el enxiemplo. E los viessos dizen así:

Qui por caballero se toviere,
más debe desear este salto,
que non si en la orden se metiere,
o se encerrasse tras muro alto.

E la estoria deste exiemplo es ésta que se sigue:

---

[197] *falleçedera*: pasajera, efímera.
[198] *semejaredes*: os pareceréis.
[199] *tenía en coraçón*: tenía el propósito.

EXEMPLO IIII

De lo que dixo un genovés a su alma, cuando se hobo de morir

Un día fablaba el conde Lucanor con Patronio, su consejero, e contábal su fazienda[200] en esta manera:

—Patronio, loado a Dios, yo tengo mi fazienda[201] assaz en buen[202] estado e en paz, e he todo lo que me cumple, segund mis vezinos e mis eguales, e por aventura más. E algunos conséjanme que comiençe un fecho de muy grant aventura, e yo he grant voluntat de fazer aquello que me consejan; pero por la fiança que en vos he, non lo quise començar fasta que fablase convusco[203] e vos rogasse que me consejásedes lo que fiziese en ello.

—Señor conde Lucanor –dixo Patronio–, para que vós fagades en este fecho lo que vos más cumple, plazerme ía mucho que sopiésedes lo que conteçió a un genués.[204]

El conde le rogó quel dixiesse cómo fuera aquello.

Patronio le dixo:

—Señor conde Lucanor: un genués era muy rico e muy

---

[200] *fazienda*: asunto.

[201] *fazienda*: propiedades.

[202] *assaz en buen*: en muy buen.

[203] *convusco*: con vos.

[204] *genués*: genovés.

bien andante, segund sus vezinos. E aquel genués adolesçió[205] muy mal, e de que entendió que non podía escapar de la muerte, fizo llamar a sus parientes e a sus amigos; e desque todos fueron con él, envió por su mujer e sus fijos: e assentose en un palaçio muy bueno donde paresçía[206] la mar e la tierra; e fizo traer ante sí todo su tesoro e todas sus joyas, e de que todo lo tovo ante sí, començó en manera de trebejo[207] a fablar con su alma en esta guisa:

—Alma, yo veo que tú te quieres partir de mí, e non sé por qué lo fazes; ca si tú quieres mujer e fijos, bien los vees aquí delante tales de que te debes tener por pagada;[208] e si quisieres parientes e amigos, ves aquí muchos e muy buenos e mucho honrados; e si quieres muy grant tesoro de oro de de plata e de piedras preçiosas e de joyas e de paños, e de mercandías,[209] tú tienes aquí tanto dello que te non faze mengua haber más; e si tú quieres naves e galeas[210] que te ganen e te trayan muy grant haber e muy grant honra, veeslas aquí, ó están en la mar que paresçe deste mi palaçio; e si quieres muchas heredades e huertas, e muy fermosas e muy delectosas, véeslas ó paresçen destas finiestras;[211] e si quieres caballos e mulas, e aves e canes para caçar e tomar plazer, e joglares para te fazer alegría e solaz, e muy buena posada,[212] mucho apostada[213] de camas e de estrados[214] e de todas las

---

[205] *adolesçió*: enfermó.
[206] *paresçía*: se veía.
[207] *trebejo*: burla, broma.
[208] *pagada*: satisfecha.
[209] *mercandías*: mercancías.
[210] *galeas*: galeras.
[211] *finiestras*: ventanas.
[212] *posada*: vivienda, casa.
[213] *apostada*: amueblada.
[214] *estrados*: asientos.

otras cosas que son y mester; de todas estas cosas a ti non te mengua nada; e pues tú has tanto bien e non te tienes ende por pagada nin puedes sofrir el bien que tienes, pues con todo esto non quieres fincar e quieres buscar lo que non sabes, de aquí adelante, ve con la ira de Dios, será muy nesçio qui de ti se doliere por mal que te venga.

E vós, señor conde Lucanor, pues, loado a Dios, estades en paz e con bien e con honra, tengo que non faredes buen recabdo en aventurar; ca por aventura estos vuestros consejeros vos lo dizen porque saben que desque en tal fecho vos hobieren metido, que por fuerça habredes a fazer lo que ellos quisieren e que habredes a seguir su voluntad desque fuéredes en el grant mester; así como siguen ellos la vuestra agora que estades en paz. E por aventura cuidan que por el vuestro pleito endereçarán ellos sus faziendas, lo que se les non guisa en cuanto vos vivierdes en asusiego,²¹⁵ e conteçervos ía²¹⁶ lo que dezía el genués a la su alma; mas, por el mi consejo, en cuanto pudierdes haber paz e assossiego a vuestra honra, e sin vuestra honra, e sin vuestra mengua, non vos metades en cosa que lo hayades todo aventurar.

Al conde plogo mucho del consejo que Patronio le daba. E fízolo así, e fallose ende bien.

E cuando don Johan falló este exiemplo, tóvolo por bueno e non quiso fazer viessos de nuevo, sinon que puso y una palabra²¹⁷ que dizen las viejas en Castiella. E la palabra dize así:

Quien bien se side non se lieve. ²¹⁸

E la historia deste exiemplo es ésta que se sigue:

---

²¹⁵ *asusiego*: paz, calma, sosiego.
²¹⁶ *conteçervos ía*: os sucedería.
²¹⁷ *palabra*: refrán.
²¹⁸ *se side non se lieve*: se siente no se levante.

EXEMPLO V

De lo que contesçió a un raposo con un cuervo que tenié un pedaço de queso en el pico

Otra vez fablaba el conde Lucanor con Patronio, su consejero, e díxol assí:

—Patronio, un homne que da a entender que es mi amigo, me començó a loar mucho, dándome a entender que había en mí muchos complimientos[219] de honra e de poder e de muchas bondades. E de que con estas razones me falagó cuanto pudo, moviome un pleito,[220] que en la primera vista, segund lo que yo puedo entender, que paresçe que es mi pro.

E contó el conde a Patronio cuál era el pleito quel movía; e como quier que paresçía el pleito aprovechoso, Patronio entendió el engaño que yazía ascondido so las palabras fremosas.[221] E por ende dixo al conde:

—Señor conde Lucanor, sabet que este homne vos quiere engañar, dándovos a entender que el vuestro poder e el vuestro estado es mayor de cuanto es la verdat. E para que vos podades guardar deste engaño que vos quiere fazer, pla-

---

[219] *complimientos*: perfecciones, ornatos.
[220] *moviome un pleito*: propúsome un negocio, un trato.
[221] *fremosas*: halagüeñas.

zerme ía que sopiésedes lo que contesçió a un cuervo con un raposo.

E el conde Lucanor le preguntó cómo fuera aquello.

—Señor conde Lucanor –dixo Patronio–, el cuervo falló una vegada [222] un grant pedaço de queso e subió en un árbol por que pudiese comer el queso más a su guisa e sin reçelo e sin embargo [223] de ninguno. E en cuanto el cuervo assí estaba, passó el raposo por el pie del árbol, e desque vio el queso que el cuervo tenía, començó a cuidar en cuál manera lo podría llevar dél. [224] E por ende començó a fablar con él en esta guisa:

—Don Cuervo, muy gran tiempo ha que oí fablar de vós e de la vuestra nobleza, e de la vuestra apostura. [225] E como quiera que vos mucho busqué, non fue la voluntat de Dios, nin la mi ventura, que vos pudiesse fallar hasta agora; e agora que vos veo, entiendo que ha mucho más bien en vos de cuanto me dizían. E porque veades que non vos lo digo por lesonía, [226] también como vos diré las aposturas que en vos entiendo también vos diré las cosas en que las gentes tienen que non sodes tan apuesto. Todas las gentes tienen que la color de las vuestras péñolas [227] e de los ojos e del pico, e de los pies e de las uñas, que todo es prieto, [228] e porque la cosa prieta non es tan apuesta como la de otra color, e vos sodes todo prieto, tienen las gentes que es mengua de vuestra apostura, e non entienden cómo yerran en ello mucho;

---

[222] *vegada*: vez.

[223] *embargo*: molestia.

[224] *llevar dél*: quitárselo.

[225] *apostura*: gentileza, gallardía.

[226] *lesonía*: lisonja.

[227] *péñolas*: plumas.

[228] *prieto*: negro.

ca como quier que las vuestras péñolas son prietas, tan prieta e tan luzia[229] es aquella pretura, que torna en india,[230] como péñolas de pavón,[231] que es la más fremosa ave del mundo; e como quier que los vuestros ojos son prietos, cuanto para[232] ojos, muchos son más fremosos que otros ojos ningunos, ca la propriedat del ojo non es sinon ver, e porque toda cosa prieta conorta[233] el viso,[234] para los ojos, los prietos son los mejores, e por ende son más loados los ojos de la ganzela,[235] que son más prietos que de ninguna otra animalia. Otrosí, el vuestro pico e las vuestras manos e uñas son fuertes más que de ninguna ave tanmaña[236] como vós. Otrosí, en el vuestro vuelo habedes tan grant ligereza,[237] que vos non embarga el viento de ir contra él por rezio que sea, lo que otra ave non puede fazer tan ligeramente como vos. E bien tengo que, pues Dios todas las cosas faze con razón, que non consintría[238] que, pues en todo sodes tan complido, que hobiese en vos mengua de non cantar mejor que ninguna otra ave. E pues Dios me fizo tanta merçet que vos veo, e sé que ha en vos más bien de cuanto nunca de vos oí, si yo pudiesse oir de vos el vuestro canto, para siempre me ternía por de buenaventura.

E, señor conde Lucanor, parat mientes que maguer que[239] la entençión del raposo era para engañar al cuervo, que

---

[229] *luzia*: brillante.
[230] *india*: color añil.
[231] *pavón*: pavo real.
[232] *cuanto para*: en cuanto.
[233] *conorta*: conforta, agrada.
[234] *viso*: visión, vista.
[235] *ganzela*: gacela.
[236] *tanmaña*: tan grande.
[237] *ligereza*: rapidez.
[238] *consintría*: consentiría.
[239] *maguer que*: aunque.

siempre las sus razones fueron con verdat. E set çierto que los engaños e damños mortales siempre son los que se dizen con verdat engañosa.

E desque el cuervo vio en cuántas maneras el raposo le alabava, e cómo le dizía verdat en todas, creó que asil dizía verdat en todo lo ál, e tovo que era su amigo, e non sospechó que lo fazía por llevar dél el queso que tenía en el pico. E por las muchas buenas razones quel había oído, e por los falagos e ruegos quel fiziera porque cantase, abrió el pico para cantar. E desque el pico fue abierto para cantar, cayó el queso en tierra, e tomolo el raposo e fuese con él; e así fincó engañosamente el cuervo del raposo, creyendo que había en sí más apostura e más complimento de cuanto era la verdat.

E vós, señor conde Lucanor, como quier que Dios vos fizo assaz merçet en todo, pues veedes que aquel homne vos quiere fazer entender que habedes mayor poder e mayor honra o más bondades de cuanto vós sabedes que es la verdat, entendet que lo faze por vos engañar, e guardat vos dél e faredes como homne de buen recabdo.

Al conde plogo mucho de lo que Patronio le dixo, e fízolo assí. E con su consejo fue él guardado de yerro.

E porque entendió don Johan que este exiemplo era muy bueno, fízolo escribir en este libro, e fizo estos viessos, en que se entiende abreviadamente la entençión de todo este exiemplo. E los viessos dizen así:

Qui[240] te alaba con lo que non es en ti,
sabe que quiere llevar lo que has de ti.

E la estoria deste enxemplo es ésta que se sigue:

---

[240] *Qui*: quien.

Exemplo VI

De lo que contesçió a la golondrina con las otras aves cuando vio sembrar el lino

Un día fablaba el conde Lucanor con Patronio, su consejero, e díxol:

—Patronio, a mí dizen que unos mis vezinos, que son más poderosos que yo, andan ayuntando e faziendo muchas maestrías e artes [241] con que me puedan engañar e fazer mucho dampño; e yo non lo creo, nin me reçelo ende; pero, por el buen entendimiento que vós habedes, quiérovos preguntar que me digades si entendedes que debo fazer alguna cosa sobresto.

—Señor conde Lucanor –dixo Patronio–, para que en esto fagades lo que yo entiendo que vos cumple, plazerme ía mucho que sopiésedes lo que contesçió a la golondrina con las otras aves.

El conde Lucanor le dixo e preguntó cómo fuera aquello.

—Señor conde Lucanor –dixo Patronio–, la golondrina vido que un homne sembraba lino e entendió, por el su buen entendimiento, que si aquel lino nasçiese, podrían los homnes fazer redes e lazos para tomar las aves. E luego fuesse

---

[241] *maestrías e artes*: tretas y artimañas.

para las aves e fízolas ayuntar,[242] e díxoles en cómo el homne sembraba aquel lino e que fuesen çiertas que si aquel lino nasçiese, que se les seguiría[243] ende muy grant dampño e que les consejaba que ante que el lino nasçiesse que fuessen allá e que lo arrincassen,[244] ca las cosas son ligeras de se desfazer en el comienço e después son muy más graves[245] de se desfazer. E las aves tovieron esto en poco e non lo quisieron fazer. E la golondrina les afincó[246] desto muchas veces, fasta que vio que las aves non se sintían, desto, nin daban[247] por ello nada, e que el lino era ya tan cresçido que las aves non lo podrían arrancar con las manos[248] nin con los picos. E desque esto vieron las aves, que el lino era cresçido, e que non podían poner consejo[249] al daño que se les ende seguiría,[250] arripintiéronse ende mucho porque ante non habían y puesto consejo. Pero el repintimiento fue a tiempo[251] que non podía tener ya pro.

E ante desto, cuando la golondrina vio que non querían poner recabdo las aves en aquel daño que les vinía, fuesse paral homne, e metiose en su poder e ganó dél segurança[252] para sí e para su linaje.[253] E después acá[254] viven las golon-

---

[242] *ayuntar*: reunir.
[243] *seguiría*: vendría.
[244] *arrincassen*: arrancasen.
[245] *graves*: difíciles.
[246] *afincó*: insistió.
[247] *se sintían, desto, nin daban*: no se preocupaban de esto ni les importaba.
[248] *manos*: garras.
[249] *consejo*: remedio.
[250] *seguiría*: vendría.
[251] *a tiempo*: en un momento.
[252] *segurança*: seguridad.
[253] *linaje*: descendencia.
[254] *después acá*: desde entonces.

drinas en poder de los homnes e son seguras dellos. E las otras aves que se non quisieron guardar,[255] tómanlas cada día con redes e con lazos.

—E vós, señor conde Lucanor, si queredes ser guardado deste dampño que dezides que vos puede venir, aperçebitvos e ponet y recabdo, ante que el daño vos pueda acaesçer: ca non es cuerdo el que vee la cosa desque es acaesçida, mas es cuerdo el que por una señaleja[256] o por un movimiento cualquiera entiende el daño quel puede venir e pone y consejo por que nol acaezca.

Al conde plogo esto mucho, e fízolo segund Patronio le consejó e fallose ende bien.

E porque entendió don Johan que este enxiemplo era muy bueno fízole poner en este libro e fizo estos viessos que dizen assí:

> *En el comienço debe homne partir*[257]
> *el daño, que non le pueda venir.*

E la historia deste exiemplo es ésta que se sigue:

---

[255] *guardar*: proteger.
[256] *señaleja*: indicio.
[257] *partir*: alejar.

Exemplo VII

De lo que contesçió a una mujer que dizién doña Truhana

Otra vez fablaba el conde Lucanor con Patronio en esta guisa:

—Patronio, un homne me dixo una razón[258] e amostrome[259] la manera cómo podría seer. E bien vos digo que tantas maneras de aprovechamiento ha en ella que, si Dios quiere que se faga assí como me él dixo, que sería mucho mi pro: ca tantas cosas son que nasçen las unas de las otras, que al cabo es muy grant fecho además.

E contó a Patronio la manera cómo podría seer. Desque Patronio entendió aquellas razones, respondió al conde de esta manera:

—Señor conde Lucanor, siempre oí dezir que era buen seso atenerse homne a las cosas çiertas e non a las vanas fuzas,[260] ca muchas vezes a los que se atienen a las fuzas, contésçeles lo que contesçió a doña Truhana.

E el conde preguntó cómo fuera aquello.

---

[258] *razón*: asunto.
[259] *amostrome*: me explicó.
[260] *fuzas*: esperanzas (más adelante aparece como *fiuza* y como *fuizas*).

—Señor conde –dixo Patronio–, una mujer fue que habié nombre doña Truhana e era asaz más pobre que rica, e un día iba al mercado e llevaba una olla de miel en la cabeça. E yendo por el camino, começó a cuidar que vendría[261] aquella olla de miel e que compraría una partida de huevos, e de aquellos huevos nazçirían gallinas e depués, de aquellos dineros que valdrían, compraría ovejas, e assí fue comprando de las gananças que faría, que fallose por más rica que ninguna de sus vezinas.

E con aquella riqueza que ella cuidaba que había, asmó[262] cómo casaría sus fijos e sus fijas, e cómo iría aguardada[263] por la calle con yernos e con nueras e cómo dizían por ella cómo fuera de buena ventura en llegar a tant grant riqueza, seyendo tan pobre como solía seer.

E pensando en esto començó a reir con grand plazer que había de la su buena andança,[264] e, en riendo, dio con la mano en su fruente,[265] e entonçe cayol la olla de la miel en tierra, e quebrose. Cuando vio la olla quebrada començó a fazer muy grant duelo,[266] toviendo[267] que había perdido todo lo que cuidaba que habría si la olla non le quebrara. E porque puso todo su pensamiento por fuza vana, non se fizo al cabo nada del que ella cuidaba.

E vós, señor conde, si queredes que lo que vós dixieren e lo que vós cuidardes sea toda cosa çierta, cred e cuidat siempre todas cosas tales que sean aguisadas e non fuzas

---

[261] *vendría*: vendería.
[262] *asmó*: pensó, imaginó.
[263] *aguardada*: acompañada.
[264] *andança*: fortuna.
[265] *fruente*: frente.
[266] *fazer... duelo*: quejarse, afligirse.
[267] *toviendo*: pensando.

dubdosas e vanas. E si las quisierdes probar guardatvos que non aventuredes, nin pongades de lo vuestro cosa de que vos sintades por fiuza de la pro de lo que non sodes çierto.

Al conde plogo de lo Patronio le dixo, e físolo assí e fallose ende bien.

E porque don Johan se pagó deste exiemplo, físolo poner en este libro e fizo estos viessos:

A las cosas çiertas vos comendat[268]
e las fuzas vanas dexat

E la historia deste exiemplo es ésta que se sigue:

---

[268] *comendat*: encomendaos.

EXEMPLO VIII

De lo que contesçió a un homne que habían de alimpiar el fígado

Otra vez fablaba el conde Lucanor con Patronio, su consejero e díxole assí:

—Patronio, sabet que como quier que Dios me fizo mucha merçed en muchas cosas, que estó agora mucho afincado de mengua[269] de dineros. E como quiera que me es tan grave de los fazer como la muerte, tengo que habié a vender una de las heredades[270] del mundo de que he más duelo, o fazer otra cosa que me será grand daño como esto. E haberlo he de fazer por salir agora desta lazería e desta cuita en que estó. E faziendo yo esto, que es tan grant mio daño, vienen a mí muchos homnes, que sé que lo pueden muy bien escusar, e demándanme que les dé estos dineros que me cuestan tan caros. E por el buen entendimiento que Dios en vos puso, ruégovos que me digades lo que vos paresçe que debo fazer en esto.

—Señor conde Lucanor –dixo Patronio–, paresçe a mí que vos contesçe con estos homnes como contesçió a un homne que era muy mal doliente.[271]

---

[269] *afincado de mengua*: preocupado por la falta.
[270] *heredades*: propiedades.
[271] *doliente*: enfermo.

E el conde le rogó quel dixiesse cómo fuera aquello.

—Señor conde –dixo Patronio–, un homne era muy mal doliente, assí quel dixieron los físicos que en ninguna guisa non podía guaresçer[272] si non le feziessen una abertura por el costado, e quel sacassen el fígado por él, e que lo lavassen con unas melezinas que había mester, e quel alimpiassen de aquellas cosas porque el fígado estaba maltrecho. Estando él sufriendo este dolor e teniendo el físico el fígado en la mano, otro homne que estaba y cerca dél, començó de rogarle quel diesse de aquel fígado para un su gato.

E vos, señor conde Lucanor, si queredes fazer muy grand vuestro daño por haber dineros e darlos do se deben escusar,[273] dígovos que lo podiedes fazer por vuestra voluntad, mas nunca lo faredes por el mi consejo.

Al conde plogo de aquello que Patronio dixo, e guardose ende dallí adelante, e fallose ende bien.

E porque entendió don Johan que este exiemplo era bueno, mandolo escribir en este libro e fizo estos viessos que dizen assí:

Si non sabedes qué debedes dar,
a grand daño se vos podría tornar.

E la historia deste exiemplo es ésta que se sigue:

---

[272] *guaresçer*: sanar.
[273] *escusar*: rehusar.

EXEMPLO IX

De lo que contesçió a los dos caballos con el león

Un día fablaba el conde Lucanor con Patronio, su consejero, en esta guisa:

—Patronio, grand tiempo ha que yo he un enemigo de que me vino mucho mal, e esso mismo ha él de mí, en guisa que, por las obras e por las voluntades, estamos muy mal en uno.[274] E agora acaesció assí: que otro homne muy más poderoso que nós entramos va començando algunas cosas de que cada uno de nós reçela quel puede venir muy grand daño. E agora aquel mio enemigo enviome dezir que nos aviniéssemos en uno,[275] para nos defender daquel otro que quiere ser contra nos; ca si amos fuéramos ayuntados, es çierto que nos podremos defender; e si el uno de nos se desvaría[276] del otro, es çierto que cualquier de nos que quiera estroír[277] aquel de que nos reçelamos, que lo puede fazer ligeramente.[278] E de que el uno de nos fuere estroído, cualquier de nos que fincare sería muy ligero de estroír. E yo agora estó en muy grand duda de este fecho: ca de una parte me temo mucho que aquel mi enemigo

---

[274] *estamos muy mal en uno*: desavenidos, enemistados.

[275] *aviniéssemos en uno*: nos aliásemos, nos pusiésemos de acuerdo.

[276] *desvaría*: aparta, separa.

[277] *estroír*: aniquilar, destruir.

[278] *ligeramente*: fácilmente.

me querría engañar, e si él una vez en su poder me toviesse, non sería yo bien seguro de la vida; e sin gran amor pusiéremos en uno, non se puede escusar de fiar yo en él, e él en mí. E esto me faze estar en grand reçelo. De otra parte entiendo que si non fuéremos amigos assí como me lo envía rogar, que nos puede venir muy grand daño por la manera que vos ya dixe. E por la grant fiança que yo he en vos e en vuestro buen entendimiento, ruégovos que me consejedes lo que faga en este fecho.

—Señor conde Lucanor —dixo Patronio—, este fecho es muy grande e muy peligroso, e para que mejor entendades lo que vos cumplía de fazer, plazerme ía que sopiéssedes lo que contesçió en Túnez a dos caballeros que vivían con el infante don Enrique.

El conde le preguntó cómo fuera aquello.

—Señor conde —dixo Patronio—, dos caballeros que vivían con el infante don Enrique eran entramos muy amigos e posaban[279] siempre en una posada. E estos dos caballeros no tenían más de sendos caballos; e así como los caballeros se querían muy grant bien, bien assí los caballos se querían muy grand mal. E los caballeros non eran tan ricos que pudiessen mantener dos posadas e por la malquerencia de los caballos, non podían posar en una posada, e por esto habían a vevir vida muy enojosa. E de que esto les duró un tiempo e vieron que non lo podían más sofrir, contaron su fazienda a don Enrique e pediéronle por merçed que echase aquellos caballos a un león que el rey de Túnez tenía.

Don Enrique les gradesçió lo que dezían muy mucho, e fabló con el rey de Túnez. E fueron los caballos muy bien pechados[280] a los caballeros, e metiéronlos en un corral, ante

---

[279] *posaban*: vivían.
[280] *pechados*: pagados.

que el león saliesse de la casa [281] do yazía ençerrado, començáronse a matar lo más bravamente del mundo. E estando ellos en su pelea, abrieron la puerta de la casa en que estaba el león, e de que salió al corral e los caballos lo vieron, començaron a tremer [282] muy fieramente [283] e poco a poco fuéronse llegando [284] el uno al otro. E desque fueron entramos juntados en uno, estovieron así una pieça, e endereçaron entramos al león e paráronlo [285] tal a muessos [286] e a coçes que por fuerça se hobo de ençerrar en la casa donde saliera. E fincaron los caballos sanos, que les non fizo ningún mal el león. E después fueron aquellos tan bien avenidos en uno, que comién muy de grado en un pesebre e estaban en uno en casa [287] muy pequeña. A esta avenençia hobieron entre sí por el grant reçelo que hobieron del león.

—E vós, señor conde Lucanor, si entendedes que aquel vuestro enemigo ha tan grand reçelo de aquel otro de que se reçela, e ha tan grand mester a vos porque forçadamente haya de olvidar cuanto mal passó entre vós e él, e entiende que sin vos non se puede bien defender, tengo que assí como los caballos se fueron poco a poco ayuntando en uno fasta que perdieron el reçelo, e fueron bien seguros el uno del otro, que assí debedes vós, poco a poco, tomar fiança e afazimiento [288] con aquel vuestro enemigo. E si fallardes en él siempre buena obra e leal, en tal manera que seades bien çierto que en ningún tiempo, por bien quel vaya, que nunca

---

[281] *casa*: jaula.

[282] *tremer*: temblar.

[283] *fieramente*: terriblemente.

[284] *llegando*: acercando.

[285] *paráronlo*: le hicieron frente, se enfrentaron.

[286] *muessos*: mordiscos.

[287] *casa*: establo.

[288] *afazimiento*: familiaridad, confianza.

vos verná dél daño, estonçe faredes bien e será vuestra pro de vos ayudar porque otro homne estraño non vos conquiera[289] nin vos destruya. Ca mucho deben los homnes fazer e sofrir a sus parientes e a sus vezinos por que non sean maltraídos[290] de los otros estraños.[291] Pero si vierdes que aquel vuestro enemigo es tal o de tal manera, que desque lo hobiésedes ayudado en guisa que saliese por vos de aquel peliglo, que después que lo suyo fuesse en salvo, que sería contra vos e non podríades dél ser seguro, si él tal fuer, faríades mal seso en le ayudar, ante tengo quel debedes estrañar[292] cuanto pudierdes, ca pues viestes que seyendo él en tan grand quexa non quiso olvidar el mal talante que vos había, e entendiestes que vos lo tenía guardado para cuando viesse su tiempo que vos lo podría fazer, bien entendedes vós que non vos dexa logar para fazer ninguna cosa por que salga por vos de aquel grand peliglo en que está.

Al conde plogo desto que Patronio dixo, e tovo quel daba muy buen consejo.

E porque entendió don Johan que este exiemplo era bueno, mandolo escribir en este libro e fizo estos viessos que dizen assí:

> *Guardatvos de seer conquerido del estraño,*
> *seyendo del vuestro bien guardado de daño.*

E la historia deste exiemplo es ésta que se sigue:

---

[289] *conquiera*: adueñe, conquiste.
[290] *maltraídos*: maltratados, vejados.
[291] *estraños*: extranjeros.
[292] *estrañar*: rehusar, evitar, esquivar.

EXEMPLO X

De lo que contesçió a un homne que por pobreza
e mengua de otra vianda comía atramuzes

Otro día fablaba el conde Lucanor con Patronio en esta manera:

—Patronio, bien conosco a Dios que me ha fecho muchas merçedes, más quel yo podría servir, e en todas las otras cosas entiendo que está la mi fazienda asaz con bien e con honra; pero algunas vegadas me contesçe de estar tan afincado de pobreza que me paresçe que querría tanto la muerte como la vida. E ruégovos que algún conorte[293] me dedes para esto.

—Señor conde Lucanor –dixo Patronio–, para que vos conortedes cuando tal cosa vos acaesçiere, sería muy bien que sopiésedes lo que acaesçió a dos homnes que fueron muy ricos.

El conde le rogó quel dixiesse cómo fuera aquello.

—Señor conde Lucanor –dixo Patronio–, de estos dos homnes, el uno dellos llegó a tan grand pobreza quel non fincó en el mundo cosa que pudiese comer. E desque fizo mucho por buscar alguna cosa que comiesse, non pudo haber

---

[293] *conorte*: consuelo.

cosa del mundo sinon una escudiella [294] de atramizes. [295] E acordándose de cuando [296] rico era e solía ser, que agora con fambre e con mengua había de comer los atramizes, que son tan amargos e de tan mal sabor, començó de llorar muy fieramente, pero con la grant fambre començó de comer de los atramizes e en comiéndolos, estaba llorando e echaba las cortezas de los atramizes en pos [297] de sí. E él estando en este pesar e en esta cuita, sintió que estaba otro homne en pos dél e volvió la cabeça e vio un homne cabo dél, [298] que estaba comiendo las cortezas de los atramuzes que él echaba en pos de sí, e era aquél de que vos fablé desuso. [299]

E cuando aquello vio el que comía los atramizes, preguntó a aquél que comía las cortezas que por qué fazía aquello. E él dixo que sopiese que fuera muy más rico que él, e que agora había llegado a tan grand pobreza e en tan grand fambre quel plazía mucho cuando fallaba aquellas cortezas que él dexaba. E cuando esto vio el que comía los atramizes, conortose, pues entendió que otro había más pobre que él, e que había menos razón por que lo debié seer. E con este conorte, esforçose e ayudol Dios, e cató manera en cómo saliesse de aquella pobreza, e salió della e fue muy bien andante.

E, señor conde Lucanor, debedes saber que el mundo es tal, e aunque nuestro señor Dios lo tiene por bien, que ningún homne non haya complidamente todas las cosas. Mas,

---

[294] *escudiella*: escudilla.
[295] *atramizes*: altramuces.
[296] *cuando*: cuán.
[297] *pos*: detrás de.
[298] *cabo dél*: cerca de él.
[299] *desuso*: arriba, antes.

pues en todo lo ál vos faze Dios merçed e estades con bien e con honra, si alguna vez vos menguare dineros o estudierdes en afincamiento, [300] non desmayedes [301] por ello, e cred por çierto que otros más honrados e más ricos que vos estarán tan afincados, que se ternién por pagados si pudiessen dar a sus gentes e les diessen aún muy menos de cuanto vos les dades a las vuestras.

Al conde plogo mucho desto que Patronio dixo, e conortose, e ayudose él, e ayudol Dios, e salió muy bien de aquella quexa en que estaba.

E entendiendo don Johan que este exiemplo era muy bueno, fízolo escribir en este libro e fizo estos viessos que dizen assí:

> *Por pobreza nunca desmayedes,*
> *pues otros más pobres que vos veredes.*

E la historia deste exiemplo es ésta que se sigue:

---

[300] *afincamiento*: apuro.
[301] *desmayedes*: desaniméis.

EXEMPLO XI

De lo que contesçió a un deán de Sanctiago con don Illán, el grand maestro de Toledo

Otro día fablaba el conde Lucanor con Patronio, e contábal su fazienda en esta guisa:

—Patronio, un homne vino a me rogar quel ayudasse en un fecho que había mester mi ayuda, e prometiome que faría por mí todas las cosas que fuessen mi pro e mi honra. E yo començel a ayudar cuanto pude en aquel fecho. E ante que el pleito fuesse acabado, teniendo[302] él que ya el su pleito era librado,[303] acaesçió una cosa en que cumplía que la fiziesse por mí, e roguel que la fiziesse e él púsome escusa. E después acaesçió otra cosa que pudiera fazer por mí, e púsome escusa como la otra; e esto me fizo en todo lo quel rogué quél fiziesse por mí. E aquel fecho por que él me rogó, non es aún librado, nin se librará si yo non quisiere. E por la fiuza que yo he en vos e en el vuestro entendimiento, ruégovos que me consejedes lo que faga en esto.

—Señor conde –dixo Patronio–, para que vós fagades

---

[302] *teniendo*: pensando, creyendo.
[303] *librado*: resuelto.

en esto lo que vós debedes, mucho querría que sopiésedes lo que contesçió a un deán [304] de Sanctiago con don Illán, el grand maestro que moraba en Toledo:

E el conde le preguntó cómo fuera aquello.

—Señor conde –dixo Patronio–, en Sanctiago había un deán que había muy grant talante de saber el arte de la nigromançia, [305] e oyó dezir que don Illán de Toledo sabía ende más que ninguno que fuesse en aquella sazón; [306] e por ende vínose para Toledo para aprender de aquella sciençia. E el día que llegó a Toledo adereçó [307] luego a casa de don Illán e fallolo que estaba leyendo en una cámara [308] muy apartada; e luego que llegó a él, reçibiolo muy bien e díxol que non quería quel dixiesse ninguna cosa de lo por que venía fasta que hobiese comido. E pensó [309] muy bien dél e fízol dar muy buenas posadas, e todo lo que hobo mester, e diol a entender quel plazía mucho con su venida.

E después que hobieron comido, apartose con él, e contol la razón porque allí viniera, e rogol muy afincadamente quel mostrasse aquella sciençia que él había muy grant talante de aprender. E don Illán díxol que él era deán e homne de grand guisa [310] e que podía llegar a grand estado, e los homnes que grant estado tienen de que todo lo suyo han librado a su voluntad, olvidan mucho aína [311] lo que otrie [312] ha fecho

---

[304] *deán*: dignidad catedralicia inmediatamente inferior al obispo.
[305] *nigromançia*: magia negra.
[306] *sazón*: tiempo, época.
[307] *adereçó*: se dirigió.
[308] *cámara*: habitación.
[309] *pensó*: trató, cuidó.
[310] *guisa*: condición.
[311] *mucho aína*: muy pronto.
[312] *otrie*: otro.

por ellos, e que él se reçelaba que de que él hobiesse aprendido dél aquello que él quería saber, que non le faría tanto bien como él le prometía. E el deán le prometió e le aseguró que de cualquier bien que él hobiesse, que nunca faría sinon lo que él mandasse.

E en estas fablas estudieron[313] desque hobieron yantado[314] fasta que fue hora de çena. De que su pleito fue bien assossegado[315] entre ellos, dixo don Illán al deán que aquella sciençia non se podía aprender sinon en lugar mucho apartado e que luego essa noche le quería amostrar[316] dó habían de estar fasta que hobiesse aprendido aquello que él quería saber. E tomol por la mano e llevol a una cámara. E en apartándose de la otra gente, llamó a una mançeba de su casa e díxol que toviesse perdizes para que çenassen essa noche, mas que non las pusiessen a assar fasta que él gelo mandasse.

E desque esto hobo dicho, llamó al deán; e entraron entramos por una escalera de piedra muy bien labrada e fueron descendiendo por ella muy gran pieça, en guisa paresçía que estaban tan baxos que passaba el río de Tajo por çima[317] dellos. E desque fueron en cabo[318] del escalera, fallaron una possada muy buena, e una cámara mucho apuesta[319] que y había, ó estaban los libros e el estudio en que habían de leer.

De que se assentaron, estaban parando mientes en cuáles libros habían de començar. E estando ellos en esto, entraron dos homnes por la puerta e diéronle una carta quel

---

[313] *estudieron*: estuvieron.
[314] *yantado*: comido.
[315] *assossegado*: ajustado.
[316] *amostrar*: enseñar.
[317] *çima*: encima.
[318] *en cabo*: al final.
[319] *apuesta*: lujosa.

enviaba el arçobispo, su tío, en quel fazía saber que estaba muy mal doliente e quel enviaba rogar que sil quería veer vivo, que se fuesse luego para él. Al deán pesó[320] mucho con estas nuevas:[321] lo uno por la dolençia de su tío, e lo ál porque reçeló que había de dexar aquel estudio tan aína, e fizo sus cartas de respuesta e enviolas al arçobispo su tío.

E dende a tres o cuatro días llegaron otros homnes a pie que traían otras cartas al deán en quel fazían saber que el arçobispo era finado,[322] e que estaban todos los de la eglesia en su eslecçión[323] e que fiaban[324] por la merçed de Dios que eslerían a él, e por esta razón que non se quexasse[325] de ir a la eglesia, ca mejor era para él en quel eslecyessen seyendo en otra parte que non estando en la eglesia.

E dende a cabo de siete o de ocho días, vinieron dos escuderos muy bien vestidos e muy bien aparejados, e cuando llegaron a él, besáronle la mano e mostráronle las cartas en cómo le habían esleído por arçobispo. Cuando don Illán esto oyó, fue al electo e díxol cómo gradesçía mucho a Dios porque estas buenas nuevas le llegaron a su casa, e pues Dios tanto bien le fiziera, quel pedía por merçed que el deanadgo[326] que fincaba vagado[327] que lo diesse a un su fijo. E el electo díxol quel rogaba quel quisiesse consentir que aquel deanadgo que lo hobiesse un su hermano; mas quel él le faría bien en guisa que él fuesse pagado e quel rogaba que fuesse

---

[320] *pesó*: se dolió.

[321] *nuevas*: noticias.

[322] *finado*: muerto.

[323] *eslecçión*: elección.

[324] *fiaban*: confiaban, esperaban.

[325] *quexasse*: molestase, preocupase.

[326] *deanadgo*: puesto de deán.

[327] *vagado*: vacante.

con él para Sanctiago e que llevasse aquel su fijo. Don Illán dixo que lo faría.

Fuéronse para Sanctiago. Cuando y llegaron, fueron muy bien reçebidos e mucho honradamente. E desque moraron y un tiempo, un día llegaron al arçobispo mandaderos[328] del Papa con sus cartas en cómol daba el obispado de Tolosa, e quel daba gracia que pudiesse dar el arçobispado a qui quisiesse. Cuando don Illán oyó esto, retrayéndol[329] mucho afincadamente lo que con él había passado, pidiol merçed quel diesse a su fijo; e el arçobispo le rogó que consentiesse que lo hobiesse un su tío, hermano de su padre. E don Illán dixo que bien entendié quel fazía gran tuerto,[330] pero que esto que lo consintía en tal que fuesse seguro que gelo emendaría adelante. E el arzobispo le prometió en toda guisa que lo faría assí, e rogol que fuessen con él a Tolosa e que llevasse a su fijo.

E desque llegaron a Tolosa, fueron muy bien reçebidos de condes e de cuantos homnes buenos[331] había en la tierra. E desque hobieron y morado fasta dos años, llegaron los mandaderos del Papa con sus cartas en cómo le fazía el Papa cardenal e quel fazía gracia que diesse el obispado de Tolosa a qui quisiesse. Entonçe fue a él don Illán e díxol que, pues tantas vezes le había fallesçido[332] de lo que con él pusiera,[333] que ya que non había logar del poner escusa ninguna que non diesse algunas de aquellas dignidades a su fijo. E el car-

---

[328] *mandaderos*: mensajeros.
[329] *retrayéndol*: reprochándole.
[330] *tuerto*: injusticia.
[331] *homnes buenos*: nobles.
[332] *fallesçido*: fallado, incumplido.
[333] *pusiera*: conviniera.

denal rogol que consentiese que hobiese aquel obispado un su tío, hermano de su madre, que era homne bueno ançiano; mas que, pues él cardenal era, que se fuese con él para la Corte, que asaz había en qué le fazer bien. E don Illán quexose ende mucho, pero consintió en lo que el cardenal quiso, e fuesse con él para la Corte.

E desque y llegaron, fueron bien reçebidos de los cardenales e de cuantos en la Corte eran e moraron y muy grand tiempo. E don Illán afincado cada día al cardenal quel fiziesse alguna gracia a su fijo, e él poníal sus escusas.

E estando assí en la Corte, finó el Papa; e todos los cardenales esleyeron aquel cardenal por Papa. Estonçe fue a él don Illán e díxol que ya non podía poner escusa de non cumplir lo quel había prometido. El Papa le dixo que non lo afincasse tanto, que siempre habría lugar en quel fiziesse merçed segund fuesse razón. E don Illán se començó a quexar mucho, retrayéndol cuantas cosas le prometiera e que nunca le había complido ninguna, e diziéndol que aquello reçelaba en la primera vegada que con él fablara, e pues aquel estado era llegado e nol cumplía lo quel prometiera, que ya non le fincaba logar en que atendiesse dél bien ninguno. Deste aquexamiento se quexó mucho el Papa e començol a maltraer diziéndol que si más le afincasse, quel faría echar en una cárcel, que era hereje e encantador, que bien sabía que non había otra vida nin otro ofiçio en Toledo, do él moraba, sinon vivir por aquella arte de nigromançia.

Desque don Illán vio cuánto mal le gualardonaba[334] el Papa lo que por él había fecho, espidiose[335] dél, e solamente

---

nol[336] quiso dar el Papa qué comiese por el camino. Estonçe don Illán dixo al Papa que pues ál non tenía de comer, que se habría de tornar a las perdizes que mandara assar aquella noche, e llamó a la muger e díxol que assasse las perdizes.

Cuando esto dixo don Illán, fallose el Papa en Toledo, deán en Sanctiago, como lo era cuando y vino, e tan grand fue la vergüença que hobo, que non sopo quel dezir. E don Illán díxol que fuesse en buena ventura e que assaz había probado lo que tenía en él, e que ternía por muy mal empleado si comiesse su parte de las perdizes.

E vós, señor conde Lucanor, pues veedes que tanto fazedes por aquel homne que vos demanda ayuda e non vos da ende mejores gracias, tengo que non habedes por qué trabajar nin aventurarvos mucho por llegarlo a logar[337] que vos dé tal galardón como el deán dio a don Illán.

El conde tovo esto por buen consejo, e fízolo assí, e fallose ende bien.

E porque entendió don Johan que era éste muy buen exiemplo, fízolo poner en este libro e fizo estos viessos que dizen assí:

Al que mucho ayudares e non te lo conosçiere,[338]
menos ayuda habrás, desque en honra subiere.

E la historia deste exiemplo es ésta que se sigue:

---

[336] *solamente nol*: ni siquiera le.
[337] *llegarlo a logar*: ponerlo en situación.
[338] *conosçiere*: reconociere, agradeciere.

EXEMPLO XII

De lo que contesçió a un raposo con un gallo

El conde Lucanor fablaba con Patronio, su consejero, una vez en esta guisa:

—Patronio, vós sabedes que, loado a Dios, la mi tierra es muy grande e non es toda ayuntada en uno. E como quier que yo he muchos lugares que son muy fuertes, he algunos que lo non son tanto, e otrosí otros lugares que son ya cuanto apartados[339] de la mi tierra en que yo he mayor poder. E cuando he contienda con mios señores e con mios vezinos que han mayor poder que yo, muchos homnes que se me dan por amigos, e otros que se me fazen consejeros, métenme grandes miedos e grandes espantos e conséjanme que en ninguna guisa non esté en aquellos mios lugares apartados, sinon que me acoja e esté en los lugares más fuertes e que son bien dentro en mi poder; e porque yo sé que vós sodes muy leal e sabedes mucho de tales cosas como éstas, ruégovos que me consejedes lo que vos semeja que me cumple de fazer en esto.

—Señor conde Lucanor –dixo Patronio–, en los grandes fechos e muy dubdosos[340] son muy periglosos los consejos, ca

_____

[339] *ya cuanto apartados*: bastante alejados.
[340] *dubdosos*: azarosos.

en los más de los consejos non puede homne[341] fablar çiertamente, ca non es homne seguro a qué pueden recodir[342] las cosas; ca muchas vezes viemos que cuida homne una cosa e recude después a otra, ca lo que cuida homne que es mal, recude a las vegadas a bien, e lo que cuida homne que es bien, recude a las vegadas a mal; e por ende, el que ha dar consejo, si es homne leal e de buena entençión, es en muy grand quexa cuando ha de consejar, ca si el consejo que da recude a bien, non ha otras gracias sinon que dizen que fizo su debdo[343] en dar bien consejo; e si el consejo a bien non recude, siempre finca el consejero con daño e con vergüença. E por ende, este consejo, en que hay muchas dubdas e muchos periglos, plazerme ía de coraçón si pudiese escusar de non lo dar, mas pues queredes que vos conseje, e non lo puedo escusar, dígovos que querría mucho que sopiésedes cómo contesçió a un gallo con un raposo.

El conde le preguntó cómo fuera aquello.

—Señor conde –dixo Patronio–, un homne bueno había una casa en la montaña, e entre las otras cosas que criaba en su casa, criaba siempre muchas gallinas e muchos gallos. E acaesçió que uno de aquellos gallos andaba un día alongado de la casa por un campo e andando él muy sin reçelo, violo el raposo e vino muy ascondidamente, cuidándolo tomar. E el gallo sintiolo e subió en un árbol que estaba ya cuanto alongado de los otros. Cuando el raposo entendió que el gallo estaba en salvo, pesol mucho porque nol pudiera tomar e pensó en cuál manera podría guisar[344]

---

[341] *homne*: nadie.
[342] *recodir*: acabar, resultar.
[343] *debdo*: obligación.
[344] *guisar*: hacer.

quel tomasse. E entonçe endereçó al árbol, e començol a rogar e a falagar e assegurar que descendiesse a andar por el campo como solía; e el gallo non lo quiso fazer. E desque el raposo entendió que por ningún falago non le podía enga-ñar, començol a menaçar [345] diziéndol que, pues dél non fiaba, que él guisaría cómo se fallasse ende mal. E el gallo, entendiendo que estaba en su salvo, non daba nada por sus amenazas nin por sus seguranças.

E desque el raposo entendió que por todas estas mane-ras non le podía engañar, endereçó al árbol e començó a roer en él con los dientes e dar en él muy grandes colpes [346] con la cola. E el cativo [347] del gallo tomó miedo sin razón, non parando mientes cómo aquel miedo que el raposo le ponía non le podía empeçer, [348] e espántose de valde [349] e quiso foír a los otros árboles en que cuidaba estar más seguro, que non pudo llegar al monte, mas llegó a otro árbol. E de que el raposo entendió que tomaba miedo sin razón, fue en pos él; e assí lo llevó de árbol en árbol fasta que lo sacó del monte e lo tomó, e lo comió.

E vós, señor conde Lucanor, ha menester que, pues tan grandes fechos habedes a pasar e vós habedes de partir a ello, que nunca tomedes miedo sin razón, nin vos espantedes de valde por amenazas, nin por dichos de ningunos, nin fiedes en cosa de que vos pueda venir grand daño, nin grand peri-glo, e puñad [350] siempre en defender e en amparar los lugares

---

[345] *menaçar*: amenazar.
[346] *colpes*: golpes.
[347] *cativo*: infeliz, desgraciado.
[348] *empeçer*: perjudicar.
[349] *de valde*: sin motivo.
[350] *puñad*: esforzaos, afanaos.

más postrimeros[351] de la vuestra tierra; e non creades que tal homne como vós, teniendo gentes e vianda,[352] que por non seer el lugar muy fuerte, podríedes tomar peligro ninguno. E sin con miedo e con reçelo valdío dexardes los lugares de cabo[353] de vuestra tierra, seguro sed que assí vos irán llevando de logar en logar fasta que vos sacassen de todo; ca cuanto vós e los vuestros mayor miedo e mayor desmayo mostrássedes en dexando los vuestros logares, tanto más se esforçarán vuestros contrarios para vos tomar lo vuestro. E cuando vós e los vuestros viéredes a los vuestros contrarios más esforçados, tanto desmayaredes más, e assí irá yendo el pleito fasta que non vos finque cosa en el mundo; mas si bien porfidiardes sobre lo primero, sodes seguro, como fuera el gallo si estudiera en el primero árbol, e aun tengo que cumpliría a todos los que tienen fortalezas, si sopiessen este exiemplo, ca non se espantarían sin razón cuando les metiessen miedo con engaños, o con cavas,[354] o con castiellos de madera,[355] o con otras tales cosas que nunca las farían sinon para espantar a los cercados. E mayor cosa vos diré porque veades que vos digo verdat. Nunca logar se puede tomar sinon subiendo por el muro con escaleras o cavando el muro; pero si el muro es alto, non podrán llegar allá las escaleras. E para cavarlo, bien cred que han mester grand vagar[356] los que lo han de cavar. E assí, todos los lugares que se toman o es con miedo o por alguna mengua que han los

---

[351] *postrimeros*: alejados.
[352] *vianda*: comida.
[353] *de cabo*: extremos, fronterizos.
[354] *cavas*: galerías subterráneas.
[355] *castiellos de madera*: máquinas de guerra.
[356] *vagar*: tranquilidad.

cercados, e lo demás es por miedo sin razón. E çiertamente, señor conde, los tales como vós, e aun los otros que non son de tan grand estado como vós, ante que comencedes la cosa, la debedes catar e ir a ella [357] con grand acuerdo, e non lo pudiendo nin debiendo escusar. Mas, desque en el pleito fuéredes, non ha mester que por cosa del mundo tomedes espanto nin miedo sin razón; siquier [358] debédeslo fazer, porque es çierto que de los que son en los periglos, que mucho más escapan de los que se defienden, e non de los que fuyen. Siquier parat mientes que si un perriello quel quiere matar un grand alano, está quedo e regaña los dientes [359] que muchas vezes escapa, e por grand perro que sea, si fuye, luego es tomado e muerto.

Al conde, plogo mucho de todo esto que Patronio le dixo, e fízolo assí, e fallose dello muy bien.

E porque don Johan tovo este por buen exiemplo, fízolo poner en este libro, e fizo estos viessos que dizen assí:

Non te espantes por cosa sin razón,
mas defiéndete bien como varón.

E la historia deste exiemplo es ésta que se sigue:

---

[357] *catar e ir a ella*: considerar y afrontar.
[358] *siquier*: incluso.
[359] *regaña los dientes*: gruñe.

Exemplo XIII

De lo que contesçió a un homne que tomaba perdizes

Fablaba otra vez el conde Lucanor con Patronio, su consejero, e díxole:

—Patronio, algunos homnes de grand guisa,[360] e otros que lo no son tanto, me fazen a las vegadas enojos e daños en mi fazienda e en mis gentes, e cuando son ante mí, dan a entender que les pesa mucho porque lo hobieren a fazer, e que lo non fizieron sinon con muy grand mester e con muy grant cuita e non lo pudiendo escusar. E porque yo querría saber lo que debo fazer cuando tales cosas me fizieren, ruégovos que me digades lo que entendedes en ello.

—Señor conde Lucanor –dixo Patronio–, esto que vós dezides que a vos contesçe, sobre que me demandades consejo, paresçe mucho a lo que contesçió a un homne que tomaba[361] perdizes.

El conde le rogó quel dixiesse cómo fuera aquello.

—Señor conde –dixo Patronio–, un homne paró[362] sus redes a las perdizes; e desque las perdizes fueron caídas en la

---

[360] *homnes de grand guisa*: poderosos.
[361] *tomaba*: cazaba.
[362] *paró*: dispuso.

ret, aquel que las caçaba llegó a la ret en que yazían las perdizes; e assí como las iba tomando, matábalas e sacábalas de la red, e en matando las perdizes, dábal el viento en los ojos tan reçio quel fazía llorar. E una de las perdizes que estaba viva en la red començó a dezir a las otras:

—¡Vet, amigas, lo que faze este homne! ¡Como quiera que nos mata, sabet que ha grant duelo[363] de nos, e por ende está llorando!

E otra perdiz que estaba y, más sabidora que ella, e que con su sabiduría se guardara de caer en la red, respondiol assí:

—Amiga, mucho gradesco a Dios porque me guardó, e ruego a Dios que guarde a mí e a todas mis amigas del que me quiere matar e fazer mal, e me da a entender quel pesa del mio daño.

E vós, señor conde Lucanor, siempre vos guardat del que vierdes que vos faze enojo e da a entender quel pesa por ello porque lo faze; pero si alguno vos fizier enojo, non por vos fazer daño nin deshonra, e el enojo non fuere cosa que vos mucho empesca, e el homne fuer tal de que hayades tomado serviçio o ayuda, e lo fiziere con quexa o con mester, en tales logares,[364] conséjovos yo que çerredes el ojo en ello, pero en guisa que lo non faga tantas vezes, dende se vos siga daño nin vergüença; mas, si de otra manera lo fiziesse contra vós, estrañadlo en tal manera porque vuestra fazienda e vuestra honra siempre finque guardada.

El conde tovo por buen consejo éste que Patronio le daba e fízolo assí e fallose ende bien.

---

[363] *duelo*: pena.
[364] *logares*: ocasiones, momentos.

E entendiendo don Johan que este exiemplo era muy bueno, mandolo poner en este libro e fizo estos viessos que dizen assí:

Quien te mal faz mostrando grand pesar,
guisa cómo te puedas dél guardar.

E la historia deste exiemplo es ésta que se sigue:

Exemplo XIIII

Del milagro que fizo sancto Domingo cuando predicó sobre el logrero[365]

Un día fablaba el conde Lucanor con Patronio en su fazienda e díxole:

—Patronio, algunos homnes me consejan que ayunte el mayor tesoro que pudiere e que esto me cumple más que otra cosa para que quier que[366] me contezca. E ruégovos que me digades lo que vos paresçe en ello.

—Señor conde –dixo Patronio–, como quier que a los grandes señores vos cumple de haber algún tesoro para muchas cosas e señaladamente porque non dexedes, por mengua de haber, de fazer lo que vos cumpliera; e pero,[367] non entendades que este tesoro debedes ayuntar en guisa que pongades tanto el talante[368] en ayuntar grand tesoro porque dexedes de fazer lo que debedes a vuestras gentes e para guarda de vuestra honra e de vuestro estado, ca si lo fiziésedes podervos ía acaesçer lo que contesçió a un lombardo en Bolonia.

El conde le preguntó cómo fuera aquello.

---

[365] *logrero*: usurero.
[366] *para que quier que*: para cualquier cosa que.
[367] *pero*: sin embargo.
[368] *talante*: voluntad.

—Señor conde –dixo Patronio–, en Bolonia había un lombardo que ayuntó muy grand tesoro e non cataba si era de buena parte o non, sinon ayuntarlo en cualquier manera que pudiesse. El lombardo adoleçió de dolençia mortal, e un su amigo que había, desque lo vio en la muerte, consejol que se confessase con sancto Domingo, [369] que era estonçe en Bolonia. E el lombardo quísolo fazer.

E cuando fueron por sancto Domingo, entendió sancto Domingo que non era voluntad de Dios que aquel mal homne non sufriesse la pena por el mal que había fecho, e non quiso ir allá, mas mandó a un fraire que fuesse allá. Cuando los fijos del lombardo sopieron que había enviado por sancto Domingo, pesoles ende mucho, teniendo que sancto Domingo faría a su padre que diesse lo que había por su alma, e que non fincaría nada a ellos. E cuando el fraire vino, dixiéronle que suaba [370] su padre, mas cuando cumpliesse, que ellos enviarían por él.

A poco rato perdió el lombardo la fabla, e murió, en guisa que non fizo nada de lo que había mester para su alma. Otro día, cuando lo llevaron a enterrar, rogaron a sancto Domingo que predigasse sobre aquel lombardo. E sancto Domingo fízolo. E cuando en la predigación hobo de fablar daquel homne, dixo una palabra [371] que dize el Evangelio, que dize ssí: «Ubi est tesaurus tuus ibi est cor tuum». [372] Que quiere dezir: «Do es el tu tesoro, y es el tu coraçón.» E cuando esto dixo, tornose a las gentes e díxoles:

---

[369] Santo Domingo de Guzmán, nacido en Caleruega (1170), es el fundador de los dominicos; murió, precisamente en Bolonia en 1221.

[370] *suaba*: agonizaba.

[371] *palabra*: sentencia.

[372] San Mateo, VI, 21; San Lucas, XII, 34.

—Amigos, porque veades que la palabra del Evangelio es verdadera, fazet catar el coraçón a este homne e yo vos digo que non lo fallarán en el cuerpo suyo, e fallarlo han en el arca que tenía el su tesoro.

Estonçe fueron catar el coraçón en el cuerpo e non lo fallaron y, e falláronlo en el arca como sancto Domingo dixo.

E estaba lleno de gujanos[373] e olía peor que ninguna cosa por mala nin por podrida que fuesse.

E vós, conde Lucanor, como quier que el tesoro, como desuso es dicho, es bueno, guardar dos cosas: la una, en que el tesoro que ayuntáredes, que sea de buena parte; la otra, que non pongades tanto el coraçón en el tesoro porque fagades ninguna cosa que vos non caya de fazer; nin dexedes nada de vuestra honra, nin de lo que debedes fazer, por ayuntar grand tesoro de buenas obras, porque hayades la gracia de Dios e buena fama de las gentes.

Al conde plogo mucho este consejo que Patronio le dio, e fízolo assí, e fallose ende bien.

E teniendo don Johan que este exiemplo era muy bueno, fízolo escribir en este libro e fizo estos viessos que dizen assí:

Gana el tesoro verdadero
e guárdate del falleçedero.

E la historia deste exiemplo es ésta que se sigue:

---

[373] *gujanos*: gusanos.

Exemplo XV

De lo que contesçió a don Lorenço Suárez sobre la çerca[374] de Sevilla

Otra vez fablaba el conde Lucanor con Patronio, su consejero, en esta guisa:

—Patronio, a mí acaesçió que hobe un rey muy poderoso por enemigo; e desque mucho duró la contienda entre nos, fallamos entramos por nuestra pro de nos avenir.[375] E como quiera que agora estamos por avenidos e non hayamos guerra, siempre estamos a sospecha el uno del otro. E algunos, también de los suyos como de los míos, métenme muchos miedos, e dízenme que quiere buscar achaque[376] para seer contra mí; e por el buen entendimiento que habedes, ruégovos que me consejedes lo que faga en esta razón.

—Señor conde Lucanor –dixo Patronio–, éste es muy grave consejo de dar por muchas razones: lo primero, que todo homne que vos quiera meter en contienda ha muy grant aparejamiento[377] para lo fazer, ca dando a entender que quiere vuestro servicio e vos desengaña, e vos apercibe, e se

---

[374] çerca: cerco, sitio.
[375] avenir: reconciliar.
[376] achaque: motivo.
[377] aparejamiento: oportunidad.

duele de vuestro daño, vos dirá siempre cosas para vos meter en sospecha; e por la sospecha, habredes a fazer tales aperçibimientos[378] que serán comienço de contienda, e homne del mundo non podrá dezir contra ellos; ca el que dixiere que non guardedes vuestro cuerpo, davos a entender que non quiere vuestra vida; e el que dixiere que non labredes e guardedes e bastescades[379] vuestras fortalezas, da a entender que non quiere guardar vuestra heredat; e el que dixiere que non hayades muchos amigos e vasallos e les dedes mucho por los haber e los guardar, da a entender que non quiere vuestra honra, nin vuestro defendimiento; e todas estas cosas non se faziendo, seríades en grand periglo, e puédese fazer en guisa que será comienço de roído;[380] pero pues queredes que vos conseje lo que entiendo en esto, dígovos que querría que sopiésedes lo que contesçió a un buen caballero.

El conde le rogó quel dixiesse cómo fuera aquello.

—Señor conde –dixo Patronio–, el sancto e bienaventurado rey don Ferrando tenía cercada a Sevilla,[381] e entre muchos buenos que eran y con él, había y tres caballeros que tenían por los mejores tres caballeros darmas que entonçe había en el mundo: e dizían al uno don Lorenço Suárez Gallinato,[382] e al otro don García Périz de Vargas, e del otro non me acuerdo del nombre.[383] E estos tres caballeros hobie-

---

[378] *aperçibimientos*: preparativos.

[379] *labredes e guardedes e batescades*: edifiquéis, protejáis y abastezcáis.

[380] *roído*: alboroto.

[381] Fernando III el Santo, abuelo de don Juan Manuel, reconquistó la ciudad de Sevilla en 1248.

[382] Lorenzo Suárez Gallinato figura también en el exemplo XXVIII.

[383] Según Fernán Pérez de Guzmán en *Loores de los claros varones de Castilla* este caballero era Payo de Correa, gobernador de Cazorla, y según la *Crónica General de España* maestre de la Orden de Uclés, que vivió en tiempos de Fernando III y Alfonso X.

ron un día porfía[384] entre sí cuál era el mejor caballero dar-mas. E porque non se pudieron avenir en otra manera, acor-daron todos tres que se armassen muy bien, e que llegassen fasta la puerta de Sevilla, en guisa que diessen con las lanças a la puerta.

Otro día de mañana, armáronse todos tres e endereça-ron a la villa; e los moros que estaban por el muro e por las torres, desque vieron que non eran más de tres caballeros, cui-daron que venían por mandaderos, e non salió ninguno a ellos, e los tres caballeros, passaron la cava[385] e la barbacana,[386] llegaron a la puerta de la villa, e dieron de los cuentos[387] de las lanças en ella; e desque hobieron fecho esto, volvieron las riendas a los caballos e tornáronse para la hueste.[388]

E desque los moros vieron que non les dizían ninguna cosa, toviéronse por escarnidos[389] e començaron a ir en pos ellos; e cuando ellos hobieron abierto la puerta de la villa, los tres caballeros que se tornaban su passo,[390] eran ya cuanto alongados; e salieron en pos dellos más de mil e quinientos homnes a caballo, e más de veinte mil a pie. E desque los tres caballeros vieron que vinían cerca dellos, volvieron las rien-das de los caballos contra ellos e asperáronlos. E cuando los moros fueron cerca dellos, aquel caballero de que olvidé el nombre, endereçó a ellos e fuelos ferir.[391] E don Lorenço

---

[384] *porfía*: disputa obstinada.

[385] *cava*: foso.

[386] *barbacana*: fortificación aislada en un lado de un puente.

[387] *cuentos*: regatón; casquillo con que se protege la punta que toca en el suelo.

[388] *hueste*: tropa.

[389] *escarnidos*: injuriados, insultados.

[390] *tornaban su passo*: volvían despacio.

[391] *ferir*: atacar con la lanza.

Suárez e don García Périz estudieron quedos;[392] e desque los moros fueron más cerca, don García Périz de Vargas fuelos ferir; e don Lorenço Suárez quedó quedo, e nunca fue a ellos hasta que los moros le fueron ferir; e desque começaron a ferir, metiose entrellos e começó a fazer cosas maravillosas darmas.

E cuando los del real[393] vieron aquellos caballeros entre los moros, fuéronles acorrer. E como quier que ellos estaban en muy grand priessa[394] e ellos fueron feridos, fue la merçed de Dios que non murió ninguno dellos. E la pelea fue tan grande entre los cristianos e los moros, que hobo de llegar y el rey don Fernando. E fueron los cristianos esse día muy bien andantes. E desque el rey se fue para su tienda, mandolos prender, diziendo que meresçían muerte, pues que se aventuraron a fazer tan grant locura, lo uno meter la hueste en rebato[395] sin mandado del rey, e lo ál, en fazer perder tan buenos tres caballeros. E desque los grandes homnes de la hueste pidieron merçed al rey por ellos, mandolos soltar.

E desque el rey sopo que por la contienda[396] que entrellos hobiera fueron a fazer aquel fecho, mandó llamar cuantos buenos homnes eran con él, para judgar cuál dellos lo fiziera mejor. E desque fueron ayuntados, hobo entrellos grand contienda: e los unos dizían que fuera mayor esfuerço el que primero los fuera ferir, e los otros que el segundo, e los otros que el terçero. E cada unos dizían tantas buenas

---

[392] *quedos*: quietos.
[393] *real*: campamento.
[394] *priessa*: aprieto.
[395] *rebato*: alarma.
[396] *contienda*: disputa.

razones que paresçían que dizían razón derecha: [397] e, en verdad, tan bueno era el fecho en sí, que cualquier podría haber muchas buenas razones para lo alabar; pero, a la fin del pleito, el acuerdo fue éste: que si los moros que vinían a ellos fueran tantos que se pudiessen vençer por esfuerço o por bondad que en aquellos caballeros hobiesse, que el primero que los fuesse a ferir, era el mejor caballero, pues començaba cosa que se podría acabar; mas, pues los moros eran tantos que por ninguna guisa non los podrían vençer, que el que iba a ellos non lo fazía por vençerlos, mas la vergüença le fazía que non fuyesse; e pues non había de foír, la quexa del coraçón, [398] por que non podía sofrir el miedo, le fizo que les fuesse a ferir. E el segundo que les fue ferir e esperó más que el primero, tovieron por mejor, porque pudo sofrir más el miedo. Mas don Lorenço Suárez que sufrió todo el miedo e esperó fasta que los moros le ferieron, aquél judgaron que fuera mejor caballero.

E vós, señor conde Lucanor, veedes que estos son miedos e espantos, e es contienda que, aunque la començedes, non la podedes acabar, cuanto más sufriéredes estos miedos e estos espantos, tanto seredes más esforçado, e demás, faredes mejor seso: ca pues vós tenedes recabdo en lo vuestro e non vos pueden fazer cosa arrebatadamente de que grand daño vos venga, conséjovos yo que non vos fuerçe la quexa del coraçón. E pues grand colpe non podedes reçebir, esperat ante que vos fieran, e por aventura veredes que estos miedos e espantos que vos ponen, que non son, con verdat, sinon lo que éstos vos dizen porque cumple a ellos, ca non ha bien sinon en el mal. E bien cred que estos tales, también de vuestra parte como de la otra,

---

[397] *razón derecha*: razonamiento justo.
[398] *quexa del coraçón*: desazón, inquietud.

que non querrían grand guerra nin grand paz, ca non son para se parar a la guerra, [399] nin querrían paz complida; mas lo que ellos querrían sería un alboroço [400] con que pudiessen ellos tomar e fazer mal en la tierra, e tener a vos e a la vuestra parte en premia [401] para llevar de vos lo que habedes e non habedes, e non haber reçelo que los castigaredes por cosa que fagan. E por ende, aunque alguna cosa fagan contra vos, pues non vos pueden mucho empeçer en sofrir que se mueva del otro la culpa, venirvos ha ende mucho bien: lo uno, que habiedes a Dios por vos, que es una ayuda que cumple mucho para tales cosas; e lo ál, que todas las gentes ternán que fazedes derecho en lo que fizierdes. E por aventura, que si non vos movierdes vos a fazer lo que non debedes, non se moverá [402] el otro contra vos; habredes paz e faredes serviçio a Dios, e pro de los buenos, e non faredes vuestro daño por fazer plazer a los que querrían guaresçer [403] faziendo mal e se sintrían poco del daño que vos viniesse por esta razón.

Al conde plogó deste consejo que Patronio le daba, e fízolo assí, e fallose ende bien.

E porque don Johan tovo que este exiemplo que era muy bueno, mandolo escribir en este libro e fizo estos viessos que dizen assí:

> *Por quexa non vos fagan ferir,*
> *ca siempre vençe quien sabe sofrir.*

E la estoria deste exiemplo es ésta que se sigue:

---

[399] *se parar a la guerra*: estar preparado para guerrear.
[400] *alboroço*: alboroto, tumulto.
[401] *tener... en premia*: oprimir.
[402] *moverá*: reaccionará.
[403] *guaresçer*: salvarse, librarse.

Exemplo XVI

De la respuesta que dio el conde Ferrant Gonsales a Muño Laínez, su pariente

El conde Lucanor fablaba un día con Patronio en esta guisa:

—Patronio, bien entendedes que non só yo ya muy mançebo,[404] e sabedes que passé muchos trabajos fasta aquí. E bien vos digo que querría de aquí adelante folgar[405] e caçar, e escusar los trabajos[406] e afanes; e porque yo sé que siempre me consejastes lo mejor, ruégovos que me consejedes lo que vierdes que me cae[407] más de fazer.

—Señor conde –dixo Patronio–, como quier que vos dezides bien e razón, pero plazerme ía que sopiéssedes lo que dixo una vez el conde Ferrant Gonsales a Muño Laínez.

El conde Lucanor le rogó quel dixiesse cómo fuera aquello.

—Señor conde –dixo Patronio–, el conde Ferrant Gonsales era en Burgos e había passados muchos trabajos por defender su tierra. E una vez que estaba ya como más en

---

[404] *mançebo*: joven.
[405] *folgar*: descansar.
[406] *trabajos*: fatigas.
[407] *cae*: conviene.

assossiego e en paz, díxole Muño Laínez que sería bien que dallí adelante que non se metiesse en tantos roídos, e que folgasse él e dexasse folgar a sus gentes.

E el conde respondiol que a homne del mundo non plazdría más que a él folgar e estar viçioso [408] si pudiesse; mas que bien sabía que habían grand guerra con los moros e con los leoneses e con los navarros, e si quisiessen mucho folgar, que los sus contrarios que luego serían contra ellos, e si quisiessen andar a caça con buenas aves por Arlançón [409] arriba e ayuso [410] e en buenas mulas gordas, e dexar de defender la tierra, que bien lo podrían fazer, mas que les contesçería como dezía el vierbo [411] antiguo. «Murió el homne e murió el su nombre»; mas si quisiéremos olvidar los viçios e fazer mucho por nos defender e llevar nuestra honra adelante, dirán por nos depués que muriéremos: «Murió el homne, mas non murió el su nombre.» E pues viziosos e lazdrados, [412] todos habemos a morir, non me semeja que sería bueno si por viçio nin por la folgura [413] dexáremos de fazer en guisa que depués que nós muriéremos, que nunca muera la buena fama de los nuestros fechos.

E vós, señor conde, pues sabedes que habedes a morir, por el mi consejo, nunca por viçio nin por folgura dexaredes de fazer tales cosas, porque, aun desque vos murierdes, siempre viva la fama de los vuestros fechos.

Al conde plogo mucho desto que Patronio le consejó, e fízolo assí, e fallose dello muy bien.

---

[408] *viçioso*: ocioso, regalado.
[409] *Arlançón*: río que corre por la provincia de Burgos.
[410] *ayuso*: abajo.
[411] *vierbo*: refrán.
[412] *lazdrados*: afligidos.
[413] *folgura*: holganza, descanso.

E porque don Johan tovo este exiemplo por muy bueno, fízolo escribir en este libro e fizo estos viessos que dizen assí:

Si por viçio e por folgura
la buena fama perdemos,
la vida muy poco dura,
denostados fincaremos.

E la historia deste exiemplo es ésta que se sigue:

EXEMPLO XVII

De lo que contesçió a un homne que había muy grant fambre,
quel convidaron otros muy floxamente[414] *a comer*

Otra vez, fablaba el conde Lucanor con Patronio, su
consejero, e díxole assí:

—Patronio, un homne vino a mí e díxome que faría por
mí una cosa que me cumplía a mí mucho; e como quier que
me lo dixo, entendí en él que me lo dizía tan floxamente
quel plazdrié[415] mucho escusasse de tomar de aquella ayuda.
E yo, de una parte, entiendo que me cumpliría mucho de
fazer aquello que él me ruega, e de otra parte, he muy grant
embargo de tomar de aquel ayuda, pues veo que me lo dize
tan floxamente. E por el buen entendimiento que vós habedes, ruégovos que me digades lo que vos paresçe que debo
fazer en esta razón.

—Señor conde Lucanor –dixo Patronio–, porque vós
fagades en esto lo que me semeja que es vuestra pro, plazerme ía mucho que sopiésedes lo que contesçió a un homne
con otro quel convidó a comer.

El conde le rogó quel dixiesse cómo fuera aquello.

---

[414] *floxamente*: con indiferencia, con desgana.
[415] *plazdrié*: hubiese gustado.

—Señor conde Lucanor –dixo Patronio–, un homne bueno era que había seído muy rico e era llegado a muy grand pobreza e fazíasele muy grand vergüença de demandar nin envergoñarse a ninguno por lo que había de comer; e por esta razón sufría muchas vezes muy grand fambre e muy grand lazería. E un día, yendo él muy cuitado, porque non podía haber ninguna cosa que comiesse, passó por una casa de un su conosçiente[416] que estaba comiendo; e cuando le vio passar por la puerta, preguntol muy floxamente si quería comer; e él, por el grand mester que había, començó a lavar las manos, e díxol:

—En buena fe, don Fulano, pues tanto me conjurastes e me afincastes que comiesse convusco, non me paresçe que faría aguisado[417] en contradezir tanto vuestra voluntad nin fazeros quebrantar vuestra jura.[418]

E assentose a comer, e perdió aquella fambre e aquella quexa en que estaba. En dende adelante, acorriol Dios, e diol manera cómo salió de aquella lazería tan grande.

E vós, señor conde Lucanor, pues entendedes que aquello que aquel homne vos ruega es grand vuestra pro, dadle a entender que lo fazedes por complir su ruego, e non paredes mientes a cuanto floxamente vos lo él ruega e non esperedes a que vos afinque más por ello, sinon por aventura non vos fablará en ello más, e seervos ía más vergüença si vós lo hobiéssedes a rogar lo que él ruega a vos.

El conde tovo esto por bien e por buen consejo, e fízolo assí, e fallose ende bien.

---

[416] *conosçiente*: conocido.
[417] *faría aguisado*: obraría razonablemente.
[418] *jura*: ofrecimiento.

E entendiendo don Johan que este exiemplo era muy bueno, fízolo escribir en este libro e fizo estos viessos que dizen assí:

En lo que tu pro pudieres fallar,
nunca te fagas mucho por rogar.

E la historia deste exiemplo es ésta que se sigue:

EXEMPLO XVIII

De lo que contesçió a don Pero Meléndez de Valdés cuando se le quebró la pierna

Fablaba el conde Lucanor con Patronio, su consejero, un día, e díxole assí:

—Patronio, vós sabedes que yo he contienda con un mi vezino que es homne muy poderoso e muy honrado; e habemos entre nós postura[419] de ir a una villa, e cualquier de nos que allá vaya primero, cobraría[420] la villa, e perderla ha el otro; e vós sabedes cómo tengo ya toda mi gente ayuntada; e bien fío, por la merçed de Dios, que si yo fuesse, que fincaría ende con grand honra e con grand pro. E agora ésto embargado,[421] que lo non puedo fazer por esta ocasión[422] que me contesçió: que non estó bien sano. E como quier que me es grand pérdida en lo de la villa, bien vos digo que me tengo por más ocasionado[423] por la mengua que tomo e por la honra que a él ende viene, que aun por la pérdida. E por la fiança que yo en vos he, ruégovos que me digades lo que entendierdes que en esto se puede fazer.

---

[419] *postura*: pacto.
[420] *cobraría*: ganaría.
[421] *embargado*: impedido, imposibilitado.
[422] *ocasión*: accidente.
[423] *ocasionado*: desgraciado, desdichado.

—Señor conde Lucanor –dixo Patronio–, como quier que vós fazedes razón de vos quexar, para que en tales cosas como estas fiziésedes lo mejor siempre, plazerme ía que sopiésedes lo que contesçió a don Pero Meléndez de Valdés.

El conde le rogó quel dixiesse cómo fuera aquello.

—Señor conde Lucanor –dixo Patronio–, don Pero Meléndez de Valdés era un caballero mucho honrado del reino de León, e había por costumbre que cada quel acaesçié algún embargo, siempre dizía: «Bendicho sea Dios, ca pues Él lo faze, esto es lo mejor!».

E este don Pero Meléndez era consejero e muy privado del rey de León; e otros sus contrarios,[424] por grand envidia quel hobieron, assacáronle[425] muy grand falsedat e buscáronle tanto mal con el rey, que acordó de lo mandar matar.

E seyendo don Pero Meléndez en su casa, llegol mandado[426] del rey que enviaba por él. E los quel habían a matar estábanle esperando a media legua de aquella su casa. E queriendo cabalgar don Pero Meléndez para se ir para el rey, cayó de una escalera e quebrol[427] la pierna. E quando sus gentes que habían a ir con él vieron esta ocasión que acaesçiera, pesoles ende mucho, e començáronle a maltraer diziéndol:

—¡Ea!, don Pero Meléndez, vós que dezides que lo que Dios faze, esto es lo mejor, tenedvos agora este bien que Dios vos ha fecho.

E él díxoles que ciertos fuessen que, como quier que ellos tomaban grand pesar desta ocasión quel contesçiera,

---

[424] *contrarios*: enemigos.
[425] *assacáronle*: le achacaron.
[426] *mandado*: recado, aviso (más abajo: mandato, orden).
[427] *quebrol*: se rompió.

que ellos verían que, pues Dios lo fiziera, que aquello era lo mejor. E por cosa[428] que fizieron, nunca desta entençión[429] le pudieron sacar.

E los quel estaban esperando por le matar por mandado del rey, desque vieron que non venía, e sopieron lo quel había acaesçido, tornáronse[430] paral rey e contáronle la razón porque non pudieran complir su mandado.

E don Pero Meléndez estudo grand tiempo que non pudo cabalgar; e en cuanto[431] él assí estaba maltrecho,[432] sopo el rey que aquello que habían asacado a don Pero Meléndez que fuera muy grant falsedat, e prendió a aquellos que gelo habían dicho. E fue veer a don Pero Meléndez, e contol la falsedat que dél le dixieron, e cómo le mandara él matar, e pediol perdón por el yerro que contra él hobiera de fazer e fízol mucho bien e mucha honra por le fazer emienda. E mandó luego fazer muy grand justicia antél daquellos que aquella falsedat le assacaron.

E assí libró Dios a don Pero Meléndez, porque era sin culpa, e fue verdadera la palabra que él siempre dolía dezir: «Que todo lo que Dios faze, que aquello es lo mejor.»

E vós, señor conde Lucanor, por este embargo que vos agora vino, non vos quexedes, e tenet por çierto en vuestro coraçón que todo lo que Dios faze, que aquello es lo mejor; si lo assí pensaredes, Él vos lo sacará todo a bien.[433] Pero debedes entender que las cosas que acaesçen son en dos

---

[428] *por cosa*: por mucho, por más.

[429] *entençión*: creencia.

[430] *tornáronse*: se volvieron, regresaron.

[431] *en cuanto*: mientras.

[432] *maltrecho*: enfermo.

[433] *sacará todo a bien*: llevará a buen término.

maneras: la una es que si viene a homne algún embargo en que se puede poner algún consejo; la otra es que si viene algún embargo en que se non puede poner ningún consejo. E en los embargos que se puede poner algún consejo debe fazer homne cuanto pudiera por lo poner y e non lo debe dexar por atender que por voluntad de Dios o por aventura se endereçará, ca esto sería tentar a Dios; mas, pues el homne ha entendimiento e razón, todas las cosas que fazer pudiere por poner consejo en las cosas en que se non puede poner y ningún consejo, aquellas debe homne tener que, pues se fazen por voluntad de Dios, que aquello es lo mejor. E pues esto que a vos acaesçió es de las cosas que vienen por voluntad de Dios, e en que se non puede poner consejo, poned en vuestro talante que, pues Dios lo faze, que es lo mejor; e Dios lo guisará que se faga assí como lo vós tenedes en coraçón.

El conde tovo que Patronio le dezía la verdat e le daba buen consejo, e fízolo assí, e fallose ende bien.

E porque don Johan tovo éste por buen enxiemplo, fízolo escribir en este libro e fizo estos viessos que dizen assí:

Non te quexes por lo que Dios fiziere,
ca por tu bien sería cuando Él quisiere.

E la estoria deste exiemplo es ésta que se sigue:

Exemplo XIX

De lo que contesçió a los cuervos con los búhos

Fablaba un día el conde Lucanor con Patronio, su consejero, e díxol:

—Patronio, yo he contienda con un homne muy poderoso; e aquel mio enemigo había en su casa un su pariente e su criado, e homne a quien había fecho mucho bien. E un día, por cosas que acaesçieron entre ellos, aquel mio enemigo fizo mucho mal e muchas deshonras aquel homne con quien había tantos debdos. E veyendo el mal que había reçebido e queriendo catar manera cómo se vengasse, vínose para mí, e yo tengo que es muy grand mi pro, ca éste me puede desengañar e aperçebir en cómo pueda más ligeramente fazer daño aquel mio enemigo. Pero, por la grand fiuza que yo he en vos e en el vuestro entendimiento, ruégovos que me consejedes lo que faga en este fecho.

—Señor conde Lucanor –dixo Patronio–, lo primero vos digo que este homne non vino a vos sinon por vos engañar; e para que sepades la manera del su engaño, plazerme ía que sopiéssedes lo que contesçió a los búhos e a los cuervos.

El conde le rogó quel dixiesse cómo fuera aquello.

—Señor conde Lucanor –dixo Patronio–, los cuervos e los búhos, habían entre sí grand contienda, pero los cuervos eran en mayor quexa. [434] E los búhos, porque es su costumbre de andar de noche, e de día estar ascondidos en cuevas muy malas [435] de fallar, vinían de noche a los árboles do los cuervos albergaban e mataban muchos dellos, e fazíanles mucho mal. E passando los cuervos tanto daño, un cuervo que había entrellos muy sabidor, [436] que se dolía mucho del mal que había reçebido de los buyos, [437] sus enemigos, fabló con los cuervos sus parientes, e cató esta manera para se poder vengar.

E la manera fue ésta: que los cuervos le messaron [438] todo, salvo ende un poco de las alas, con que volaba muy mal y muy poco. E desque fue assí maltrecho, fuese para los búhos e contoles el mal e el daño que los cuervos le fizieran, señaladamente porque les dizía que non quisiessen seer contra ellos; mas, pues tan mal lo habían fecho contra él, que si ellos quisiessen, que él les mostraría muchas maneras cómo se podrían vengar de los cuervos e fazerles mucho daño.

Cuando los búhos esto oyeron, plógoles mucho, e tovieron que por este cuervo que era con ellos era todo su fecho [439] endereçado, e començaron a fazer mucho bien al cuervo a fiar en él todas sus faziendas e sus poridades.

Entre los otros búhos, había y uno que era muy viejo e había passado por muchas cosas, e desque vio este fecho del cuervo, entendió el engaño con que el cuervo andaba, e fuesse paral mayoral [440] de los búhos e díxol quél fuesse

---

[434] *eran en mayor quexa*: llevaban la peor parte.
[435] *malas*: difíciles.
[436] *sabidor*: sabio.
[437] *buyos*: búhos.
[438] *messaron*: arrancaron todas las plumas; desplumaron.
[439] *fecho*: disputa, pleito.
[440] *mayoral*: jefe, cabecilla.

çierto [441] que aquel cuervo non viniera a ellos sinon por su daño e por saber sus faziendas, e que lo echasse de su compaña. [442] Mas este búho non fue creído de los otros búhos; e desque vio que non le querían creer, partiose dellos e fue buscar tierra do los cuervos non le pudiessen fallar.

E los otros búhos pensaron bien del cuervo. E desque las péñolas le fueron eguadas, [443] dixo a los búhos que, pues podía volar, que iría saber dó estaban los cuervos e que vernía dezírgelo por que pudiessen ayuntarse e ir los estroír todos. A los búhos plogó mucho desto.

E desque el cuervo fue con los otros cuervos, ayuntáronse muchos dellos, e sabiendo toda la fazienda de los búhos, fueron a ellos de día cuando ellos non vuelan e estaban segurados [444] e sin reçelo, e mataron e destruyeron dellos tantos por que fincaron vençedores los cuervos de toda su guerra.

E todo este mal vino a los búhos porque fiaron en el cuervo que naturalmente era su enemigo.

E vos, señor conde Lucanor, pues sabedes que este homne que a vós vino es muy adebdado con aquel vuestro enemigo e naturalmente él e todo su linaje son vuestros enemigos, conséjovos yo que en ninguna manera non lo trayedes en vuestra compaña, ca çierto sed que non vino a vos sinon por engañar e por vos fazer algún daño. Pero si él vos quisiere servir seyendo alongado de vos, de guisa que vos non pueda empesçer, [445] nin saber nada de vuestra fazienda,

[441] *fuesse çierto*: tuviese la certeza.
[442] *compaña*: compañía.
[443] *eguadas*: crecidas e igualadas, aptas para volar.
[444] *segurados*: seguros.
[445] *empesçer*: perjudicar.

e de fecho fiziere tanto mal e tales manzellamientos[446] a aquel vuestro enemigo con quien él ha algunos debdos, que veades vós que non le finca logar[447] para se poder nunca avenir con él, estonce podredes vós fiar en él, pero siempre fiat en él tanto de que vos non pueda venir daño.

El conde tovo éste por buen consejo, e fízolo assí, e fallose dello muy bien.

E porque don Johan entendió que este exiemplo era muy bueno, fízolo escribir en este libro e fizo estos viessos que dizen assí:

Al que tu enemigo suel seer,
nunca quieras en él mucho creer.

E la historia deste exiemplo es ésta que se sigue:

---

[446] *manzellamientos*: ofensas, daños, deshonras.
[447] *logar*: oportunidad.

Exemplo XX

De lo que contesçió a un rey con un homne quel dixo
quel faría alquimia

Un día, fablaba el conde Lucanor con Patronio, su consejero, en esta manera:

—Patronio, un homne vino a mí e dixo que me faría
cobrar muy grand pro e grand honra, e para esto que había
mester que catasse alguna cosa de lo mío con que se
començasse aquel fecho; ca, desque fuesse acabado, por un
dinero habría diez. E por el buen entendimiento que Dios
en vos puso, ruégovos que me digades lo que vierdes que me
cumple de fazer en ello.

—Señor conde, para que fagades en esto lo que fuere
más vuestra pro, plazerme ía que sopiéssedes lo que contesçió a un rey con un homne quel dizía que sabía fazer
alquimia. [448]

El conde le preguntó cómo fuera aquello.

—Señor conde Lucanor –dixo Patronio–, un homne era
muy grand golfín [449] e había muy grand sabor [450] de enre-

---

[448] *alquimia*: química mágica que, supuestamente, permitía convertir
cualquier metal en oro y que buscaba la piedra filosofal.

[449] *golfín*: truhán, farsante.

[450] *muy grand sabor*: gran deseo, mucho gusto.

quesçer e de salir de aquella mala vida que passaba.[451] E aquel homne sopo que un rey, que non era de muy buen recado, se trabajaba de fazer alquimia.

E aquel golfín tomó çient doblas e limolas, e de aquellas limaduras fizo, con otras cosas que puso con ellas, çient pellas,[452] e cada una de aquellas pellas pesaba una dobla, e demás las otras cosas que él mezcló con las limaduras de las doblas. E fuese para una villa do era el rey, e vistiose de paños[453] muy assessegados[454] e llevó aquellas pellas e vendiolas a un espeçiero.[455] E el espeçiero preguntó que para qué eran aquellas pellas, e el golfín díxol que para muchas cosas, e señaladamante, que sin aquella cosa, que se non podía fazer el alquimia, e vendiol todas las cient pellas por cuantía de dos o tres doblas. E el espeçiero preguntol cómo habían nombre aquellas pellas, e el golfín que habían nombre tabardíe.[456]

E aquel golfín moró un tiempo en aquella villa en manera de homne muy assessegado e fue diziendo a unos e a otros, en manera de poridat, que sabía fazer alquimia.

E estas nuevas llegaron al rey, e envió por él e preguntol si sabía fazer alquimia. E el golfín, como quier quel fizo muestra que se quería encobrir[457] e que lo non sabía, al cabo diol a entender que lo sabía, pero dixo al rey quel consejaba que deste fecho non fiasse de homne del mundo nin aventurasse mucho de su haber, pero si quisiesse, que probaría

---

[451] *passaba*: llevaba.
[452] *pellas*: bolas.
[453] *paños*: ropas.
[454] *assessegados*: respetables.
[455] *espeçiero*: boticario.
[456] *tabardíe*: palabra inventada por don Juan Manuel.
[457] *encobrir*: ocultar.

antél un poco e quel amostraría lo que ende sabía. Esto le gradesçió el rey mucho, e paresçiol que segund estas palabras que non podía haber y ningún engaño. Estonçe fizo traer las cosas que quiso, e eran cosas que se podían fallar, e entre las otras mandó traer una pella de tabardíe. E todas las cosas que mandó traer non costaban más de dos o tres dineros. [458] Desque las traxieron e las fundieron antel rey salió peso de una dobla de oro fino. E desque el rey vio que de cosa que costaba dos o tres dineros, salía una dobla, fue muy alegre e tóvose por el más bien andante del mundo, e dixo al golfín, que esto fazía, que cuidaba el rey que era muy buen homne, que fiziesse más.

E el golfín respondiol, como si non sopiesse más daquello:

—Señor, cuanto yo desto sabía, todo vos lo he mostrado, e daquí adelante vós lo faredes tan bien como yo; pero conviene que sepades una cosa: que cualquier destas cosas que mengüe non se podría fazer este oro.

E desque esto hobo dicho, espediose del rey e fuese para su casa.

El rey probó sin aquel maestro de fazer el oro, e dobló la reçepta, e salió peso de dos doblas de oro. Otra vez dobló la reçepta, e salió peso de cuatro doblas; e assí como fue cresçiendo la reçepta, assí salió pesso de doblas. Desque el rey vio que él podía fazer cuanto oro quisiese, mandó traer tanto daquellas cosas para que pudiesse fazer mil doblas. E fallaron todas las otras cosas, mas non fallaron el tabardíe. Desque el rey vio que, pues menguaba el tabardíe, que se non podía fazer el oro, envió por aquel que gelo mostrara fazer, e díxol que non podía fazer el oro como solía. E él pre-

---

[458] *dinero*: moneda de poco valor.

guntol si tenía todas las cosas que él le diera por escripto. E el rey díxol que sí, mas quel menguaba el tabardíe.

Estonçe le dixo el golfín que por cualquier cosa que menguasse que non se podía fazer el oro, e que assí lo había él dicho el primer día.

Estonçe preguntó el rey si sabía él dó había este tabardíe; e el golfín le dixo que sí.

Estonçe le mandó el rey que, pues él sabía dó era, que fuesse él por ello e troxiesse tanto porque pudiesse fazer tanto cuanto oro quisiesse.

El golfín le dixo que como quier que esto podría fazer otro tan bien o mejor que él, si el rey lo fallase por su serviçio, que iría por ello: que en su tierra fallaría ende asaz. Estonçe contó el rey lo que podría costar la compra e la despensa[459] e montó muy grand haber.[460]

E desque el golfín lo tovo en su poder, fuese su carrera[461] e nunca tornó al rey. E assí fincó el rey engañado por su mal recabdo. E desque vio que tardaba más de cuanto debía, envió el rey a su casa por saber si sabían dél algunas nuevas. E non fallaron en su casa cosa del mundo, sinon un arca çerrada; e desque la abrieron, fallaron y un escripto que dezía assí:

«Bien creed que non ha en el mundo tabardíe; mas sabet que vos he engañado, e cuando yo vos dizía que vos faría rico, debiérades me dezir que lo feziesse primero a mí e que me creeríedes.»

A cabo de algunos días, unos homnes estaban riendo e trebejando e escribían[462] todos los homnes que ellos conosçían,

---

[459] *despensa*: gasto.

[460] *montó muy grand haber*: fue una cantidad muy elevada.

[461] *fuese su carrera*: se marchó.

[462] *trebejando e escribían*: burlándose y ponían motes.

cada uno de cuál manera era, e dizían: «Los ardides [463] son fulano e fulano; e los ricos, fulano e fulano; e los cuerdos, fulano e fulano.» E assí de todas las otras cosas buenas o contrarias. E cuando hobieron a escribir los homnes de mal recabdo, [464] escribieron y el rey. E cuando el rey lo sopo, envió por ellos e asseguroles que les non faría ningún mal por ello, e díxoles que por quél escribieran por homne de mal recabdo. E ellos dixiéronlo: que por razón que diera tan grand haber a homne estraño e de quien non tenía ningún recabdo. [465]

E el rey les dixo que habían errado, e que si viniesse aquel que había llevado el haber que non fincaría él por homne de mal recabdo. E ellos le dixieron que ellos non perdían nada de su cuenta, ca si el otro viniesse, que sacarían al rey del escripto e que pornían a él.

E vós, señor conde Lucanor, si queredes que non vos tengan por homne de mal recabdo, non aventuredes por cosa que non sea çierta tanto de lo vuestro, que vos arrepintades si lo perdierdes por fuza de haber grand pro, seyendo en dubda.

Al conde plogo deste consejo, e fízolo assí, e fallose dello bien.

E veyendo don Johan que este exiemplo era bueno, fízolo escribir en este libro, e fizo estos viessos que dizen assí:

Non aventuredes mucho la tu riqueza,
por consejo del que ha grand pobreza.

E la historia deste exiemplo es ésta que se sigue:

---

[463] *ardides*: valientes.
[464] *mal recabdo*: de mal juicio, insensato.
[465] *recabdo*: informe.

Exemplo XXI

De lo que contesçió a un rey moço con un muy grant philósopho a qui lo acomendara su padre

Otra vez fablaba el conde Lucanor con Patronio, su consejero, de esta guisa:

—Patronio, assí acaesçió que yo había un pariente a qui amaba mucho, e aquel mi pariente finó e dexó un fijo muy pequeñuelo, e este moço críolo[466] yo. E por el grand debdo e grand amor que había a su padre, e otrosí, por la grand ayuda que yo atiendo[467] dél desque sea en tiempo para me la fazer,[468] sabe Dios quel amo como si fuesse mi fijo. E como quier que el moço ha buen entendimiento e fío por Dios que sería muy buen homne, pero porque la moçedat engaña muchas vezes a los moços e non les dexa fazer todo lo que les cumpliría más, plazerme ía si la moçedat non engañasse tanto a este moço. E por el buen entendimiento que vós habedes, ruégovos que me digades en qué manera podría yo guisar que este moço fiziesse lo que fuesse más aprovechoso para el cuerpo e para la su fazienda.

—Señor conde Lucanor –dixo Patronio–, para que vós fisiésedes en fazienda deste mozo lo que al mio cuidar sería

---

[466] *críolo*: lo educo.
[467] *atiendo*: espero.
[468] *para me la fazer*: para que él me ayude.

mejor, mucho querría que sopiéssedes lo que contesçió a un muy grand philósopho con un rey moço, su criado. [469]

El conde le preguntó cómo fuera aquello.

—Señor conde Lucanor –dixo Patronio–, un rey había un fijo e diolo a criar a un philósopho en que fiaba mucho; e cuando el rey finó, fincó el rey su fijo moço pequeño. E criolo aquel philósopho fasta que passó por XV años. Mas luego que entró en la mancebía, [470] començó a despreçiar el consejo daquel que lo criara e allegose a otros consejeros de los mançebos e de los que non habían tan gran debdo con él porque mucho fiziessen por lo guardar de daño. E trayendo su fazienda en esta guisa, ante de poco tiempo llegó su fecho a logar [471] que también las maneras e costumbres [472] del su cuerpo, como la su fazienda, era todo muy empeorado. E fablaban todas las gentes muy mal de cómo perdía aquel rey moço el cuerpo e la fazienda. Yendo aquel pleito [473] tan a mal, el philósopho que criara al rey e se sintía e le pessaba ende mucho, non sabía qué fazer, ca ya muchas vezes probara de lo castigar con ruego e con falago, e aun maltrayéndolo, e nunca pudo fazer y nada, ca la moçedat lo estorbaba todo.

E desque el philósopho vio que por otra manera non podía dar consejo en aquel fecho, pensó esta manera que agora oiredes.

El philósopho començó poco a poco a dezir en casa del rey que él era el mayor agorero [474] del mundo. E tantos hom-

---

[469] *criado*: discípulo.
[470] *mancebía*: adolescencia.
[471] *llegó su fecho a logar*: llegó a tal extremo.
[472] *costumbres*: hábitos.
[473] *pleito*: asunto.
[474] *agorero*: persona que interpreta los agüeros.

nes oyeron esto que lo hobo de saber el rey moço; e desque lo sopo preguntó el rey al philósopho si era verdat que sabía catar agüero [475] tan bien como lo dizían. E el philósopho, como quier quel dio a entender que lo quería negar, pero al cabo díxol que era verdat, mas que non era mester que homne del mundo lo sopiesse. E como los moços son quexosos [476] para saber e para fazer todas las cosas, el rey, que era moço, quexábase mucho por veer cómo cataba los agüeros el philósopho; e cuanto el philósopho más lo alongaba, [477] tanto había el rey moço mayor quexa de lo saber, e tanto afincó al philósopho, que puso con él de ir un día de grand mañana [478] con él a los catar en manera que non lo sopiesse ninguno.

E madrugaron mucho; e el philósopho endereçó por un valle en que había pieça [479] de aldeas yermas; [480] e desque passaron por muchas, vieron una corneja que estaba dando vozes [481] en un árbol. E el rey mostraba al philósopho, e él fizo contenente [482] que la entendía. E otra corneja començó a dar vozes en otro árbol, e amas las cornejas estudieron assí dando vozes, a vezes la una e a vezes la otra. E desque el philósopho escuchó esto una pieça començó a llorar muy fieramente e rompió sus paños, [483] e fazía el mayor duelo del mundo.

---

[475] *catar agüero*: pronosticar lo venidero por el vuelo de las aves, por su canto u otras manifestaciones.

[476] *quexosos*: impacientes.

[477] *alongaba*: demoraba.

[478] *de grand mañana*: muy de mañana.

[479] *pieça*: cantidad, abundancia.

[480] *yermas*: despobladas, deshabitadas.

[481] *vozes*: graznidos.

[482] *contenente*: gesto de.

[483] La rotura de las vestiduras era una de las manifestaciones de dolor en la Edad Media.

Cuando el rey moço esto vio, fue muy espantado e preguntó al philósopho que por qué fazía aquello. E el philósopho diol a entender que gelo quería negar. E desque lo afincó mucho, díxol que más quería seer muerto que vivo, ca non tan solamente los homnes, mas que aun las aves, entendían ya como por su mal recabdo, era perdida toda su tierra e su fazienda e su cuerpo despreçiado. E el rey moço preguntol como era aquello.

E él díxol que aquellas dos cornejas habían puesto [484] de casar el fijo de la una con la fija de la otra; e que aquella corneja que començara a fablar primero, que dezía a la otra que pues tanto había que era puesto aquel casamiento, que era bien que los casassen. E la otra corneja díxol que verdat era que fuera puesto, mas que agora ella era más rica que la otra, que loado a Dios, después que este rey regnara, que eran yermas todas las aldeas de aquel valle, e que fallaba ella en las casas yermas muchas culuebras [485] e lagartos e sapos e otras tales cosas que se crían en los lugares yermos, porque habían muy mejor de comer que solía, e por ende que non era estonçe el casamiento egual. E cuando la otra corneja esto oyó, començó a reir e respondiol que dizía poco seso [486] si por esta razón quería alongar el casamiento, que sol que Dios diesse vida a este rey, que muy aína sería ella más rica que ella, ca muy aína sería yermo aquel valle otro do ella moraba en que había diez tantas [487] aldeas que en el suyo, e que por esto non había por qué alongar el casamiento. E por esto otorgaron amas las cornejas de ayuntar luego el casamiento.

---

484 *habían puesto*: convenido.
485 *culuebras*: culebras.
486 *poco seso*: algo poco sensato, de poca discreción.
487 *diez tantas*: diez veces más.

Cuando el rey moço esto oyó, pesol ende mucho, e comencó a cuidar cómo era su mengua en ermar[488] assí lo suyo. E desque el philósopho vio el pesar e el cuidar que el rey moço tomaba e que había sabor de cuidar en su fazienda, diol muchos buenos consejos, en guisa que en poco tiempo fue su fazienda toda endereçada, también de su cuerpo, como de su regno.

E vós, señor conde, pues criastes este moço, e querríades que se endereçasse su fazienda, catad alguna manera que por exiemplos o por palabras maestradas[489] e falagueras le fagades entender su fazienda, mas por cosa del mundo nos derrangedes[490] con él castigándol nin maltrayéndol, cuidándol endereçar; ca la manera de los más de los moços es tal, que luego aborreçen al que los castiga, e mayormente si es homne de grand guisa, ca llévanlo a manera de menospreçio, non entendiendo cuánto lo yerran; ca non han tan buen amigo en el mundo como el que castiga el moço porque non faga su daño, mas ellos no lo toman assí, sinon por la peor manera. E por aventura caería tal desamor entre vós e él, que ternía daño a entramos para adelante.

Al conde plogo mucho deste consejo que Patronio le dio, e fízolo assí, e fallose ende bien.

E porque don Johan se pagó mucho deste exiemplo, fízolo poner en este libro, e fizo estos viessos que dizen assí:

Non castigues moço maltrayéndol,
mas dilo comol vaya plaziéndol.

E la historia deste exiemplo es ésta que se sigue:

---

[488] *ermar*: asolar.
[489] *maestradas*: estudiadas.
[490] *derrangedes*: extralimitéis.

Exemplo XXII

De lo que contesçió al león y al toro

Fablaba otra vez el conde Lucanor con Patronio, su consejero, e díxole assí:

—Patronio, yo he un amigo muy poderoso e muy honrado, e como quier que fasta aquí nunca fallé en él sinon buenas obras, agora dízenme que non me ama tan derechamente como suele, e aun, que anda buscando maneras por que sea contra mí. E yo estó agora en grandes dos cuidados:[491] el uno es porque me he reçelo que si por aventura él contra mí quisiere seer, que me pueda venir grand daño; el otro es que me he reçelo que si él entiende que yo tomo dél esta sospecha e que me vo guardando dél,[492] que él, otrosí, que fará esso mismo, e que assí irá cresçiendo la sospecha e el desamor[493] poco a poco fasta que nos habiemos a desavenir. E por la grant fiança que yo en vos he, ruégovos que me consejedes lo que vierdes que más me cumple de fazer en esto.

—Señor conde Lucanor –dixo Patronio–, para que desto vos podades guardar, plazerme ía mucho que sopiésedes lo que conteçió al león e al toro.

---

[491] *cuidados*: preocupaciones.

[492] *me vo guardando dél*: le esquivo.

[493] *desamor*: enemistad.

El conde le rogó quel dixiesse cómo fuera aquello.

—Señor conde Lucanor –dixo Patronio–, el león e el toro eran mucho amigos, e porque ellos son animalias muy fuertes e muy reçias, apoderábanse e enseñorgaban[494] todas las otras animalias: ca el león, con el ayuda del toro, apremiaba[495] todas las animalias que comen carne; e el toro, con el ayuda del león, apremiaba a todas las animalias que pacen la yerba. E desque todas las animalias entendieron que el león e el toro les apremiaban por el ayuda que fazían el uno al otro, e vieron que por esto les viníe grand premia[496] e grant daño, fablaron todos entre sí qué manera podrían catar para salir desta premia. E entendieron que si fiziesen desavenir al león e al toro, que serían ellos fuera de la premia de que los traían apremiados el león e el toro. E porque el raposo e el carnero eran más allegados a la privança del león e del toro que las otras animalias, rogáronles todas las animalias que trabajassen cuanto pudiessen para meter desavenencia entre ellos. E el raposo e el carnero dixieron que se trabajarían cuanto pudiesen por fazer esto que las animalias querían.

E el raposo, que era consejero del león, dixo al osso, que es el más esforçado e más fuerte de todas las bestias que comen carne en pos el león, quel dixiesse que se reçelaba que el toro andaba catando manera para le traer cuanto daño pudiesse, e que días habíe que gelo habían dicho esto, e como quier que por aventura esto non era verdat, pero que parasse mientes en ello.

---

[494] *apoderábanse e enseñorgaban*: tenían poder y se enseñoreaban.
[495] *apremiaba*: oprimía.
[496] *premia*: opresión.

E esso mismo dixo el carnero, que era consejero del toro, al caballo, que es el más fuerte animal que ha en esta tierra de las bestias que pacen yerba.

El osso e el caballo cada uno dellos dixo esta razón al león e al toro. E como quier que el león e el toro non creyeron esto del todo, aun tomaron alguna sospecha que aquellos, que eran los más honrados del su linaje e de su compaña, que gelo dizían por meter mal entrellos, pero con todo esso ya cayeron en alguna sospecha. E cada uno dellos fablaron con el raposo e con el carnero, sus privados.

E ellos dixiéronles que como quier que por aventura el osso e el caballo les dizían esto por alguna maestría engañosa, que con todo esso, que era bien que fuessen parando mientes en los dichos e en las obras que farían dallí adelante el león e el toro, e segund que viessen, que assí podrían fazer.

E ya con esto cayó mayor sospecha entre el león e el toro. E desque las animalias entendieron que el león e el toro tomaron sospecha el uno del otro, començáronles a dar a entender más descubiertamente que cada uno dellos se reçelaba del otro, e que esto non podría ser sinon por las malas voluntades que tenían escondidas en los coraçones.

E el raposo e el carnero, como falsos consejeros, catando su pro e olvidando la lealtad que habían de tener a sus señores, en logar de los desengañar, engañáronlos; e tanto fizieron, fasta que el amor que solía seer entre el león e el toro tornó en muy grand desamor; e desque las animalias esto vieron, començaron a esforçar[497] a aquellos sus mayorales fasta que les fizieron començar la contienda, e dando a

---

[497] *esforçar*: azuzar.

entender cada uno dellos a su mayoral quel guardaba, e guardábanse los unos e los otros, e fazían tornar[498] todo el daño sobre el león e sobre el toro.

E a la fin, el pleito vino a esto: que como quier que el león fizo más daño e más mal al toro e abaxó mucho el su poder e la su honra, pero siempre el león fincó tan desapoderado[499] dallí adelante que nunca pudo enseñorar las otras bestias nin apoderarse dellas como solía, tan bien de las del su linaje[500] como de las otras. E assí, porque el león e el toro non entendieron que por el amor e el ayuda que el uno tomaba del otro eran ellos honrados e apoderados de todas las otras animalias, e non guardaron el amor aprovechoso que habían entre sí e non se sopieron guardar de los malos consejeros, que les dieron malos consejos para salir de su premia e apremiar a ellos, fincaron el león e el toro tan mal de aquel pleito, que assí como ellos eran ante apoderados de todos, así fueron después todos apoderados dellos

E vós, señor conde Lucanor, guardatvos que estos que en esta sospecha vos ponen contra aquel vuestro amigo, que vos lo non fagan por traer a aquello que troxieron las animalias al león e al toro. E por ende, conséjovos yo, que si aquel vuestro amigo es homne leal e fallastes en él siempre buenas obras e leales e fiades en él como homne debe fiar del buen fijo o del buen hermano, que non creades cosa que vos digan contra él. Ante, vos consejo quel digades lo que vos dixieren dél, e él luego vos dirá otrosí lo que dixieren a él de vos. E fazed tan grant escarmiento en los que esta falsedat

---

[498] *fazían tornar*: imputaban.
[499] *desapoderado*: despojado de poder.
[500] *linaje*: especie.

cuidaren ordir,[501] porque nunca otros se atrevan a lo començar otra vegada. Pero si el amigo non fuere desta manera que es dicha, e fuere de los amigos que se aman por el tiempo, o por la ventura, o por el mester, a tal amigo como éste, siempre guardat que nunca digades nin fagades cosa porque él pueda entender que de vós se mueva mala sospecha nin mala obra contra él, e dat passada[502] a algunos de sus yerros; ca por ninguna manera non puede seer que tan grant daño vos venga a deshora de que ante non veades alguna señal çierta, como sería el daño que vos vernía si vos desaviniésedes[503] por tal engaño e maestría como desuso es dicho; pero, al tal amigo, siempre le dat a entender en buena manera que, assí como cumple a vos la su ayuda, que assí cumple a él la vuestra; e lo uno faziéndol buenas obras e mostrándol buen talante e non tomando sospecha dél sin razón, nin creyendo dicho de malos homnes e dando alguna passada a sus yerros; e lo ál, mostrándol que assí cumple a vos la su ayuda, que assí cumple a él la vuestra. Por estas maneras durará el amor entre vos, e seredes guardados de non caer en el yerro que cayeron el león e el toro.

Al conde plogo mucho deste consejo que Patronio le dio, el fízolo assí, e fallose ende bien.

E entendiendo don Johan que este exiemplo era muy bueno fízolo escribir en este libro e fizo estos viessos que dizen assí:

> *Por falso dicho de homne mintroso*[504]
> *non pierdas amigo aprovechoso.*

E la historia deste exiemplo es ésta que se sigue:

---

[501] *ordir*: urdir, tramar.
[502] *dat passada*: tolerad, perdonad, disculpad.
[503] *desaviniésedes*: enemistéis.
[504] *mintroso*: mentiroso.

Exemplo XXIII

De lo que fazen las formigas para se mantener

Otra vez fablaba el conde Lucanor con Patronio, su consejero, en esta manera:

—Patronio, loado a Dios, yo só assaz rico, e algunos conséjanme que, pues lo puedo fazer, que non tome otro cuidado, sinon tomar plazer e comer e beber e folgar, que assaz he para mi vida, e aun que dexe a mios fijos bien heredados. [505] E por el buen entendimiento que vós habedes, ruégovos que me consejedes lo que vos paresçe que debo fazer.

—Señor conde Lucanor –dixo Patronio–, como quier que el folgar e tomar plazer es bueno, para que vós fagades en esto lo que es más aprovechoso, plazerme ía que sopiéssedes lo que faze la formiga para mantenimiento [506] de su vida.

E el conde le preguntó cómo era aquello, e Patronio le dixo:

—Señor conde Lucanor, ya vós veedes cuánto pequeña cosa es la formiga, e, segund razón, non debía haber muy grand aperçebimiento, [507] pero fallaredes que cada año, al

---

[505] *bien heredados*: buena herencia.
[506] *mantenimiento*: sustento.
[507] *aperçebimiento*: inteligencia.

tiempo que los homnes cogen el pan,[508] salen ellas de sus formigueros e van a las eras e traen cuanto pan pueden para su mantenimiento, e métenlo en sus casas. E a la primera agua[509] que viene, sácanlo fuera; e las gentes dizen que lo sacan a enxugar,[510] e non saben lo que dizen, ca non es assí la verdat; ca bien sabedes vós que cuando las formigas sacan la primera vez el pan fuera de sus formigueros, que estonçe es la primera agua e comiença el invierno, e pues si ellas, cada que[511] lloviesse, habiessen de sacar el pan para lo enxugar, luenga labor ternían, e demás que non podrían haber sol para lo enxugar, ca en el invierno non faze tantas vegadas sol que lo pudiessen enxugar.

Mas la verdat por que ellas lo sacan la primera vez que llueve es ésta: ellas meten cuanto pan pueden haber en sus casas una vez, e non catan por ál,[512] sinon por traer cuanto pueden. E desque lo tienen ya en salvo, cuidan que tienen ya recabdo para su vida esse año. E cuando viene la lluvia e se moja, el pan comiença a naçer;[513] e ellas veen que si el pan naçe en los formigueros, que en logar de se gobernar[514] dello, que su pan mismo las mataría, e serían ellas ocasión[515] de su daño. E entonçe sácanlo fuera e comen aquel coraçón que ha en cada grano de que sale la semiente e dexan todo el grano entero. E después, por lluvia que faga, non puede naçer, e gobiérnanse dél todo el año.

E aún fallaredes que, maguer que tengan cuanto pan les complía, que cada que buen tiempo faze, non fazen nin

---

508 *pan*: mieses, cereales.
509 *agua*: lluvia.
510 *enxugar*: secar.
511 *cada que*: cada vez que.
512 *catan por ál*: atienden a otra cosa.
513 *naçer*: germinar.
514 *se gobernar*: mantenerse, alimentarse.
515 *ocasión*: causa.

dexan de acarrear cualesquier herbizuelas que fallan. E esto fazen reçelando que les non cumplirá aquello que tienen; e mientre han tiempo, non quieren estar de balde[516] nin perder el tiempo que Dios les da, pues se pueden aprovechar dél.

E vós, señor conde, pues la formiga, que es tan mesquina[517] cosa, ha tal entendimiento e faze tanto por se mantener, bien debedes cuidar que non es buena razón para ningún homne, e mayormente para los que han de mantener grand estado e gobernar a muchos, en querer siempre comer de lo ganado;[518] ca çierto sed que por grant haber que sea, onde sacan cada día e non ponen y nada, que non puede durar mucho, e demás paresçe muy grand amortiguamiento[519] e grand mengua de coraçón. Mas el mio consejo es éste: que si queredes comer e folgar, que lo fagades siempre manteniendo vuestro estado e guardando vuestra honra, e catando e habiendo cuidado cómo habredes de que lo cumplades, ca si mucho hobierdes e bueno quisierdes seer, assaz habredes logares en que lo despendades[520] a vuestra honra.

Al conde plogo mucho deste consejo que Patronio le dio, e fízolo assí, e fallose ende bien.

E porque don Johan se pagó deste exiemplo, fízolo poner en este libro, e fizo estos viessos que dizen assí:

> *Non comas siempre lo que has ganado,*
> *vive tal vida que mueras honrado.*

E la historia deste exiemplo es ésta que se sigue:

---

[516] *de balde*: inactivas.
[517] *mesquina*: pequeña, insignificante.
[518] *ganado*: adquirido, obtenido.
[519] *amortiguamiento*: debilidad.
[520] *despendades*: gastéis.

EXEMPLO XXIIII

De lo que contesçió a un rey que quería probar
a tres de sus fijos

Un día fablaba el conde Lucanor con Patronio, su consejero, e díxole assí:

—Patronio, en la mi casa se crían muchos moços, dellos homnes de grand guisa e dellos [521] que lo non son tanto, e veo en ellos muchas maneras e muy estrañas. [522] E por el grand entendimiento que vós habedes, ruégovos que me digades, cuanto vós entendedes, en qué manera puedo yo conosçer cuál moço recudrá [523] a seer mejor homne.

—Señor conde dixo Patronio–, esto que me vós dezides es muy fuerte [524] cosa de vos lo dezir ciertamente, ca non se puede saber çiertamente ninguna cosa de lo que es de venir; e esto que vós preguntades es por venir, e por ende non se puede saber ciertamente; mas lo que desto se puede saber es por señales que paresçen en los moços, también de dentro como de fuera; e las que paresçen de fuera son las figuras [525]

---

[521] *dellos... dellos*: unos... otros.

[522] *estrañas*: diversas.

[523] *recudrá*: llegará, se convertirá, resultará.

[524] *fuerte*: difícil.

[525] *figuras*: formas.

de la cara e el donaire[526] e la color e el talle del cuerpo e de los miembros, ca por estas cosas paresçe la señal de la complisión[527] e de los miembros prinçipales, que son el coraçón e el meollo[528] e el fígado; como quier que estas son señales, non se puede saber lo çierto; ca pocas vezes se acuerdan todas las señales a una cosa: ca si las unas señales muestran lo uno, muestran las otras el contrario; pero a lo más, segund son estas señales, assí recuden las obras.

E las más çiertas señales son las de la cara, e señaladamente las de los ojos, e otrosí el donaire; ca muy pocas vezes fallesçen[529] éstas. E non tengades que el donaire se dize por seer homne fremoso en la cara ni feo, ca muchos homnes son pintados[530] e fermosos, e non han donaire de homne, e otros paresçen feos, que han buen donaire para seer homnes apuestos.

E el talle del cuerpo e de los miembros muestran señal de la complisión e paresçe si debe seer valiente o ligero, e las tales cosas. Mas el talle del cuerpo e de los miembros non muestran çiertamente cuáles deben seer las obras. E con todo esto, éstas son señales; e pues digo señales, digo cosa non çierta, ca la señal siempre es cosa que paresçe por ella lo que debe seer; mas non es cosa forçada que sea assí en toda guisa. E éstas son las señales de fuera que siempre son muy dubdosas para conosçer lo que vós me preguntades. Mas para conosçer los moços por las señales de dentro que son ya cuanto más[531] çiertas, plazerme ía que sopiésedes cómo

---

[526] *donaire*: gracia, gentileza.
[527] *complisión*: complexión, constitución.
[528] *meollo*: cerebro.
[529] *fallesçen*: fallan, engañan.
[530] *pintados*: bien parecidos.
[531] *ya cuanto más*: mucho más.

probó una vez un rey moro a tres fijos que había, por saber cuál dellos sería mejor homne.

El conde le rogó quel dixiesse cómo fuera aquello.

—Señor conde Lucanor –dixo Patronio–, un rey moro había tres fijos; e porque el padre puede fazer que regne cual fijo de los suyos él quisiere, después que el rey llegó a la vejez, los homnes buenos de su tierra pidiéronle por merçed que les señalasse cuál daquellos sus fijos quería que regnasse en pos él. E el rey díxoles que dende a un mes gelo diría.

E cuando vino[532] a ocho o a diez días, una tarde dixo al fijo mayor que otro día grand mañana[533] quería cabalgar e que fuesse con él. Otro día vino el infante mayor al rey, pero que non tan mañana[534] como el rey, su padre, dixiera. E desque llegó, díxol el rey que se quería vestir, quel fiziesse traer los paños. El infante dixo al camarero que troxiesse los paños; el camarero preguntó que cuáles paños quería. El infante tornó al rey e preguntol que cuáles paños quería. El rey díxole que el aljuba,[535] e él tornó al camarero e díxole quel aljuba quería el rey. E el camarero le preguntó que cuál almexía[536] quería, e el infante tornó al rey a gelo preguntar. E assí fizo por cada vestidura, que siempre iba e vinía por cada pregunta, fasta que el rey tovo todos los paños. E vino el camarero, e le vistió e lo calçó.

E desque fue vestido e calçado, mandó el rey al infante que fiziesse traer el caballo, e él dixo al que guardaba los caballos del rey quel troxiesse el caballo, e el que los guarda-

---

[532] *E cuando vino*: y cuando habían pasado.
[533] *otro día grand mañana*: al día siguiente muy temprano.
[534] *tan mañana*: tan temprano.
[535] *aljuba*: especie de gabán de mangas cortas y estrechas.
[536] *almexía*: especie de túnica o manto pequeño.

ba díxole que cuál caballo traería; e el infante tornó con esto al rey, e assí fizo por la siella e por el freno [537] e por el espada e las espuelas; e por todo lo que había mester para cabalgar, por cada cosa fue preguntar al rey.

Desque todo fue guisado, [538] dixo el rey al infante que non podía cabalgar, e que fuesse él andar por la villa e que parasse mientes a las cosas que vería porque lo sopiesse retraer [539] al rey.

El infante cabalgó e fueron con él todos los honrados homnes del rey e del regno, e iban y muchas trompas e tabales [540] e otros estrumentos. El infante andido una pieça por la villa, e desque tornó al rey, preguntol quél paresçía de lo que viera. E el infante díxole que bien le paresçía, sinon [541] quel fazían muy grand roído aquellos estrumentes.

E a cabo de otros días, mandó el rey al fijo mediano que veniesse a él otro día mañana; e el infante fízolo assí. E el rey fizo todas las pruebas que fiziera al infante mayor, su hermano, e el infante fízolo, e dixo bien como el hermano mayor.

E a cabo de otros días, mandó al infante menor, su fijo, que fuesse con él de grand mañana. E el infante madurgó [542] ante que el rey despertasse, e esperó fasta que despertó el rey; e luego que fue espierto, [543] entró el infante e homillósele [544] con la reverençia que debía. E el rey mandol quel fiziesse

---

[537] *freno*: pieza de hierro de la brida, que se inserta en la boca de la caballería.

[538] *guisado*: preparado.

[539] *retraer*: contar.

[540] *trompas e tabales*: trompetas y timbales.

[541] *sinon*: salvo.

[542] *madurgó*: madrugó.

[543] *espierto*: despierto.

[544] *homillósele*: se arrodilló en señal de respeto.

traer de vestir. E el infante preguntol qué paños quería, e en una vez le preguntó por todo lo que había de vestir e de calçar, e fue por ello e tráxogelo todo. E non quiso que otro camarero lo vestiesse nin lo calçasse sinon él, dando a entender que se ternía por de buena ventura si el rey, su padre, tomasse plazer o serviçio de lo que él pudiesse fazer, e que pues su padre era, que razón e aguisado era de fazer cuantos serviçios e homildades[545] pudiesse.

E desque el rey fue vestido e calçado, mandó al infante quel fiziesse traer el caballo. E él preguntole cuál caballo quería, e con cuál siella e con cuál freno, e cuál espada, e por todas las cosas que eran mester paral cabalgar, e quién quería que cabalgasse con él, e assí por todo cuanto cumplía. E desque todo lo fizo, non preguntó por ello más de una vez, e tráxolo e aguisolo[546] como el rey lo había mandado.

E desque todo fue fecho, dixo el rey que non quería cabalgar, mas que cabalgasse él e quel contasse lo que viesse. E el infante cabalgó e fueron con él todos como fizieran con los otros sus hermanos; mas él nin ninguno de sus hermanos, nin homne del mundo, non sabié nada de la razón porque el rey fazía esto.

E desque el infante cabalgó, mandó quel mostrassen toda la villa de dentro, e las calles e dó tenía el rey sus tesoros, e cuántos podían seer, e las mezquitas e toda la nobleza de la villa de dentro e las gentes que y moraban. E después salió fuera e mandó que saliessen allá todos los homnes de armas, e de caballo e de pie, e mandóles que trebejassen[547] e le mostrassen todos los juegos de armas e de trebejos, e vio

---

[545] *homildades*: sumisión.
[546] *aguisolo*: lo dispuso.
[547] *trebejassen*: torneasen.

los muros e las torres e las fortalezas de la villa. E desque lo hobo visto, tornose paral rey, su padre.

E cuando tornó era ya muy tarde. E el rey le preguntó de las cosas que había visto. E el infante le dixo que si a él non pesasse, que él le diría lo quel paresçía de lo que había visto. E el rey le mandó, so pena de la su bendiçión, quel dixiesse lo quel paresçía. E el infante le dixo que como quier que él era muy leal rey, quel paresçía que non era tan bueno como debía, ca si lo fuesse, pues había tan buena gente e tanta, e tan grand poder e tan grand haber, e que si por él non fincasse, que todo el mundo debía ser suyo.

Al rey plogo mucho deste denuesto[548] que el infante le dixo.

E cuando vino el plazo a que había de dar respuesta a los de la tierra, díxoles que aquel fijo les daba por rey.

E esto fizo por las señales que vio en los otros e por las que vio en éste. E como quier que más quisiera cualquier de los otros para rey, non tovo por aguisado[549] de lo fazer por lo que vio en los unos e en el otro.

E vós, señor conde, si queredes saber cuál moço sería mejor, parat mientes a estas tales cosas, e assí podredes entender algo e por aventura lo más dello que ha de ser de los moços.

Al conde plogo mucho de lo que Patronio le dixo.

E porque don Johan tovo éste por buen exiemplo, fízolo escribir en este libro e fizo estos viessos que dizen assí:

> *Por obras e maneras podrás conosçer*
> *a los moços cuáles deben los más seer.*

E la historia deste exiemplo es ésta que se sigue:

---

[548] *denuesto*: reproche.
[549] *aguisado*: acertado.

Exemplo XXV

De lo que contesçió al conde de Provençia, cómo fue librado
de la prisión por el consejo que le dio Saladín

El conde Lucanor fablaba una vez con Patronio, su consejero, en esta manera:

—Patronio, un mio vasallo me dixo el otro día que quería casar una su parienta, e assí como él era tenudo [550] de me consejar lo mejor que él pudiesse, que me pidía por merçed quel consejasse en esto lo que entendía que era más su pro, e díxome todos los casamientos quel traían. [551] E porque éste es homne que yo querría que lo acertasse muy bien, e yo sé que vós sabedes mucho de tales cosas, ruégovos que me digades lo que entendedes en esto, por quel yo pueda dar tal consejo que se falle él bien dello.

—Señor conde Lucanor —dixo Patronio—, para que podades bien consejar a todo homne que haya de casar su parienta, plazerme ía mucho que sopiéssedes lo que contesçió al conde de Provençia [552] con Saladín, que era soldán [553] de Babilonia.

---

[550] *era tenudo*: estaba obligado.
[551] *traían*: proponían.
[552] *Provençia*: la Provenza, región en el sur de Francia.
[553] *soldán*: sultán.

El conde Lucanor le rogó quel dixiesse cómo fuera aquello.

—Señor conde Lucanor –dixo Patronio–, un conde hobo en Provençia que fue muy buen homne e deseaba mucho fazer en guisa porquel hobiesse Dios merçed al alma e ganasse la gloria del Paraíso, faziendo tales obras que fuessen a grand su honra e del su estado. E para que esto pudiesse cumplir, tomó muy grand gente consigo, e muy bien aguisada, e fuesse para la Tierra Sancta de Ultramar, poniendo en su coraçón que, por quequier [554] quel pudiesse acaesçer, que siempre sería homne de buena ventura, pues le vinía estando él derechamente en servicio de Dios. E porque los juizios de Dios son muy maravillosos e muy ascondidos, e Nuestro Señor tiene por bien de tentar muchas vezes a los sus amigos, pero si aquella temptaçión saben sofrir, siempre Nuestro Señor guisa que torne el pleito a honra e a pro de aquel a quien tienta, e por esta razón tovo Nuestro Señor por bien de temptar al conde de Provençia, e consentió que fuesse preso en poder del soldán.

E como quier que estaba preso, sabiendo Saladín la grand bondat del conde, fazíale mucho bien e mucha honra, e todos los grandes fechos que había de fazer, todos los fazía por su consejo. E tan bien le consejaba el conde e tanto fiaba dél el soldán que, como quier que estaba preso, que tan grand logar e tan grand poder había, e tanto fazían por él en toda la tierra de Saladín, como farían en la suya misma.

Cuando el conde se partió de su tierra, dexó una fija muy pequeñuela. E el conde estudo tan grand tiempo en la prisión, que era ya su fija en tiempo para casar; e la condesa, su mujer, e sus parientes enviaron dezir al conde cuántos fijos de reis e otros grandes homnes la demandaban por casamiento.

E un día, cuando Saladín vino a fablar con el conde, desque hobieron acordado aquello porque Saladín allí viniera, fabló con él el conde en esta manera:

—Señor, vós me fazedes a mí tanta merçed e tanta honra e fiades tanto de mí que me ternía por muy de buena ventura si vos lo podiesse servir. E pues vós, señor, tenedes por bien que vos conseje yo en todas las cosas que vos acaesçen, atreviéndome a la vuestra merçed e fiando del vuestro entendimiento, pídovos por merçed que me consejedes en una cosa que a mí acaesçió.

El soldán gradesçió esto mucho al conde, e díxol quel consejaría muy de grado; [555] e aun, quel ayudaría muy de buenamente en quequiera quel cumpliesse.

Entonçe le dixo el conde de los casamientos quel movían [556] para aquella su fija e pidiol por merçed quel consejasse con quién la casaría.

El Saladín respondió assí:

—Conde, yo sé que tal es el vuestro entendimiento, que en pocas palabras que vos homne diga entendredes todo el fecho. E por ende vos quiero consejar en este pleito segund lo yo entiendo. Yo non conosco todos estos que demandan vuestra fija, qué linaje o qué poder han, o cuáles son en los sus cuerpos o cuánta vezindat [557] han convusco, o qué mejoría [558] han los unos de los otros, e por ende que non vos

---

[555] *de grado*: de buena gana.
[556] *movían*: proponían.
[557] *vezindat*: relación de parentesco.
[558] *mejoría*: ventaja.

puedo en esto consejar çiertamente; mas el mio consejo es éste: que casedes vuestra fija con homne.

El conde gelo tovo en merçed, e entendió muy bien lo que aquello quería dezir. E envió el conde dezir a la condessa su mujer e a sus parientes el consejo que el soldán le diera, e que sopiesse que cuantos homnes fijos dalgo había en todas sus comarcas, de qué maneras e de qué costumbres, e cuáles eran en los sus cuerpos, e que non casassen por su riqueza nin por su poder, mas quel enviassen por escripto dezir qué tales eran en sí[559] los fijos de los reyes e de los grandes señores que la demandaban e qué tales eran los otros homnes fijos dalgo que eran en las comarcas.

E la condessa e los parientes del conde se maravillaron[560] desto mucho, pero fizieron lo quel conde les envió mandar,[561] e posieron por escripto todas las maneras e costumbres buenas e contrarias que habían todos los que demandaban la fija del conde, e todas las otras condiçiones que eran en ellos. E otrosí, escribieron cuáles eran en sí los otros homnes fijos dalgo que eran en las comarcas, e enviáronlo todo contar al conde.

E desque el conde vio este escripto, mostrolo al soldán; el desque Saladín lo vio, como quier que todos eran muy buenos, falló en todos los fijos de los reyes e de los grandes señores en cada uno algunas tachas: o de seer mal acostumbrados en comer o en beber, o en seer sañudos, o apartadizos,[562] o de mal reçebimiento a las gentes e pagarse de malas compañas, o embargados de su palabra,[563] o alguna otra

---

[559] *qué tales eran en sí*: qué cualidades tenían.
[560] *maravillaron*: extrañaron, sorprendieron.
[561] *envió mandar*: ordenó.
[562] *apartadizos*: huraños.
[563] *embargados de su palabra*: tartamudos.

tacha de muchas que los homnes pueden haber. E falló que un fijo de un rico homne que non era de muy grand poder, que segund lo que paresçía dél en aquel escripto, que era el mejor homne e el más complido, e más sin ninguna mala tacha de que él nunca oyera fablar. E desque esto oyó el soldán, consejó al conde que casasse su fija con aquel homne, ca entendió que, comoquier que aquellos otros eran más honrados e más fijos dalgo, que mejor casamiento era aquel e mejor casaba el conde su fija con aquél que con ninguno de los otros en que hobiesse una mala tacha, cuanto más si hobiesse muchas; e tovo que más de preçiar era el homne por las sus obras que non por su riqueza, nin por nobleza de su linaje.

El conde envió mandar a la condessa e a sus parientes que casassen su fija con aquel que Saladín les mandara. E como quier que se maravillaron mucho ende, enviaron por aquel fijo de aquel rico homne e dixiéronle lo que el conde les envió mandar. E él respondió que bien entendía que el conde era más fijo dalgo e más rico e más honrado que él, pero que si él tan grant poder hobiesse que bien tenía que toda mujer sería bien casada con él, e que esto que fablaban con él, si lo dizían por non lo fazer, que tenía que le fazían muy grand tuerto [564] e quel querían perder de balde. [565] E ellos dixieron que lo querían fazer en toda guisa, [566] e contáronle la razón en cómo el soldán consejara al conde quel diesse su fija ante que a ninguno de los fijos de los reyes nin de los otros grandes señores, señaladamente porquel escogiera por homne. Desque él esto oyó, entendió que fablaban

---

[564] *tuerto*: perjuicio.
[565] *de balde*: sin motivo.
[566] *en toda guisa*: a toda costa.

verdaderamente en el casamiento e tovo que, pues Saladín lo escogiera por homne, e le fiziera allegar[567] a tan grand honra, que non sería él homne si non fiziesse en este fecho lo que pertenesçía.

E dixo luego a la condessa e a los parientes del conde que si ellos querían que creyesse él que gelo dizían verdaderamente, quel apoderasen luego de todo el condado e de todas las rendas,[568] pero non les dixo ninguna cosa de lo que él había pensado de fazer. A ellos plogo de lo que él les dizía, e apoderáronle luego de todo. E él tomó muy grand haber, e, en grand poridat, armó pieça[569] de galeas e tovo muy grand haber guardado. E desque esto fue fecho, mandó guisar sus bodas para un día señalado.

E desque las bodas fueron fechas muy ricas e muy honradas, en la noche, cuando se hobo de ir para su casa do estaba su mujer, ante que se echassen en la cama, llamó a la condessa e a sus parientes e díxoles en grant poridat que bien sabién que el conde le escogiera entre otros muy mejores que él, e que lo fiziera porque el soldán le consejara que casasse su fija con homne. E pues el soldán e el conde tanta honra le fizieran e lo escogieran por homne, que ternía él que non era homne si non fiziesse en esto lo que pertenesçía; e que se quería ir e que les dexaba aquella donzella con qui él había de casar, e el condado: que él fiaba por Dios que él le endereçaría por que entendiessen las gentes que fazía fecho de homne.

E luego que esto hobo dicho, cabalgó e fuese en buena ventura. E endereçó al regno de Armenia, e moró y tanto

---

[567] *allegar*: obtener.
[568] *rendas*: rentas.
[569] *pieça*: unas cuantas.

tiempo fasta que sopo muy bien el lenguaje e todas las maneras de la tierra. E sopo cómo Saladín era muy caçador.

E él tomó muchas buenas aves e muchos buenos canes, e fuese para Saladín, e partió aquellas sus galeas e puso una en cada puerto, e mandóles que nunca se partiessen ende fasta quél gelo mandasse.

E desque él llegó al soldán, fue muy bien reçebido, pero non le besó la mano nin le fizo ninguna reverençia de las que homne debe fazer a su señor. E Saladín mandol dar todo lo que hobo mester, e él gradesçiógelo mucho, mas non quiso tomar dél ninguna cosa e dixo que non viniera por tomar nada dél; mas por cuanto bien oyera dezir dél, que si él por bien toviesse, que quería vevir algún tiempo en la su casa por aprender alguna cosa de cuanto bien había en él e en las sus gentes; e porque sabía que el soldán era muy caçador, que él traía muchas aves e muy buenas, e muchos canes, e si la su merçed fuesse, que tomasse ende lo que quisiesse, e con lo quel fincaría a él, que andaría con él a caça, e le faría cuanto serviçio podiesse en aquello e en ál.

Esto le gradesçió mucho Saladín, e tomó lo que tovo por bien de lo que él traía, mas por ninguna guisa nunca pudo guisar que el otro tomasse dél ninguna cosa, nin le dixiesse ninguna cosa de su fazienda, nin hobiesse entrellos cosa porque él tomasse ninguna carga de Saladín porque fuesse tenido de lo guardar. E assí andido en su casa un grand tiempo.

E como Dios acarrea,[570] cuando su voluntad es, las cosas que Él quiere, guisó que alançaron[571] los falcones a unas grúas.[572] E fueron matar la una de las grúas a un puerto de

<hr />

[570] *acarrea*: dispone.
[571] *alançaron*: lanzaron.
[572] *grúas*: grullas.

la mar do estaba la una de las galeas que el yerno del conde y pusiera. E el soldán, que iba en muy buen caballo, e él en otro, alongáronse tanto de las gentes, que ninguno dellos non vio por dó iba. E cuando Saladín llegó do los falcones estaban con la grúa, descendió[573] mucho aína por los acorrer. E el yerno del conde que vinía con él, de quel vio en tierra, llamó a los de la galea.

E el soldán, que non paraba mientes sinon por cebar[574] sus falcones, cuando vio la gente de la galea en derredor de sí, fue muy espantado. E el yerno del conde metió mano a la espada e dio a entender quel quería ferir con ella. E cuando Saladín esto vio, començose a quexar mucho diziendo que esto era muy grand traiçión. E el yerno del conde le dixo que non mandasse[575] Dios, que bien sabía él que nunca él le tomara por señor, nin quisiera tomar nada de lo suyo, nin tomar dél ningún encargo porque hobiesse razón de lo guardar, mas que sopiesse que Saladín había fecho todo aquello

E desque esto hobo dicho, tomolo e metiolo en la galea, e de que lo tovo dentro, contol cómo él era el yerno del conde, e que era aquél que él escogiera, entre otros mejores que sí,[576] por homne; e pues él por homne lo escogiera, que bien entendía que non fuera él homne si esto non fiziera; e quel pidía por merçed quel diesse su suegro, porque entendiesse que el consejo que él le diera que era bueno e verdadero, e que se fallaba bien dél.

Cuando Saladín esto oyó, gradesçió mucho a Dios, e plógol más porque acertó en el su consejo, que sil hobiera

---

[573] *descendió*: descabalgó.
[574] *cebar*: dar de comer tras haber capturado la presa.
[575] *mandasse*: rogase.
[576] *que sí*: que él.

acaesçido otra pro [577] o otra honra por grande que fuesse. E dixo al yerno del conde que gelo daría muy de buenamente.

E el yerno del conde fió en el soldán, e sacolo luego de la galea e fuesse con él. E mandó a los de la galea que se alongassen del puerto tanto que non los pudiessen veer ningunos que y llegassen.

E el soldán e el yerno del conde cebaron muy bien sus falcones. E cuando las gentes y llegaron, fallaron a Saladín mucho alegre. E nunca dixo a homne del mundo nada de cuanto le había contesçido.

E desque llegaron a la villa, fue luego desçender a la casa do estaba el conde preso e llevó consigo al yerno del conde. E desque vio al conde, començol a dezir con muy grand alegría:

—Conde, mucho gradesco a Dios por la merçed que me fizo en acertar tan bien como acerté en el consejo que vos di en el casamiento de vuestra fija. E vead aquí [578] vuestro yerno, que vos ha sacado de prisión.

Entonçe le contó todo lo que su yerno había fecho, la lealtat e el grand esfuerço que fiziera en le prender e en fiar luego en él.

E el soldán e el conde e cuantos esto sopieron, loaron mucho el entendimiento e el esfuerço e la lealtad del yerno del conde. Otrosí, loaron mucho las bondades de Saladín e del conde, e gradesçieron mucho a Dios porque quiso guisar de lo traer a tan buen acabamiento. [579]

Entonçe dio el soldán muchos dones e muy ricos al conde e a su yerno; e por el enojo [580] que el conde tomara en

---

[577] *otra pro*: otra cosa de provecho.

[578] *E vead aquí*: he aquí, aquí tenéis.

[579] *acabamiento*: fin.

[580] *enojo*: daño, fastidio.

la prisión, diol dobladas todas las rentas que el conde pudiera llevar de su tierra en cuanto estudo en la prisión, e enviol muy rico e muy bien andante para su tierra.

E todo este bien vino al conde por el buen consejo que el soldán le dio que casasse su fija con homne.

E vós, señor conde Lucanor, pues habedes a consejar aquel vuestro vasallo en razón del casamiento de aquella su parienta, consejalde que la prinçipal cosa que cate en el casamiento que sea aquél con quien la hobiere de casar buen homne en sí; ca si esto non fuere, por honra, nin por riqueza, nin por fidalguía que haya, nunca puede ser bien casada. E debedes saber que el homne con bondad acreçenta la honra e alça su linaje e acreçenta las riquezas. E por seer muy fidalgo nin muy rico, si bueno non fuere, todo sería mucho aína perdido. E desto vos podría dar muchas fazañas[581] de muchos homnes de grand guisa que les dexaren sus padres e muy ricos e mucho honrados, e pues no fueron tan buenos como debían, fue en ellos perdido el linaje e la riqueza; e otros de grand guisa e de pequeña que, por la grand bondad que hobieron en sí, acresçentaron mucho en sus honras e en sus faziendas, en guisa que fueron muy más loados e más preçiados por lo que ellos fizieron e por lo que ganaron, que aun por todo su linaje. E assí entendet que todo el pro e todo el daño nasçe e viene de cuál el homne es en sí, de cualquier estado que sea. E por ende, la primera cosa que se debe catar en el casamiento es cuáles maneras e cuáles costumbres e cuál entendimiento e cuáles obras ha en sí el homne o la mujer que ha de casar; e esto seyendo primero catado, dende en adelante, cuanto el linaje es más alto e la riqueza mayor e

---

[581] *fazañas*: historias ejemplares.

la apostura más complida e la vezindat más açerca e más aprovechosa, tanto es el casamiento mejor.

Al conde plogo mucho destas razones que Patronio le dixo, e tovo qué era verdat todo assí como él le dizía.

E veyendo don Johan que este enxiemplo era muy bueno, fízolo escribir en este libro, e fizo estos viessos que dizen assí:

> *Qui homne es, faz todos los provechos;*
> *qui non lo es, mengua todos los fechos.*

E la historia deste enxiemplo es ésta que se sigue:

EXEMPLO XXVI

De lo que contesçió al árbol de la mentira

Un día fablaba el conde Lucanor con Patronio, su consejero, e díxole así:

—Patronio, sabet que estó en muy grand quexa e en grand roído con unos homnes que me non aman mucho; e estos homnes son tan revoltosos e tan mintrosos que nunca otra cosa fazen sinon mentir a mí e a todos los otros con quien han de fazer o delibrar[582] alguna cosa. E las mentiras que dizen, sábenlas tan bien apostar[583] e aprovéchanse tanto dellas, que me traen a muy grand daño, e ellos apodéranse mucho, e han gentes muy fieras contra mí. E aun creed que si yo quisiesse obrar por aquella manera, que por aventura lo sabría fazer tan bien como ellos; mas porque yo sé que la mentira es de mala manera, nunca me pagué della. E agora, por el buen entendimiento que vós habedes, ruégovos que me consejedes qué manera tome con estos homnes.

—Señor conde Lucanor –dixo Patronio–, para que vós fagades en esto lo mejor e más a vuestra pro, plazerme ía

---

[582] *delibrar*: solucionar.
[583] *apostar*: adornar.

mucho que sopiéssedes lo que contesçió a la Verdat e a la Mentira.

El conde le rogó quel dixiesse cómo fuera aquello.

—Señor conde Lucanor –dixo Patronio–, la Mentira e la Verdat fizieron su compañía en uno, [584] e de que hobieron estado assí un tiempo, la Mentira, que es acuçiosa, [585] dixo a la Verdat que sería bien que pusiessen un árbol de que hobiessen fructa e pudiessen estar a la su sombra cuando fiziesse calentura. E la Verdat, como es cosa llana e de buen talante, dixo quel plazía.

E de que el árbol fue puesto e començó a naçer, dixo la Mentira a la Verdat que tomasse cada una dellas su parte de aquel árbol. E a la Verdat plógol con esto. E la Mentira, dándol a entender con razones coloradas [586] e apuestas que la raíz del árbol es la cosa que da la vida e la mantenençia [587] al árbol, e que es mejor cosa e más aprovechosa, consejó la Mentira a la Verdat que tomasse las raíces del árbol que están so tierra e ella que se aventuraría a tomar aquellas ramiellas que habían a salir e estar sobre tierra, como quier que era muy grand peligro porque estaba a aventura de tajarlo [588] o follarlo [589] los homnes o roerlo las bestias o tajarlo las aves con las manos e con los picos o secarle la grand calentura o quemarle el grant yelo, e que todos estos periglos non había a sofrir ningunos la raíz.

E cuando la Verdat oyó todas estas razones, porque

---

[584] *fizieron su compañía en uno*: estuvieron juntas, convivieron.

[585] *acuçiosa*: diligente, activa.

[586] *razones coloradas*: razones elocuentes, adornadas, de *colores* retóricos.

[587] *mantenençia*: sustento.

[588] *tajarlo*: cortarlo.

[589] *follarlo*: pisarlo.

non hay en ella muchas maestrías e es cosa de grand fiança e de grand creençia, fiose en la Mentira, su compaña, e creó [590] que era verdat lo quel dizía, e tovo que la Mentira le consejaba que tomasse muy buena parte, tomó la raíz del árbol e fue con aquella parte muy pagada. E cuando la Mentira esto hobo acabado, fue mucho alegre por el engaño que había fecho a su compañera diziéndol mentiras fermosas e apostadas.

La Verdat metiose so tierra para vevir ó estaban las raízes que eran la su parte, e la Mentira fincó sobre tierra do viven los homnes e andan las gentes e todas las otras cosas. E como es ella muy falaguera, en poco tiempo fueron todos muy pagados della. E el su árbol començó a cresçer e echar muy grandes ramos e muy anchas fojas que fazían muy fremosa sombra e paresçieron [591] en él muy apuestas flores de muy fremosas colores e muy pagaderas a paresçencia. [592]

E desque las gentes vieron aquel árbol tan fremoso, ayuntábanse muy de buenamente [593] a estar cabo dél, e pagábanse mucho de la su sombra e de las sus flores tan bien coloradas, e estaban y siempre las más de las gentes, e aun los que se fallaban por los otros logares dizían los unos a los otros que si querían estar viçiosos e alegres, que fuessen estar a la sombra del árbol de la Mentira.

E cuando las gentes eran ayuntadas so aquel árbol, como la Mentira es may falaguera e de grand sabiduría, fazía muchos plazeres a las gentes e amostrábales de su sabiduría; e las gentes pagábanse de aprender de aquella su arte mucho.

---

[590] *creó*: creyó.
[591] *paresçieron*: florecieron.
[592] *muy pagaderas a paresçencia*: de aspecto muy hermoso.
[593] *de buenamente*: gustosamente, con agrado.

E por esta manera tiró [594] a sí todas las más gentes del mundo: ca mostraba a los unos mentiras senziellas, e a los otros, más sotiles mentiras dobladas, e a otros, muy más sabios, mentiras trebles. [595]

E debedes saber que la mentira senziella es cuando un homne dice a otro: «Don Fulano, yo faré tal cosa por vos», e él miente de aquello quel dize. E la mentira doble es cuando faze juras [596] e homenajes [597] e rehenes [598] e da otros por sí que fagan todos aquellos pleitos, e en faziendo estos seguramientos, [599] ha él ya pensado e sabe manera cómo todo esto tornará en mentira e en engaño. Mas, la mentira treble, que es mortalmente engañosa, es la quel miente e le engaña diziéndol verdat.

E desta sabiduría tal había tanta en la Mentira e sabíala tan bien mostrar a los que se pagaban de estar a la sombra del su árbol, que les fazía acabar [600] por aquella sabiduría lo más de las cosas que ellos querían, e non fallaban ningún homne que aquella arte non sopiesse que ellos non le troxiessen a fazer toda su voluntad. E lo uno por la fremosura del árbol, e lo ál con la grand arte que de la Mentira aprendían, deseaban mucho las gentes estar a aquella sombra e aprender lo que la Mentira les amostraba.

La Mentira estaba mucho honrada e muy preçiada e mucho acompañada de las gentes, e el que menos se llegaba a ella e menos sabía de la su arte, menos le preçiaban todos, e aun él mismo se preciaba menos.

---

[594] *tiró*: atrajo.
[595] *trebles*: triples.
[596] *juras*: juramentos.
[597] *homenajes*: juramentos de fidelidad.
[598] *rehenes*: fianzas.
[599] *seguramientos*: garantías.
[600] *acabar*: conseguir.

E estando la Mentira tan bien andante, la lazdrada e despreçiada de la Verdat estaba ascondida so tierra, e homne del mundo non sabía della parte,[601] nin se pagaba della, nin la quería buscar. E ella, veyendo que non le había fincado cosa en que se pudiesse mantener sinon aquellas raízes del árbol que era la parte quel consejara tomar la Mentira, e con mengua de otra vianda, hóbose a tornar a roer e a tajar e a gobernarse[602] de las raízes del árbol de la Mentira. E como quier que el árbol tenía muy buenas ramas e muy anchas fojas que fazían muy grand sombra e muchas flores de muy apuestas colores, ante que pudiessen llevar fructo, fueron tajadas todas sus raízes, ca las hobo a comer la Verdat, pues non había ál de que se gobernar.

E desque las raízes del árbol de la Mentira fueron todas tajadas, e estando la Mentira a la sombra del su árbol con todas las gentes que aprendían de su arte vino un viento e dio en el árbol, e porque las sus raízes eran todas tajadas, fue muy ligero[603] de derribar e cayó sobre la Mentira e quebrantola de muy mala manera; e todos los que estaban aprendiendo de la su arte fueron todos muertos e muy mal feridos, e fincaron muy mal andantes.

E por el lugar do estaba el tronco del árbol salió la Verdat que estaba escondida, e cuando fue sobre la tierra, falló que la Mentira e todos los que a ella se allegaron eran muy mal andantes e se fallaron muy mal de cuanto aprendieron e usaron del arte que aprendieron de la Mentira.

E vós, señor conde Lucanor, parad mientes que la mentira ha muy grandes ramos, e las sus flores, que son los sus

---

[601] *parte*: nada.
[602] *gobernarse*: alimentarse.
[603] *ligero*: fácil.

dichos e los sus pensamientos e los sus falagos, son muy pla-
zenteros, e páganse mucho dellos las gentes, pero todo es
sombra e nunca llega a buen fructo. Por ende, si aquellos
vuestros contrarios usan de las sabidurías e de los engaños de
la mentira, guardatvos dellos cuanto pudierdes e non querades seer su compañero en aquella arte, nin hayades envidia
de la su buena andança que han por usar del arte de la mentira, ca cierto seed que poco les durará, e non pueden haber
buena fin; e cuando cuidaren seer más bien andantes,
estonçe les fallecerá, [604] assí como fallesçió el árbol de la Mentira a los que cuidaban estar muy bien andantes a su sombra; mas, aunque la verdat sea menospreciada abraçatvos
bien con ella e preciadla mucho, ca çierto seed que por ella
seredes bien andante e habredes buen acabamiento e gana-
redes la gracia de Dios porque vos dé en este mundo mucho
bien e mucha honra paral cuerpo e salvamiento paral alma
en el otro.

Al conde plogo mucho deste consejo que Patronio le
dio, e fízolo assí e fallose ende bien.

E entendiendo don Johan que este exiemplo era muy
bueno, fízolo escribir en este libro e fizo estos viessos que
dizen assí:

Seguid verdad por la mentira foír,
ca su mal cresçe quien usa de mentir.

E la historia deste exiemplo es ésta que se sigue:

---

[604] *fallecerá*: fallará, decepcionará.

Exemplo XXVII

*De lo que contesçió a un emperador e a don Álvar
Háñez Minaya con sus mujeres*

Fablaba el conde Lucanor con Patronio, su consejero,
un día e díxole assí:

—Patronio, dos hermanos que yo he son casados entramos e viven cada uno dellos muy desvariadamente[605] el uno
del otro; ca el uno ama tanto aquella dueña con qui es casado, que abés podemos guisar con él que se parta un día del
lugar onde ella es, e non faz cosa del mundo sinon lo que ella
quiere, e si ante non gelo pregunta. E el otro, en ninguna
guisa non podemos con él que un día la quiera veer de los
ojos, nin entrar en casa do ella sea. E porque yo he grand
pesar desto, ruégovos que me digades alguna manera porque
podamos y poner consejo.

—Señor conde Lucanor –dixo Patronio–, segund esto
que vós dezides, entramos vuestros hermanos andan muy
errados en sus faziendas; ca el uno nin el otro non debían
mostrar tan grand amor nin tan grand desamor como muestran a aquellas dueñas[606] con qui ellos son casados; mas

---

[605] *desvariadamente*: de manera muy diferente.
[606] *dueñas*: mujeres.

como quier que lo ellos yerran, por aventura es por las maneras[607] que han aquellas sus mujeres; e por ende querría que sopiésedes lo que contesçió al emperador Fradrique[608] e a don Álvar Fáñez Minaya[609] con su mujeres.

El conde le preguntó cómo fuera aquello.

—Señor conde Lucanor –dixo Patronio–, porque estos exiemplos son dos e non vos los podría entramos dezir en uno, contarvos he primero lo que contesçió al emperador Fradrique, e después contarvos he lo que contesçió a don Álvar Háñez.

Señor conde, el emperador Fradrique casó con una donzella de muy alta sangre, segund le pertenesçía; mas de tanto[610] non le acaesçió bien, que non sopo ante que casasse con aquélla las maneras que había.

E después que fueron casados, como quier que ella era muy buena dueña e muy guardada en el su cuerpo, començó a seer la más brava[611] e la más fuerte e la más revessada[612] cosa del mundo. Assí que, si el emperador quería comer, ella dizía que quería ayunar; e si el emperador quería dormir, quiriese ella levantar; e si el emperador querié bien alguno,

---

[607] *manera*: costumbre.

[608] No se puede asegurar a qué emperador se refiere; puede ser Federico I, *Barbarroja*, duque de Suabia (1150-1190), o Federico II, emperador de Alemania y rey de Sicilia (1197-1250). Ascendientes, ambos, de don Juan Manuel.

[609] Álvar Fáñez (o Háñez) Minaya fue uno de los más notables caballeros de la corte de Alfonso VI. En el reinado de doña Urraca fue gobernador de Toledo de 1109 a 1114, fecha en que fue muerto por los de Segovia defendiendo los derechos de su Reina frente a Alfonso *el Batallador*. El *Poema de Mio Cid* le llama *sobrino* del Cid.

[610] *mas de tanto*: pero con todo.

[611] *brava*: violenta, irascible.

[612] *revessada*: rebelde, indomable.

luego ella lo desamaba.[613] ¿Qué vos diré más? Todas las cosas del mundo en que el emperador tomaba plazer, en todas daba ella a entender que tomaba pesar, e de todo lo que el emperador fazía, de todo fazía ella el contrario siempre.

E desque el emperador sufrió esto un tiempo, e vio que por ninguna guisa non la podía sacar desta entençión por cosa que él nin otros le dixiessen, nin por ruegos, nin por amenazas, nin por buen talante, nin por malo quel mostrasse, e vio que sin el pesar e la vida enojosa que había de sofrir quel era tan grand daño para su fazienda e para las sus gentes, que non podía y poner consejo; e de que esto vio, fuese paral Papa e contol la su fazienda, también de la vida que passaba, como del grand daño que vinía a él e a toda la tierra por las maneras que había la emperadriz; e quisiera muy de grado, si podría seer que los partiesse[614] el Papa. Mas vio que segund la ley de los cristianos non se podían partir, e que en ninguna manera non podían vevir en uno por las malas maneras que la emperadriz había, e sabía el Papa que esto era assí.

E desque otro cobro[615] no podieron fallar, dixo el Papa al emperador que este fecho que lo acomendaba[616] él al entendimicnto e a la sotileza[617] del emperador, ca él non podía dar penitençia ante que el pecado fuesse fecho.

E el emperador partiose del Papa e fuesse para su casa, e trabajó por cuantas maneras pudo, por falagos e por amenazas e por consejos e por desengaños e por cuantas maneras él

---

[613] *desamaba*: repudiaba, aborrecía, rechazaba.
[614] *partiesse*: divorciase.
[615] *cobro*: solución.
[616] *acomendaba*: encomendaba.
[617] *sotileza*: ingenio.

e todos los que con él vivían pudieron asmar para la sacar de aquella mala entençión, mas todo esto non tovo y pro, que cuanto más le dizían que se partiesse de aquella manera, tanto más fazía ella cada día todo lo revesado. [618]

E de que el emperador vio que por ninguna guisa esto non se podía endereçar, díxol un día que él quería ir a la caça de los çiervos e que llevaría una partida de aquella yerba [619] que ponen en las saetas con que matan los çiervos, e que dexaría lo ál para otra vegada, cuando quisiesse ir a caça, e que se guardasse que por cosa del mundo non pusiesse de aquella yerba en sarna, nin en postiella, [620] nin en logar donde saliesse sangre; ca aquella yerba era tan fuerte, que non había en el mundo cosa viva que non matasse. E tomó de otro ungüento muy bueno e muy aprovechoso para cualquier llaga e el emperador untose con él antella en algunos lugares que non estaban sanos. E ella e cuantos y estaban vieron que guaresçía luego con ello. E díxole que si le fuesse mester, que de aquél pusiesse en cualquier llaga que hobiesse. E esto le dixo ante pieça de homnes e de mujeres. E de que esto hobo dicho, tomó aquella yerba que había menester para matar los çiervos e fuesse a su caça, assí como había dicho.

E luego que el emperador fue ido, començó ella a ensañarse e a embraveçer, e començó a dezir:

—¡Veed el falso del emperador, lo que me fue dezir! Porque él sabe que la sarna que yo he non es de tal manera como la suya, díxome que me untasse con aquel ungüento

---

[618] *lo revesado*: lo contrario, al revés.

[619] *yerba*: hierba de ballesteros, elaborada con el eléboro, que es una hierba venenosa.

[620] *postiella*: pústula, postilla.

que se él untó, porque sabe que non podría guaresçer con él, mas de aquel otro ungüento bueno con que él sabe que guarescría, dixo que non tomasse dél en guisa ninguna; mas por le fazer pesar, yo me untaré con él, e cuando él viniere, fallarme ha sana. E só çierta que en ninguna cosa non le podría fazer mayor pesar, e por esto lo faré.

Los caballeros e las dueñas que con ella estaban trabaron [621] mucho con ella que lo non fiziesse, e começáronle a pedir merçed, muy fieramente llorando, que se guardasse de lo fazer, ca çierta fuesse, si lo fiziesse, que luego sería muerta.

E por todo esto non lo quiso dexar. E tomó la yerba e untó con ella las llagas. E a poco rato començol a tomar la rabia de la muerte, e ella repintiérase si pudiera, mas ya non era tiempo en que se pudiesse fazer. E murió por la manera que había, porfiosa [622] e a su daño.

Mas a don Álvar Háñez contesçió el contrario desto, e porque lo sepades todo como fue, contarvos he cómo acaesçió.

Don Álvar Háñez era muy buen homne e muy honrado e pobló [623] a Ixcar, [624] e moraba y. E el conde don Pero Ançúrez [625] pobló a Cuéllar, [626] e moraba en ella. E el conde don Pero Ançúrez había tres fijas.

---

[621] *trabaron*: discutieron.

[622] *porfiosa*: obstinada.

[623] *pobló*: repobló.

[624] *Ixcar*: Íscar, en la provincia de Valladolid.

[625] *Pero Ançúrez*: Pedro Ansúrez, noble que acompañó a Alfonso VI en su destierro a Toledo, fue conde de Zamora, Saldaña y Carrión. Álvar Háñez se casó con su hija Emilia (Mencia) y no Vascuña como la llamaba don Juan Manuel en este relato, y además no era la hija menor sino la segunda.

[626] Cuéllar en la provincia de Segovia, no lejos de Íscar.

E un día, estando sin sospecha [627] ninguna, entró don Álvar Háñez por la puerta; e al conde don Pero Ançúrez plógol mucho con él. E desque hobieron comido, preguntol que por qué vinía tan sin sospecha. E don Álvar Háñez díxol que vinía por demandar una de sus fijas para con que casase, [628] mas que quería que gelas mostrasse todas tres e quel dexasse fablar con cada una dellas, e después que escogería cuál quisiesse. E el conde, veyendo quel fazía Dios mucho bien en ello, dixo quel plazía mucho de fazer cuanto don Álvar Háñez le dizía.

E don Álvar Háñez apartose con la fija mayor e díxol que, si a ella ploguiesse, que quería casar con ella, pero ante que fablasse más en el pleito, quel quería contar algo de su fazienda. Que sopiesse, lo primero, que él non era muy mançebo e que por las muchas feridas que hobiera en las lides que se acertara, [629] quel enflaqueçiera [630] tanto la cabeça que por poco vino que bibiesse, quel fazié perder luego el entendimiento; e de que estaba fuera de su seso, [631] que se asañaba [632] tan fuerte que non cataba lo que dizía; e que a las vegadas firía a los homnes en tal guisa, que se repentía mucho después que tornaba a su entendimiento; e aun, cuando se echaba a dormir, desque yazía en la cama, que fazía y muchas cosas que non empeçería nin migaja [633] si más limpias [634] fuessen. E destas cosas le dixo tantas, que toda

---

[627] *sin sospecha*: inesperadamente.
[628] *para con que casase*: para casarse con ella.
[629] *acertara*: había participado.
[630] *enflaqueçiera*: debilitara.
[631] *fuera de su seso*: fuera de sí.
[632] *asañaba*: ensañaba.
[633] *non empeçería nin migaja*: no importaría ni pizca.
[634] *limpias*: decorosas.

mujer quel entendimiento non hobiesse muy maduro, se podría tener dél por non muy bien casada.

E de que esto le hobo dicho, respondiol la fija del conde que este casamiento no estaba[635] en ella, sinon en su padre e en su madre.

E con tanto,[636] partiose de don Álvar Hánez e fuesse para su padre.

E de que el padre e la madre le preguntaron qué era su voluntad de fazer, por que ella non fue de muy buen entendimiento como le era mester, dixo a su padre e a su madre que tales cosas le dixiera don Álvar Háñez, que ante quería seer muerta que casar con él.

E el conde non lo quiso dezir esto a don Álvar Háñez, mas díxol que su fija que non había entonçe voluntad de casar.

E fabló don Álvar Háñez con la fija mediana; e passaron entre él e ella bien assí como con el hermana mayor.

E después fabló con el hermana menor e díxol todas aquellas cosas que dixiera a las otras sus hermanas.

E ella respondiol que gradesçía mucho a Dios en que don Álvar Háñez quería casar con ella; e en lo quel dizía quel fazía mal el vino, que si, por aventura, alguna vez le cumpliesse por alguna cosa de estar apartado de las gentes por aquello quel dizía o por ál, que ella lo encubriría mejor que ninguna otra persona del mundo; e a lo que dizía que él era viejo, que cuanto por esto non partiría[637] ella el casamiento, que cumplíale a ella del casamiento el bien e la honra que había de ser casada con don Álvar Háñez; e de lo que dizía

---

[635] *estaba*: dependía.
[636] *con tanto*: con eso.
[637] *partiría*: renunciaría, rechazaría.

que era muy sañudo [638] e que firía a las gentes, que cuanto por esto, non fazía fuerça, [639] ca nunca ella le faría por que la firiesse, e si lo fiziesse, que lo sabría muy bien sofrir.

E a todas las cosas que don Álvar Háñez le dixo, a todas le sopo tan bien responder, que don Álvar Háñez fue muy pagado, e gradesçió mucho a Dios porque fallara mujer de tan buen entendimiento.

E dixo al conde don Pero Ançúrez que con aquella quería casar. Al conde plogo mucho ende. E fizieron ende sus bodas luego. E fuese con su mujer luego en buena ventura. E esta dueña había nombre doña Vascuñana.

E después que don Álvar Háñez llevó a su mujer a su casa, fue ella tan buena dueña e tan cuerda, que don Álvar Háñez se tovo por bien casado della e tenía por razón que se fiziesse todo lo que ella querié.

E esto fazía él por dos razones: la primera, porquel fizo Dios a ella tanto bien, que tanto amaba a don Álvar Háñez e tanto presçiaba el su entendimiento, que todo lo que don Álvar Háñez dizía e fazía, que todo tenía ella verdaderamente que era lo mejor; e plazíale mucho de cuanto dizía e de cuanto fazía, e nunca en toda su vida contralló [640] cosa que entendiesse que a él plazía. E non entendades que fazía esto por le linsonjar, [641] nin por le falagar, mas fazíalo porque verdaderamente creía, e era su entençión, que todo lo que don Álvar Háñez quería e dezía e fazía, que en ninguna guisa non podría seer yerro, nin lo podría otro ninguno mejorar. E lo uno por esto, que era el mayor bien que podría seer, e lo ál

---

[638] *sañudo*: irascible.
[639] *non fazía fuerça*: no había inconveniente.
[640] *contralló*: objetó.
[641] *lisonjar*: adularlo.

porque ella era de tan buen entendimiento e de tan buenas obras, que siempre acertaba en lo mejor. E por estas cosas amábala e preçiábala tanto don Álvar Háñez que tenía por razón de fazer todo lo que ella querié, ca siempre ella quería e le consejaba lo que era su pro e su honra. E nunca tovo mientes por talante, nin por voluntad que hobiesse de ninguna cosa, que fiziesse don Álvar Háñez, sinon lo que a él más le pertenesçía, e que era más su honra e su pro.

E acaesçió que, una vez, seyendo don Álvar Háñez en su casa, que vino a él un sobrino que vivía en casa del rey, e plógol[642] mucho a don Álvar Háñez con él. E desque hobo morado con don Álvar Háñez algunos días, díxol un día que era muy buen homne e muy complido[643] e que non podía poner en él ninguna tacha sinon una. E don Álvar Háñez preguntol que cuál era. E el sobrino díxol que non fallaba tacha quel poner sinon que fazía mucho por su mujer e la apoderaba mucho en toda su fazienda. E don Álvar Háñez respondiol que, a esto, que dende a pocos días le daría ende la respuesta.

E ante que don Álvar Háñez viesse a doña Vascuñana, cabalgó e fuese a otro lugar e andudo allá algunos días e llevó allá aquel su sobrino consigo. E después envió por dona Vascuñana, e guisó assí don Álvar Háñez que se encontraron en el camino, pero que non fablaron ningunas razones entre sí, nin hobo tiempo aunque lo quisiessen fazer.

E don Álvar Háñez fuesse adelante, e iba con él su sobrino. E doña Vascuñana vinía en pos dellos. E desque hobieron andado assí una pieça don Álvar Háñez e su sobri-

---

[642] *plógol*: alegró.
[643] *complido*: cabal.

no, fallaron una pieça de vacas. E don Álvar Háñez començó a dexir:

—¿Viestes, sobrino, qué fremosas yeguas ha en esta nuestra tierra?

Cuando su sobrino esto oyó, maravillose ende mucho, e cuidó que gelo dizía por trebejo e díxol que cómo dizía tal cosa, que non eran sinon vacas.

E don Álvar Háñez se començó mucho de maravillar e dezirle que reçelaba que había perdido el seso, ca bien veíe que aquéllas, yeguas eran.

E de que el sobrino vio que don Álvar Háñez porfiaba tanto sobresto, e que lo dizía a todo su seso, fincó mucho espantado e cuidó que don Álvar Háñez había perdido el entendimiento.

E don Álvar Háñez estido[644] tanto adrede en aquella porfía, fasta que asomó doña Vascuñana que vinía por el camino. E de que don Álvar Háñez la vio, dixo a su sobrino:

—Ea, don sobrino, fe aquí a doña Vascuñana que nos partirá[645] nuestra contienda.

Al sobrino plogo desto mucho; e desque doña Vascuñana llegó, díxol su cuñado:

—Señora, don Álvar Háñez e yo estamos en contienda, ca él dize por unas vacas, que son yeguas, e yo digo que son vacas; e tanto habemos porfiado, que él me tiene por loco, e yo tengo que él non está bien en su seso. E vós, señora, departidnos agora esta contienda.

E cuando doña Vascuñana esto vio, como quier que ella tenía que aquéllas eran vacas, pero pues su cuñado le dixo

---

[644] *estido*: alargó.
[645] *partirá*: resolverá.

que dizía don Álvar Háñez que eran yeguas, tovo verdaderamente ella, con todo su entendimiento, que ellos erraban, que las non conosçían, mas que don Álvar Háñez non erraría en ninguna manera en las conosçer; e pues dizía que eran yeguas, que en toda guisa del mundo, que yeguas eran e non vacas.

E començó a dezir al cuñado e a cuantos y estaban:

—Por Dios, cuñado, pésame mucho desto que dezides, e sabe Dios que quisiera que con mayor seso e con mayor pro nos viniéssedes agora de casa del rey, do tanto habedes morado; ca bien veedes vós que muy grand mengua de entendimiento e de vista es tener que las yeguas que son vacas.

E començol a mostrar, tan bién por las colores, como por las façiones, [646] como por otras cosas muchas, que eran yeguas, e non vacas, e que era verdat lo que don Álvar Háñez dizía, que en ninguna manera el entendimiento e la palabra de don Álvar Háñez que nunca podría errar. E tanto le afirmó esto, que ya el cuñado e todos los otros començaron a dubdar que ellos erraban, e que don Álvar Háñez dizía verdat, que las que ellos tenían por vacas, que eran yeguas. E de que esto fue fecho, fuéronse don Álvar Háñez e su sobrino adelante e fallaron una grand pieça de yeguas.

E don Álvar Háñez dixo a su sobrino:

—¡Ahá, sobrino! Éstas son las vacas, que non las que vos dizíades ante, que dizía yo que eran yeguas.

Cuando el sobrino esto oyó, dixo a su tío.

—Por Dios, don Álvar Háñez, si vos verdat dezides, el diablo me traxo a mí a esta tierra; ca çiertamente, si éstas son

---

[646] *façiones*: rasgos.

vacas, perdido he yo el entendimiento, ca, en toda guisa del mundo, éstas, yeguas son, e non vacas.

Don Álvar Háñez començó a porfiar muy fieramente que eran vacas. E tanto duró esta porfía, fasta que llegó doña Vascuñana. E desque ella llegó e le contaron lo que dizía don Álvar Háñez e dizía su sobrino, maguer a ella paresçía que el sobrino dizía verdat; non podo creer por ninguna guisa que don Álvar Háñez podiesse errar, nin que pudiesse seer verdat ál, sinon lo que él dizía. E començó a catar razones para probar que era verdat lo que dizía don Álvar Háñez, e tantas razones e tan buenas dixo, que su cuñado e todos los otros tovieron que el su entendimiento, e la su vista, erraba; mas lo que don Álvar Háñez dizía, que era verdat. E aquesto fincó assí.

E fuéronse don Álvar Háñez e su sobrino e andudieron tanto fasta que llegaron a un río en que había pieça de molinos. E dando del agua a las bestias en el río, començó a dezir don Álvar Háñez que aquel río corría contra la parte onde nascía, e aquellos molinos, que del otra parte les vinía el agua.

E el sobrino de don Álvar Háñez se tovo por perdido cuando esto le oyo; ca tovo que, assí como errara en el conosçimiento de las vacas e de las yeguas, que assí erraba agora en cuidar que aquel río vinía al revés de como dizía don Álvar Háñez. Pero porfiaron tanto sobresto, fasta que doña Vascuñana llegó.

E desquel dixieron esta porfía en que estaba don Álvar Háñez e su sobrino, pero que a ella paresçía que el sobrino dizía verdat, non creyó al su entendimiento e tovo que era verdat lo que don Álvar Háñez dizía. E por tantas maneras sopo ayudar a la su razón, que su cuñado e cuantos lo oyeron, creyeron todos que aquella era la verdat.

E daquel día acá, fincó por fazaña[647] que si el marido dize que corre el río contra arriba, que la buena mujer lo debe crer e debe dezir que es verdat.

E desque el sobrino de don Álvar Háñez vio que por todas estas razones que doña Vascuñana dizía se probaba que era verdat lo que dizía don Álvar Háñez, e que erraba él en non conosçer las cosas assí como eran, tóvose por muy maltrecho, cuidando que había perdido el entendimiento.

E de que andudieron assí una grand pieça por el camino e don Álvar Háñez vio que su sobrino iba muy triste e en grand cuidado, díxole assí:

—Sobrino, agora vos he dado la repuesta a lo que en el otro día me dixiestes que me daban las gentes por grand tacha porque tanto fazía por doña Vascuñana, mi mujer; ca bien cred que todo esto que vós e yo habemos passado hoy, todo lo fize porque entendiéssedes quién es ella, e que lo que yo por ella fago, que lo fago con razón; ca bien creed que entendía yo que las primeras vacas que nós fallamos, e que dizía yo que eran yeguas, que vacas eran, assí como vós dizíades. E desque doña Vascuñana llegó e vos oyó que yo dizía que eran yeguas, bien çierto só que entendía que vós dizíades verdat; mas que fió[648] ella tanto en el mio entendimiento, que tien[649] que, por cosa del mundo, non podría errar, tovo que vós e ella errábades en non lo conosçer cómo era. E por ende dixo tantas razones e tan buenas, que fizo entender a vos e a cuantos allí estaban, que lo que yo dizía era verdat; e esso mismo fizo después en lo de las yeguas e del río.

[647] *fazaña*: anécdota.
[648] *fió*: confió.
[649] *tien*: tiene.

E bien vos digo verdat: que del día que comigo casó, que nunca un día le vi fazer nin dezir cosa en que yo pudiesse entender que quería nin tomaba plazer, sinon en aquello que yo quis; nin le vi tomar enojo de ninguna cosa que yo fiziesse. E siempre tiene verdaderamente en su talante que cualquier cosa que yo faga, que aquello es lo mejor; e lo que ella ha de fazer de suyo o le yo acomiendo que faga, sábelo muy bien fazer, e siempre lo faze guardando toda vía[650] mi honra e mi pro e queriendo que entiendan las gentes que yo só el señor, e que la mi voluntad e la mi honra se cumpla; e non quiere para sí otra pro, nin otra fama de todo el fecho, sinon que sepan que es mi pro, e tome yo plazer en ello. E tengo que si un moro de allende el mar esto fiziesse, quel debía yo mucho amar e presçiar yo, e fazer yo mucho por el su consejo, e demás seyendo ella tal e yo seer casado con ella e seyendo ella tal e de tal linaje de que me tengo por muy bien casado. E agora, sobrino, vos he dado repuesta a la tacha que el otro día me dixiestes que había.

Cuando el sobrino de don Álvar Háñez oyó estas razones, plógol ende mucho, e entendió que, pues doña Vascuñana tal era e había tal entendimiento e tal entención, que fazía muy grand derecho[651] don Álvar Háñez de la amar e fiar en ella e fazer por ella cuanto fazía e aun muy más, si más fiziesse.

E assí fueron muy contrarios la mujer del emperador e la mujer de don Álvar Háñez.

E, señor conde Lucanor, si vuestros hermanos son tan desvariados, que el uno faze todo cuanto su mujer quiere e

---

[650] *toda vía*: siempre.
[651] *derecho*: bien.

el otro todo lo contrario, por aventura esto es porque sus mujeres fazen tal vida[652] con ellos como fazía la emperadriz e doña Vascuñana. E si ellas tales son, non debedes maravillarvos nin poner culpa a vuestros hermanos; mas si ellas non son tan buenas nin tan revesadas como estas dos de que vos he fablado, sin dubda vuestros hermanos non podrían seer sin grand culpa; ca como quier que aquel vuestro hermano que faze mucho por su mujer, faze bien, entendet que este bien, que se debe fazer con razón e non más; ca si el homne, por haber grand amor a su mujer, quiere estar con ella tanto porque dexe de ir a los lugares o a los fechos en que puede fazer su pro e su honra, faze muy grand yerro; nin si por le fazer plazer nin complir su talante dexa nada de lo que pertenesçe a su estado nin a su honra, faze muy desaguisado; mas guardando estas cosas, todo buen talante e toda fiança que el marido pueda mostrar a su mujer, todo le es fazedero e todo lo debe fazer e le paresçe muy bien que lo faga. E otrosí, debe mucho guardar que por lo que a él mucho non cumple, nin le faze gran mengua, que non le faga enojo nin pesar e señaladamente en ninguna guisa cosa que puede haber pecado, ca desto vienen muchos daños: lo uno, la maldad e el pecado que homne faze, lo ál, que por fazerle emienda e plazer porque pierda aquel enojo e habrá a fazer cosas que se le tornarán en daño de la fama e de la fazienda. Otrosí, el que por su fuerte ventura tal mujer hobiere como la emperadriz, pues al comienço non pudo o non sopo y poner consejo en ello non hay sinon pasar[653] su ventura como Dios gelo quisiere enderesçar;[654] pero sabed que para lo uno e para

---

[652] *fazen tal vida*: mantienen tal relación.
[653] *pasar*: aceptar.
[654] *enderesçar*: remediar.

lo otro cumple mucho que para el primero día que el homne casa, dé a entender a su mujer que él es el señor de todo, e quel faga entender la vida que han de pasar en uno.

E vos, señor conde, al mi cuidar, [655] parando mientes a estas cosas, podredes consejar a vuestros hermanos en cuál manera vivan con sus mujeres.

Al conde plogo mucho destas cosas que Patronio le dixo, e tovo que dezía verdat e muy buen seso.

E entendiendo don Juan que estos enxemplos eran buenos, fízolos poner en este libro, e fizo estos versos que dizen así:

En el primero día que homne casare debe mostrar
qué vida ha de fazer o cómo ha de pasar

---

[655] *al mi cuidar:* en mi opinión.

Exemplo XXVIII

De como mató don Lorenço Çuares Gallinato
a un clérigo que se tornó moro en Granada

Fablaba el conde Lucanor con Patronio, su consejero, en esta guisa:

—Patronio, un homne vino a mí por guaresçerse conmigo, e como quier que yo sé que él es buen homne en sí, pero algunos dízenme que ha fecho algunas cosas desaguisadas. E por el buen entendimiento que vós habedes, ruégovos que me consejedes lo que vos paresçe que faga en esto.

—Señor conde –dixo Patronio–, para que vós fagades en esto lo que vos cumple, plazerme ía que sopiésedes lo que contesçió a don Lorenço Çuares Gallinato. [656]

El conde le preguntó cómo fuera aquello.

—Señor conde –dixo Patronio–, don Lorenço Çuarez vevía con [657] el rey de Granada. E desque vino a la merced [658] del rey don Ferrando, preguntol un día el rey que, pues él

---

[656] Es el mismo personaje que aparece en el exemplo XV. Se sabe que fue desterrado por Fernando III y que se refugió en la corte de Abenhuc de Écija –no en Granada, como cuenta don Juan Manuel– y pagó alevosamente la hospitalidad del moro para reconciliarse con Fernando III.

[657] *vevía con*: estaba al servicio de.

[658] *vino a la merced*: se reconcilió.

tantos deserviçios fiziera a Dios con los moros e sin ayuda, que nunca Dios habrié merçed dél e que perderié el alma.

E don Lorenço Çuares díxol que nunca fiziera cosa porque cuidase que Dios le habría merçed del alma, sinon porque matara una vez un clérigo misacantano. [659]

E el rey hóbolo por muy estraño; e preguntol cómo podría esto ser.

E él dixo que viviendo con el rey de Granada, quel rey fiaba mucho dél, e era guarda del su cuerpo. [660] E yendo un día con el rey, que oyó roído de homnes que daban vozes, e porque era guarda del rey, de que oyó el roído, dio de las espuelas [661] al caballo e fue do lo fazían. E falló un clérigo que estaba revestido. [662]

E debedes saber queste clérigo fue cristiano e tornose moro. E un día, por fazer bien a los moros e plazer, díxoles que, si quisieren, que él les daría el Dios en que los cristianos creen, e tenían por Dios. E ellos le rogaron que gelo diese. Entonçe el clérigo traidor fizo unas vestimentas, e un altar, e dixo allí misa, e consagró una hostia. E desque fue consagrada, diola a los moros; e los moros arrastrábanla por la villa e por el lodo e faziéndol muchos escarnios.

E cuando don Lorenço Çuárez esto vido, como quier que él vivía con los moros, membrándose [663] cómo era cristiano, e creyendo sin dubda que aquél era verdaderamente el cuerpo de Dios e pues que Jesu Cristo muriera por redemir nuestros pecados, que sería él de buena ventura si muriese

---

[659] *clérigo misacantano*: clérigo ordenado sacerdote.

[660] *guarda del su cuerpo*: guarda personal.

[661] *dio de las espuelas*: espoleó.

[662] *revestido*: vestido con los hábitos para decir misa.

[663] *membrándose*: acordándose.

por le vengar o por le sacar de aquella deshonra que falsamente cuidaba quel fazían. E por el gran duelo e pesar que de esto hobo, enderesçó al traidor del dicho renegado que aquella traiçión fiziera, e cortol la cabeça.

E desçendió del caballo e fincó los hinojos[664] en el lodo e adoró el cuerpo de Dios que los moros traían rastrando. E luego que fincó los hinojos, la hostia que estaba dél alongada, saltó del lodo en la falda de don Lorenço Çuares.

E cuando los moros esto vieron, hobieron ende gran pesar e metieron[665] mano a las espadas, e palos, e piedras, e vinieron contra él por lo matar. E él metió mano al espada con que descabeçara al clérigo, e començose a defender.

Cuando el rey oyó este roído, e vio que querían matar a don Lorenço Çuares, mandó quel non fiziesen mal, e preguntó que qué fuera aquello. E los moros, con gran quexa, dixiéronle cómo fuera e cómo pasara aquel fecho.

E el rey se quexó e le pesó desto mucho, e preguntó a don Lorenço Çuares por qué lo fiziera. E él le dixo que bien sabía que él non era de la su ley, pero quel rey esto sabía, que fiaba dél su cuerpo e que lo escogiera él para esto cuidando que era leal e que por miedo de la muerte non dexaría de lo guardar, e pues si él lo tenía por tal leal, que cuidaba que faría esto por él, que era moro, que parase mientes, si él leal era, qué debía fazer, pues era cristiano, por guardar el cuerpo de Dios, que es rey de los reyes e señor de los señores, e que si por esto le matasen, que nunca él tan buen día viera.

E cuando el rey esto oyó, plógol mucho de lo que don Lorenço Çuares fiziera e de lo que dezía, e amol e preçiol, e fue mucho más amado desde allí adelante.

---

[664] *fincó los hinojos*: se arrodilló.
[665] *metieron*: echaron.

E vos, conde señor, si sabedes bien que aquel homne que convusco quiere vevir es buen homne en sí e podedes fiar dél, cuanto por lo que vos dizen que fizo algunas cosas sin razón, non le debedes por eso partir de la vuestra compaña; ca por aventura aquello que los homnes cuidan que es sin razón, non es así, como cuidó el rey que don Lorenço fiziera desaguisado en matar aquel clérigo. E don Lorenço fizo el mejor fecho del mundo. Mas si vós sopiésedes que lo que él fizo es tan mal fecho, por que él sea por ello mal envergonçado[666] e lo fizo sin razón, por tal fecho faríades bien en lo non querer para vuestra compaña.

Al conde plogo mucho desto que Patronio le dixo, e fízolo así e fallose ende bien.

E entendiendo don Juan que este enxemplo era bueno, fízolo escribir en este libro e fizo estos viessos que dizen assí:

> *Muchas cosas parescen sin razón,*
> *e qui las sabe en sí, buenas son.*

E la historia deste exiemplo es ésta que se sigue:

---

[666] *mal envergonçado*: muy avergonzado.

Exemplo XXIX

De lo que contesçió a un raposo que se echó en la calle e se fizo muerto

Otra vez fablaba el conde Lucanor con Patronio, su consejero, e díxole así:

—Patronio, un mio pariente vive en una tierra do non ha tanto poder que pueda estrañar cuantas escatimas[667] le fazen, e los que han poder en la tierra querrían muy de grado que fiziesse él alguna cosa porque hobiesse en achaque para seer contra él. E aquel mio pariente tiene quel es muy grave cosa de sofrir aquellas terrerías[668] quel fazen, e querría aventurarlo[669] todo ante que sofrir tanto pesar de cada día. E porque yo querría que él acertasse en lo mejor, ruégovos que me digades en qué manera lo conseje porque passe lo mejor que pudiere en aquella tierra.

—Señor conde Lucanor –dixo Patronio–, para que vós le podades consejar en esto, plazerme ía que sopiéssedes lo que contesçió una vez a un raposo que se fizo muerto.

El conde le preguntó cómo fuera aquello.

—Señor conde –dixo Patronio–, un raposo entró una

---

[667] *escatimas*: afrentas, insultos, vejaciones.
[668] *terrerías*: amenazas terroríficas, intimidatorias.
[669] *aventurarlo*: arriesgarlo.

noche en un corral do había gallinas; e andando en roído con[670] las gallinas, cuando él cuidó que se podría ir, era ya de día e las gentes andaban ya todos por las calles. E desque él vio que non se podía asconder, salió escondidamente a la calle, e tendiose assí como si fuesse muerto.

Cuando las gentes lo vieron, cuidaron que era muerto, e non cató ninguno por él.

A cabo de una pieça passó por y un homne, e dixo que los cabellos de la fruente del raposo que eran buenos para poner en la fruente de los moços pequeños porque non les aojen.[671] E trasquiló con unas tiseras de los cabellos de la fruente del raposo.

Después vino otro, e dixo esso mismo de los cabellos del lomo; e otro, de las ijadas.[672] E tantos dixieron esto fasta que lo trasquilaron todo. E por todo esto, nunca se movió el raposo, porque entendía que aquellos cabellos non le fazían daño en los perder.

Después vino otro e dixo que la uña del polgar del raposo que era buena para guaresçer de los panadizos,[673] e sacógela. E el raposo non se movió.

E después vino otro que dixo que el diente del raposo era bueno para el dolor de los dientes; e sacógelo. E el raposo non se movió.

E después, a cabo de otra pieça, vino otro que dixo que el coraçón era bueno paral dolor del coraçón, e metió mano a un cochiello[674] para sacarle el corazón. E el raposo vio quel

---

[670] *en roído con*: entretenido con, alborotado con.

[671] *aojen*: echen mal de ojo.

[672] *ijadas*: espacios situados entre las falsas costillas y los huesos de la cadera.

[673] *panadizos*: inflamación con pus de los dedos.

[674] *cochiello*: cuchillo.

querían sacar el coraçón e que si gelo sacassen, non era cosa que se pudiesse cobrar, [675] e que la vida era perdida, e tovo que era mejor de se aventurar a que quier quel pudiesse venir, que sofrir cosa porque se perdiesse todo. E aventurose e puñó [676] en guaresçer e escapó muy bien.

E vós, señor conde, consejad a aquel vuestro pariente que si Dios le echó en tierra do non puede estrañar lo quel fazen como él querría o como le cumplía, que en cuanto las cosas quel fizieren fueren atales que se puedan sofrir sin grand daño e sin grand mengua, que dé a entender que se non siente dello e que les dé passada; [677] ca en cuanto da homne a entender que se non tiene por maltrecho de lo que contra él han fecho, non está tan envergonçado; mas desque da a entender que se tiene por maltrecho de lo que ha reçebido, si dende adelante non faze todo lo que debe por non fincar menguado, non está tan bien como ante. E por ende, a las cosas passaderas, pues non se pueden estrañar como deben, es mejor de les dar passada mas si llegare el fecho a alguna cosa que sea grand daño o grand mengua, estonçe se aventure e non le sufra, ca mejor es la pérdida o la muerte, defendiendo homne su derecho e su honra e su estado, que vevir passando en estas cosas mal e deshonradamente.

El conde tovo éste por buen consejo.

E don Johan fízolo escribir en este libro e fizo estos viessos que dizen assí:

Sufre las cosas en cuanto dibieres,
estraña las otras en cuanto pudieres.

E la historia deste exiemplo es ésta que se sigue:

---

[675] *cobrar*: recuperar.
[676] *puñó*: se esforzó.
[677] *dé passada*: tolere.

Exemplo xxx

De lo que contesçió al rey Abenabet de Sevilla con Ramaiquía, su mujer

Un día fablaba el conde Lucanor con Patronio, su consejero, en esta manera:

—Patronio, a mí contesçe con un homne assí: que muchas vezes me ruega e me pide quel ayude e le dé algo de lo mío; e como quier que cuando fago aquello que él me ruega, da a entender que me lo gradesçe, luego que otra vez me pide alguna cosa, si lo non fago assí como él quiere, luego se ensaña e da a entender que non me lo gradesçe e que ha olvidado todo lo que fiz por él. E por el buen entendimiento que habedes, ruégovos que me consejedes en qué manera passe[678] con este homne.

—Señor conde Lucanor —dixo Patronio—, a mí paresçe que vos contesçe con este homne segund contesçió al rey Abenabet[679] de Sevilla con Ramaiquía,[680] su mujer.

---

[678] *passe*: he de comportarme.

[679] *Abenabet*: Muhammad ibn al Mutámid ibn Abbád, el célebre rey poeta de Sevilla, que murió pobre en el desierto en 1095, vencido por los almorávides.

[680] *Ramaiquía*: Rumayqiya, llamada así mientras fue esclava de Rumaiq, pero cuando se casó con Al-Mutamid (Abenabet) se llamó Itimad.

El conde preguntó cómo fuera aquello.

—Señor conde —dixo Patronio—, el rey Abenabet era casado con Ramaiquía e amábala más que cosa del mundo. E ella era muy buena mujer e los moros han della muchos buenos exiemplos; pero había una manera que non era muy buena: esto era que a las vezes tomaba algunos antojos a su voluntad.

E acaesçió que un día, estando en Córdoba en el mes de febrero, cayó una nieve. E cuando Ramaiquía la vio, començó a llorar. E preguntó el rey por qué lloraba. E ella díxol que porque nunca la dexaba estar en tierra que viesse nieve.

E el rey, por le fazer plazer, fizo poner almendrales por toda la xierra de Córdoba; porque pues Córdoba es tierra caliente e non nieva y cada año, que en el febrero paresciessen los almendrales floridos, que semejan nieve, por le fazer perder el deseo de la nieve.

Otra vez, estando Ramaiquía en una cámara sobre el río, vio una mujer descalça volviendo[681] lodo cerca el río para fazer adobes;[682] e cuando Ramaiquía lo vio, començó a llorar; e el rey preguntol por qué lloraba. E ella díxol porque nunca podía estar a su guisa,[683] siquier faziendo lo que fazía aquella mujer.

Entonçe, por le fazer plazer, mandó el rey fenchir[684] de agua rosada aquella grand albuhera[685] de Córdoba en logar de agua, e en lugar de tierra, fízola fenchir de açúcar e de canela e espic[686]

---

[681] *volviendo*: amasando.
[682] *adobes*: ladrillos fabricados con barro y paja.
[683] *guisa*: gusto.
[684] *fenchir*: llenar.
[685] *albuhera*: laguna.
[686] *espic*: nardos.

e clavos[687] e mosgo[688] e ambra[689] e algalina,[690] e de todas buenas espeçias e buenos olores que pudian seer; e en lugar de paja, fizo poner cañas de açúcar. E desque destas cosas fue llena el albuhera de tal lodo cual entendedes que podría seer, dixo el rey a Ramaiquía que se descalçase e que follasse aquel lodo e que fiziesse adobes dél cuantos quisiesse.

Otro día, por otra cosa que se le antojó, començó a llorar. E el rey preguntol por qué lo fazía.

E ella díxol que cómo non lloraría, que nunca fiziera el rey cosa por le fazer plazer. E el rey veyendo que, pues tanto había fecho por le fazer plazer e complir su talante, e que ya non sabía qué pudiesse fazer más, díxol una palabra que se dize en el algaravía[691] desta guisa. «v. a. le mahar aten?»[692] e quiere dezir: «¿E non el día del lodo?», como diziendo que pues, las otras cosas olvidaba, que non debía olvidar el lodo que fiziera por le fazer plazer.

E vós, señor conde, si veedes que por cosa que por aquel homne fagades, que si non le fazedes todo lo ál que vos dize, que luego olvida e desgradesçe[693] todo lo que por él habedes fecho, conséjovos que non fagades por él tanto que se vos torne en grand daño de vuestra fazienda. E a vós, otrosí, conséjovos que, si alguno fiziesse por vos alguna cosa que vos cumpla e después non fiziere todo lo que vós querríedes,

---

[687] *clavos*: especia del clavo.

[688] *mosgo*: almizcle.

[689] *ambra*: ámbar.

[690] *algalina*: algalia, planta olorosa utilizada en perfumería.

[691] *algaravía*: árabe.

[692] Los arabistas no se ponen de acuerdo en cómo se ha de transcribir esta frase árabe.

[693] *desgradesçe*: no agradece.

que por esso nunca lo desconozcades[694] el bien que vos vino de lo que por vos fizo.

El conde tovo éste por buen consejo e fízolo assí e fallose ende bien.

E teniendo don Johan éste por buen enxiemplo, fízolo escribir en este libro e fizo estos viessos que dizen assí:

Qui te desconosçe tu bien fecho,
non dexes por él tu grand provecho.

E la historia deste exiemplo es ésta que se sigue:

[694] *desconozcades*: dejéis de reconocer.

Exemplo XXXI

Del juizio que dio un cardenal entre los
clérigos de París e los fraires menores

Otro día fablaba el conde Lucanor con Patronio, su consejero, en esta guisa:

—Patronio, un mio amigo e yo querríamos fazer una cosa que es pro e honra de amos; e yo podría fazer aquella cosa e non me atrevo a la fazer fasta que él llegue. E por el buen entendimierito que Dios vos dio, ruégovos que me consejedes en esto.

—Señor conde –dixo Patronio–, para que fagades lo que me paresçe más a vuestra pro, plazerme ía que sopiésedes lo que contesçió a los de la eglesia catedral e a los fraires menores[695] en París.

El conde le preguntó como fuera aquello.

—Señor conde –dixo Patronio–, los de la eglesia dizían que, pues ellos eran cabeça de la eglesia, que ellos debían tañer[696] primero a las horas.[697] Los fraires dizían que ellos habían de estudiar e de levantarse a maitines[698] e a las horas

---

[695] *fraires menores*: franciscanos.
[696] *tañer*: tocar.
[697] *horas*: cada una de las horas canónicas en que se divide el día.
[698] *maitines*: primera hora, se reza al amanecer.

en guisa que non perdiessen su estudio, e demás que eran exentos e que non habían por qué esperar a ninguno.

E sobresto fue muy grande la contienda, e costó muy grand haber a los abogados en el pleito a entramas las partes.

A cabo de muy grand tiempo, un Papa que vino acomendó este fecho a un cardenal e mandol que lo librasse[699] de una guisa o de otra.

El cardenal fixo traer ante sí el proçesso, e era tan grande que todo homne[700] se espantaría solamente de la vista. E desque el cardenal tovo todos los scriptos ante sí, púsoles plazo para que viniesen otro día a oír sentençia.

E cuando fueron antél, fizo quemar todos los proçessos e díxoles assí:

—Amigos, este pleito ha mucho durado, e habedes todos tomado grand costa[701] e grand daño, e yo non vos quiero traer en pleito, mas dovos[702] por sentençia que el que ante despertare, ante tanga.[703]

E vos, señor conde, si el pleito es provechoso para vós amos e vós lo podedes fazer, conséjovos yo que lo fagades e non le dedes vagar[704], ca muchas vezes se pierden las cosas que se podrían acabar por les dar vagar e después, cuando homne querría, o se pueden fazer o non.

El conde se tovo desto por bien aconsejado e fízolo assí, e fallose en ello muy bien.

E entendiendo don Johan que este enxiemplo era

---

[699] *librasse*: solucionase.

[700] *todo homne*: cualquier persona.

[701] *costa*: gasto.

[702] *dovos*: os doy.

[703] *tanga*: toque las campanas.

[704] *non le dedes vagar*: no lo dejéis pasar.

bueno, físolo escribir en este libro e fizo estos viessos que dizen assí:

Si muy grand tu pro puedes fazer,
nol des vagar que se pueda perder.

E la historia deste enxiemplo es ésta que se sigue:

Exemplo XXXII

De lo que contesçió a un rey con los burladores
que fizieron el paño

Fablaba otra vez el conde Lucanor con Patronio, su consejero, e dizíale:

—Patronio, un homne vino a mí e díxome muy grand fecho[705] e dame a entender que sería muy grand mi pro; pero dízeme que lo non sepa homne del mundo por mucho que yo en él fíe; e tanto me encaresçe que guarde esta poridat, fasta que dize que si a homne del mundo lo digo, que toda mi fazienda e aun la mi vida es en grand periglo. E porque yo sé que homne non vos podría dezir cosa que vós non entendades, si se dize por bien o por algún engaño, ruégovos que me digades lo que vos paresçe en esto.

—Señor conde Lucanor –dixo Patronio–, para que vós entendades, al mio cuidar, lo que vos más cumple de fazer en esto, plazerme ía que sopiésedes lo que contesçió a un rey con tres homnes burladores que vinieron a él.

El conde le preguntó cómo fuera aquello.

—Señor conde –dixo Patronio–, tres homnes burladores vinieron a un rey e dixiéronle que eran muy buenos maestros

---

[705] *díxome muy grand fecho*: me propuso un buen negocio.

de fazer paños, e señaladamente que fazían un paño que todo homne que fuesse fijo daquel padre que todos dizían, que vería el paño; mas el que non fuesse fijo daquel padre que él tenía e que las gentes dizían, que non podría ver el paño.

Al rey plogo desto mucho, teniendo que por aquel paño podría saber cuáles homnes de su regno eran fijos de aquellos que debían seer sus padres o cuáles non, e que por esta manera podría acresçentar mucho lo suyo; ca los moros non heredan cosa de su padre si non son verdaderamente sus fijos. E para esto mandoles dar un palaçio [706] en que fiziessen aquel paño.

E ellos dixiéronle que por que viesse que non le querían engañar, que les mandasse çerrar en aquel palaçio fasta que el paño fuesse fecho. Desto plogo mucho al rey. E desque hobieron tomado para fazer el paño mucho oro e plata e seda e muy grand haber, para que lo fiziessen, entraron en aquel palaçio, e çerráronlos y.

E ellos pusieron sus telares e daban a entender que todo el día texían en el paño. E a cabo de algunos días, fue el uno dellos dezir al rey que el paño era començado e que era la más fermosa cosa del mundo; e díxol a qué figuras [707] e a qué labores lo començaban de fazer e que, si fuesse la su merçet, que lo fuesse ver e que non entrasse con él homne del mundo. [708] Desto plogo al rey mucho.

E el rey, queriendo probar [709] aquello ante en [710] otro, envió un su camarero que lo viesse, pero non le aperçibió quel desengañasse.

---

[706] *palaçio*: sala, aposento.
[707] *figuras*: diseños.
[708] *homne del mundo*: nadie.
[709] *probar*: comprobar.
[710] *ante en*: antes que.

E desque el camarero vio los maestros e lo que dizían, non se atrevió a dezir que non lo viera. Cuando tornó al rey, dixo que viera el paño. E después envió otro, e díxol esso mismo. E desque todos los que el rey envió le dixieron que vieran el paño, fue el rey a lo veer.

E cuando entró en el palaçio e vio los maestros que estaban texiendo e dizían: «Esto es tal labor, e esto es tal historia,[711] e esto es tal figura, e esto es tal color», e conçertaban[712] todos en una cosa, e ellos non texían ninguna cosa, cuando el rey vio que ellos non texían e dizían de qué manera era el paño, e él, que non lo veía e que lo habían visto los otros, tóvose por muerto, ca tovo que porque non era fijo del rey que él tenía por su padre, que por esso non podía ver el paño, e reçeló que si dixiesse que lo non veía, que perdería el regno. E por ende començó a loar mucho el paño e aprendió muy bien la manera como dizían aquellos maestros que el paño era fecho.

E desque fue en su casa con las gentes, començó a dezir maravillas de cuánto bueno e cuánto maravilloso era aquel paño, e dizía[713] las figuras e las cosas que había en el paño, pero que[714] él estaba con muy mala sospecha.

A cabo de dos o de tres días, mandó a su alguazil que fuesse veer aquel paño. E el rey contol las maravillas e estrañezas[715] que viera en aquel paño. El alguazil fue allá.

E desque entró e vio los maestros que texían e dizían las figuras e las cosas que había en el paño e oyó al rey cómo lo

---

[711] *historia*: dibujo.

[712] *conçertaban*: concordaban, estaban de acuerdo.

[713] *dizía*: describía.

[714] *pero que*: aunque.

[715] *estrañezas*: asombrosas.

había visto, e que él non lo veía, tovo que porque non era fijo daquel padre que él cuidaba, que por eso non lo veía, e tovo que si gelo sopiessen, que perdería toda su honra. E por ende, començó a loar el paño tanto como el rey o más.

E desque tornó al rey e le dixo que viera el paño e que era la más noble e la más apuesta cosa del mundo, tóvose el rey aún más por mal andante, pensando que, pues el alguazil viera el paño e él non lo viera, que ya no había dubda que él non era fijo del rey que él cuidaba. E por ende, començó más de loar e de firmar[716] más la bondad e la nobleza del paño e de los maestros que tal cosa sabían fazer.

E otro día, envió el rey otro su privado e conteçiol como al rey e a los otros. ¿Qué vos diré más? Desta guisa, e por este reçelo, fueron engañados el rey e cuantos fueron en su tierra, ca ninguno non osaba dezir que non veíe el paño.

E assí passó este pleito, fasta que vino una grand fiesta. E dixieron todos al rey que vistiesse aquellos paños para la fiesta.

E los maestros traxiéronlos envueltos en muy buenas sábanas, e dieron a entender que desvolvían[717] el paño e preguntaron al rey qué quería que tajassen de aquel paño. E el rey dixo cuáles vestiduras quería. E ellos daban a entender que tajaban e que medían el talle[718] que habían de haber las vestiduras, e después que las coserían.

Cuando vino el día de la fiesta, vinieron los maestros al rey, con sus paños tajados e cosidos, e fiziéronle entender quel vistían e quel allanaban[719] los paños. E assí lo fizieron

---

[716] *firmar*: asegurar.
[717] *desvolvían*: desenvolvían.
[718] *medían el talle*: tomaban las medidas.
[719] *allanaban*: alisaban.

fasta que el rey tovo que era vestido, ca él non se atrevía a dezir que él non veía el paño.

E desque fue vestido tan bien como habedes oído, cabalgó para andar por la villa; mas de tanto le avino bien,[720] que era verano.[721]

E desque las gentes lo vieron assí venir e sabían que el que non veía aquel paño que non era fijo daquel padre que cuidaba, cuidaba cada uno que los otros lo veían e que pues él non lo veía, que si lo dixiesse, que sería perdido e deshonrado.

E por esto fincó aquella poridat guardada, que non se atrevié ninguno a lo descubrir, fasta que un negro, que guardaba el caballo del rey e que non había qué pudiesse perder, llegó al rey e díxol:

—Señor, a mí non me empeçe[722] que me tengades por fijo de aquel padre que yo digo, nin de otro, e por ende, dígovos que yo só çiego, o vós desnuyo[723] ides.

El rey le començó a maltraer diziendo que porque non era fijo daquel padre que él cuidaba, que por esso non veía los sus paños.

Desque el negro esto dixo, otro que lo oyó dixo esso mismo, e assí lo fueron diziendo fasta que el rey e todos los otros perdieron el reçelo de conosçer la verdat e entendieron el engaño que los burladores habían fecho. E cuando los fueron buscar, non los fallaron, ca se fueran con lo que habían llevado del rey por el engaño que habedes oído.

---

[720] *mas de tanto le avino bien*: sin embargo tuvo suerte.
[721] *verano*: primavera.
[722] *empeçe*: importa.
[723] *desnuyo*: desnudo.

E vós, señor conde Lucanor, pues aquel homne vos dize que non sepa ninguno de los en que vós fiades nada de lo que él vos dize, çierto seed que vos cuida engañar, ca bien debedes entender que non ha él razón de querer más vuestra pro, que non ha convusco tanto debdo como todos los que convusco viven, que han muchos debdos e bien fechos de vos, porque deben querer vuestra pro e vuestro serviçio.

El conde tovo éste por buen consejo e fízolo assí e fallose ende bien.

E veyendo don Johan que éste era buen exiemplo, fízolo escribir en este libro, e fezo estos viessos que dizen assí:

Quien te conseja encobrir de tus amigos,
sabe que más te quiere engañar que dos figos.

E la historia deste exiemplo es ésta que se sigue:

Exemplo XXXIII

*De lo que contesçió a un falcón sacre del infante don Manuel
con una águila e con una garça*

Fablaba otra vez el conde Lucanor con Patronio, su consejero, en esta manera:

—Patronio, a mí contesçió de haber muchas vezes contienda con muchos homnes; e después que la contienda es passada, algunos conséjanme que tome otra contienda con otros. E algunos conséjanme que fuelgue e esté en paz, e algunos conséjanme que comiençe guerra e contienda con los moros. E porque yo sé que ninguno otro non me podría consejar mejor que vós, por ende vos ruego que me consejedes lo que faga en estas cosas.

—Señor conde Lucanor –dixo Patronio–, para que vós en esto acertedes en lo mejor, sería bien que sopiéssedes lo que contesçió a los muy buenos falcones garçeros, [724] e señaladamente lo que contesçió a un falcón sacre [725] que era del infante don Manuel.

El conde le preguntó cómo fuera aquello.

—Señor conde –dixo Patronio–, el infante don Manuel

---

[724] *falcones garçeros*: halcones entrenados para la caza de garzas.
[725] *falcón sacre*: una de las especies de halcones.

andaba un día a caça cerca de Escalona,[726] e lançó un falcón sacre a una garça, e montando[727] el falçón con la garça, vino al falcón una águila. El falcón con miedo del águila, dexó la garça e començó a foír; e el águila desque vio que non podía tomar el falcón, fuesse. E desque el falcón vio ida el águila, tornó a la garça e començó a andar muy bien con ella por la matar.

E andando el falcón con la garça, tornó otra vez el águila al falcón, e el falcón començó a foír como el otra vez; e el águila fuesse, e tornó el falcón a la garça. E esto fue assí bien tres o cuatro vezes: que cada que el águila se iba, luego el falcón tornaba a la garça, luego vinía el águila por le matar.

Desque el falcón vio que el águila non le quería dexar matar la garça, dexóla, e montó sobre el águila, e vino a ella tantas vezes, feriéndola, fasta que la fizo desterrar daquella tierra. E desque la hobo desterrado, tornó a la garça, e andando con ella muy alto, vino el águila otra vez por lo matar. Desque el falcón vio que non le valía cosa que feziesse, subió otra vez sobre el águila e dexose venir[728] a ella e diol tan grant colpe, quel quebrantó el ala. E desque ella vino caer el ala quebrantada, tornó el falcón a la garça e matola. E esto fizo porque tenía que la su caça non la debía dexar, luego que fuesse desembargado[729] de aquella águila que gela embargaba.[730]

E vós, señor conde Lucanor, pues sabedes que la vuestra caça e la vuestra honra e todo vuestro bien paral cuerpo e

---

[726] *Escalona*: pueblo toledano en que nació don Juan Manuel.
[727] *montando*: elevándose en el aire, tomando altura.
[728] *dexose venir*: descendió.
[729] *desembargado*: desembarazado.
[730] *embargaba*: molestaba.

paral alma es que fagades serviçio a Dios, e sabedes que en cosa del mundo, segund el vuestro estado que vós tenedes, non le podedes tanto servir como en haber guerra con los moros por ençalçar[731] la sancta e verdadera fe católica, conséjovos yo que luego que podades seer seguro de las otras partes, que hayades guerra con los moros. E en esto faredes muchos bienes: lo primero, faredes servicio de Dios; lo ál, faredes vuestra honra e vivredes en vuestro ofiçio e vuestro meester[732] e non estaredes comiendo el pan de balde, que es una cosa que non paresçe bien a ningund grand señor: ca los señores, cuando estades sin ningund mester, non preciades las gentes tanto como debedes, nin fazedes por ellos todo lo que debíades fazer, e echádesvos[733] a otras cosas que serían a las vezes muy bien de las escusar. E pues a los señores vos es bueno, e aprovechoso haber algund mester, çierto es que de los mesteres non podedes haber ninguno tan bueno e tan honrado e tan a pro del alma e del cuerpo, e tan sin daño, como la guerra de los moros. E si quier, parat mientes al enxiemplo terçero que vos dixe en este libro, del salto que fizo el rey Richalte de Inglaterra, e cuánto ganó por él; e pensat en vuestro coraçón que habedes a morir e que habedes fecho en vuestra vida muchos pesares a Dios, e que Dios es derechurero[734] e de tan grand justiçia que non podedes salir sin pena de los males que habedes fecho; pero veed si sodes de buena ventura en fallar carrera para que en un punto podades haber perdón de todos vuestros pecados, ca si en la guerra de los moros morides, estando en verdadera

---

[731] *ençalçar*: ensalzar.

[732] *meester*: ocupación.

[733] *echádesvos*: os dedicáis.

[734] *derechurero*: ecuánime, justo, recto.

penitençia, sodes mártir e muy bienaventurado; e aunque por armas non murades, las buenas obras e la buena entençión vos salvará.

El conde tovo éste por buen enxiemplo e puso en su coraçón de lo fazer, e rogó a Dios que gelo guise como Él sabe que lo él desea.

E entendiendo don Johan que este enxiemplo era muy bueno, fízolo escribir en este libro, e fizo estos viessos que dizen assí:

Si Dios te guisare de haber sigurança,
puña de ganar la complida bien andança.

E la historia deste enxiemplo es ésta que se sigue:

Exemplo XXXIIII

De lo que contesçió a un ciego que adestraba a otro

Otra vez fablaba el conde Lucanor con Patronio, su consejero, en esta guisa:

—Patronio, un mio pariente amigo, de qui yo fío mucho e só çierto que me ama verdaderamente, me conseja que vaya a un logar de que me recelo yo mucho. E él dize que me non haya reçelo, que ante tomaría él muerte que yo tome ningund daño. E agora ruégovos que me consejedes en esto.

—Señor conde Lucanor —dixo Patronio—, para este consejo mucho querría que sopiésedes lo que contesçió a un çiego con otro.

El conde le preguntó cómo fuera aquello.

—Señor conde —dixo Patronio—, un homne moraba en una villa, e perdió la vista de los ojos e fue çiego. E estando así çiego e pobre, vino a él otro çiego que moraba en aquella villa, e díxole que fuessen amos a otra villa çerca daquella e que pidrían por Dios e que habrían de qué se mantener e gobernar.

E aquel çiego le dixo que él sabía aquel camino de aquella villa, que había y pozos e barrancos e muy fuertes passadas;[735] e que se reçelaba mucho daquella ida.

---

[735] *fuertes passadas*: pasos difíciles.

E el otro çiego le dixo que non hobiesse reçelo, ca él se iría con él e lo pornía en salvo. E tanto le asseguró e tantas proes le mostró en la ida, que el çiego creyó al otro ciego; e fuéronse.

E desque llegaron a los lugares fuertes e peligrosos cayó el çiego que guiaba al otro, e non dexó por esso de caer el çiego que reçelaba el camino.

E vós, señor conde, si reçelo habedes con razón e el fecho es peligroso, non vos metades en peligro por lo que vuestro pariente e amigo vos dize que ante morrá que vós tomedes daño; ca muy poco vos aprovecharía a vós que él muriesse e vós tomássedes daño e muriéssedes.

El conde tovo éste por buen consejo e fízolo assí e fallose ende muy bien.

E entendiendo don Johan que este enxiemplo era bueno, fízolo escribir en este libro, e fizo estos viessos que dizen assí:

Nunca te metas ó puedas haber mal andança,
aunque el tu amigo te faga segurança.

E la historia deste exiemplo es ésta que se sigue:

Exemplo XXXV

*De lo que contesçió a un mançebo que casó con
una mujer muy fuerte e muy brava*

· Otra vez fablaba el conde Lucanor con Patronio, e díxole:

—Patronio, un mio criado me dixo quel traían cassamiento con una mujer muy rica e aun, que es más honrada que él, e que es el casamiento muy bueno para él, sinon por un embargo que y ha, e el embargo es éste: díxome quel dixeran que aquella mujer que era la más fuerte e más brava cosa del mundo. E agora ruégovos que me consejedes si le mandaré que case con aquella mujer, pues sabe de cuál manera es, o sil mandaré que lo non faga.

—Señor conde –dixo Patronio–, si él fuer[736] tal como fue un fijo de un homne bueno que era moro, consejalde que case con ella, mas si non fuere tal, non gelo consejedes.

El conde le rogó quel dixiesse cómo fuera aquello.

Patronio le dixo que en una villa había un homne bueno que había un fijo, el mejor mançebo que podía ser, mas non era tan rico que podiesse complir tantos fechos[737] e tan grandes como el su coraçón[738] le daba a entender que debía com-

---

[736] *fuer*: fuese.
[737] *fechos*: logros.
[738] *coraçón*: ambición.

plir. E por esto era él en grand cuidado, ca había la buena voluntat e non había el poder.

En aquella villa misma, había otro homne muy más honrado e más rico que su padre, e había una fija non más, e era muy contraria de aquel mançebo; ca cuanto aquel mançebo había de buenas maneras, tanto las había aquella fija del homne bueno malas e revesadas; e por ende, homne del mundo non quería casar con aquel diablo.

Aquel tan buen mançebo vino un día a su padre e díxole que bien sabía que él non era tan rico que pudiesse darle con que él pudiesse vevir a su honra, e que, pues le convinía a fazer vida menguada e lazdrada[739] o irse daquella tierra, que si él por bien toviesse, quel paresçía mejor seso de catar algún casamiento con que pudiesse haber alguna passada.[740] E el padre le dixo quel plazía ende mucho si pudiesse fallar para él casamiento quel cumpliesse.

Entonce le dixo el fijo que, si él quisiesse, que podría guisar que aquel homne bueno que había aquella fija que gela diesse para él. Cuando el padre esto oyó, fue muy maravillado, e díxol que cómo cuidaba en tal cosa: que non había homne que la conosçiesse que, por pobre que fuese, quisiese casar con ella. El fijo le dixo quel pidía por merçed quel guisasse aquel casamiento. E tanto lo afincó que, como quier que el padre lo tovo por estraño, que gelo otorgó.

E él fuesse luego para aquel homne bueno, e amos eran mucho amigos, e díxol todo lo que passara con su fijo e rogol que, pues su fijo se atrevía a casar con su fija, quel plo-

<hr>

[739] *menguada e lazdrada*: mísera y penosa.
[740] *alguna passada*: algún medio de vida.

guiesse que gela diesse para él. Cuando el homne bueno esto oyó aquel su amigo, díxole:

—Par Dios, amigo, si yo tal cosa fiziesse seervos ía muy falso amigo, ca vós habedes muy buen fijo, e ternía que fazía muy grand maldat si yo consintiesse su mal nin su muerte; e só çierto que, si con mi fija casase, que o sería muerto o le valdría más la muerte que la vida. E non entendades que vos digo esto por non complir vuestro talante, ca si la quisierdes, a mí mucho me plaze de la dar a vuestro fijo, o a quienquier que me la saque de casa.

El su amigo le dixo quel gradesçía mucho cuanto le dizía, e que pues su fijo quería aquel casamiento, quel rogaba quel ploguiesse.

El casamiento se fizo, e llevaron la novia a casa de su marido. E los moros han por costumbre que adoban[741] de çena a los novios e pónenles la mesa e déxanlos en su casa fasta otro día. E fiziéronlo aquellos assí; pero estaban los padres e las madres e parientes del novio e de la novia con grand reçelo, cuidando que otro día fallarían el novio muerto e muy maltrecho.

Luego que ellos fincaron solos en casa, assentáronse a la mesa, e ante que ella uviasse[742] a dezir cosa, cató el novio en derredor de la mesa, e vio un perro e díxol ya cuanto bravamente:

—¡Perro, danos agua a las manos!

El perro non lo fizo. E él encomençósse a ensañar e díxol más bravamente que les diesse agua a las manos. E el perro non lo fizo. E desque vio que lo non fazía, levantose

---

[741] *adoban*: preparan.
[742] *uviasse*: llegase.

muy sañudo de la mesa e metió mano a la espada e endereçó al perro. Cuando el perro lo vio venir contra sí, començó a foír, e él en pos él, saltando amos por la ropa[743] e por la mesa e por el fuego, e tanto andido en pos dél fasta que lo alcançó, e cortol la cabeça e las piernas e los braços, e fízolo todo pedaços e ensangrentó toda la casa e toda la mesa e la ropa.

E assí, muy sañudo e todo ensangrentado, tornose a sentar a la mesa e cató en derredor, e vio un gato e díxol quel diesse agua a manos; e porque non lo fizo, díxole:

—¡Cómo, don falso traidor!, ¿e non vistes lo que fiz al perro porque non quiso fazer lo quel mandé yo? Prometo a Dios que si un punto nin[744] más conmigo porfias, que esso mismo faré a ti que al perro.

El gato non lo fizo, ca tampoco es su costumbre de dar agua a manos, como del perro. E porque non lo fizo, levantose e tomol por las piernas e dio con él a[745] la pared e fizo dél más de çient pedaços, e mostrándol muy mayor saña que contra el perro.

E assí, bravo e sañudo e faziendo muy malos contenentes, tornose a la mesa e cató a todas partes. La mujer, quel vio esto fazer, tovo que estaba loco o fuera de seso, e non dizía nada.

E desque hobo catado a cada parte, e vio un su caballo que estaba en casa, e él non había más de aquél, e díxol muy bravamente que les diesse agua a las manos; el caballo non lo fizo. Desque vio que lo non fizo, díxol:

—¡Cómo, don caballo!, ¿cuidades que porque non he otro caballo, que por esso vos dexaré si non fizierdes lo que

---

[743] *ropa*: ajuar, vajilla.

[744] *si un punto nin*: si tanto o.

[745] *dio con él a*: lo golpeó con.

yo vos mandare? Dessa [746] vos guardat, que si, por vuestra mala ventura, non fizierdes lo que yo vos mandare, yo juro a Dios que tan mala muerte vos dé como a los otros; e non ha cosa viva en el mundo que non faga lo que yo mandare, que esso mismo non le faga.

El caballo estudo quedo. E desque vio que non fazía su mandado, fue a él et cortol la cabeça con la mayor saña que podía mostrar, e despedaçolo todo.

Cuando la mujer vio que mataba el caballo non habiendo otro e que dizía que esto faría a quiquier que su mandado non cumpliesse, tovo que esto ya non se fazía por juego, e hobo grand miedo, que non sabía si era muerta o viva.

E él assí, bravo e sañudo e ensangrentado, tornose a la mesa, jurando que si mil caballos e homnes e mujeres hobiesse en casa quel saliessen de mandado [747] que todos serían muertos. E assentose e cató a cada parte, teniendo la espada sangrienta en el regaço; e desque cató a una parte e a otra e non vio cosa viva, volvió los ojos contra su mujer muy bravamente e díxol con grand saña, teniendo la espada en la mano:

—Levantadvos e datme agua a las manos.

La mujer, que non esperaba otra cosa sinon que la despedaçaría toda, levantose muy apriessa e diol agua a las manos. E díxole él:

—¡Ah! ¡cómo gradesco a Dios porque fiziestes lo que vos mandé, ca de otra guisa, por el pesar que estos locos me fizieron, esso hoviera fecho a vos que a ellos!

Después mandol quel diesse de comer, e ella fízolo.

---

[746] *Dessa*: de eso, de ello.
[747] *saliessen de mandado*: desobedeciesen.

E cada quel dizía alguna cosa, tan bravamente gelo dizía e en tal son,[748] que ella ya cuidaba que la cabeça era ida del polvo.

Assí passó el fecho entrellos aquella noche, que nunca ella fabló, mas fazía lo quel mandaban. Desque hobieron dormido una pieça, díxol él:

—Con esta saña que hobe esta noche, non pude bien dormir. Catad que non me despierte cras[749] ninguno; tenedme bien adobado de comer.

Cuando fue grand mañana, los padres e las madres e parientes llegaron a la puerta, e porque non fablaba ninguno, cuidaron que el novio estaba muerto o ferido. E desque vieron por entre las puertas a la novia e non al novio, cuidáronlo más.

Cuando ella los vio a la puerta, llegó muy passo,[750] e con grand miedo, e començoles a dezir:

—¡Locos, traidores!, ¿qué fazedes? ¿Cómo osades llegar a la puerta nin fablar? ¡Callad, sinon todos, tan bien vós como yo, todos somos muertos!

Cuando todos esto oyeron, fueron maravillados; e desque supieron cómo pasaron en uno, presçiaron mucho el mançebo porque assí sopiera fazer lo quel cumplía e castigar[751] tan bien su casa.

E daquel día adelante, fue aquella su mujer muy bien mandada e hobieron muy buena vida.

E dende a pocos días, su suegro quiso fazer assí como

---

[748] *son*: tono.

[749] *cras*: mañana.

[750] *passo*: quedo.

[751] *castigar*: llevar, regir.

fiziera su yerno, e por aquella manera mató un gallo, e díxole su mujer:

—A la fe,[752] don fulán, tarde vos acordastes, ca ya non vos valdría nada si matássedes çient caballos: que ante lo hobiérades a començar, ca ya bien nos conosçemos.

E vós, señor conde, si aquel vuestro criado quiere casar con tal mujer, si fuere él tal como aquel mançebo, consejalde que case seguramente, ca él sabrá cómo passa en su casa; mas si non fuere tal que entienda lo que debe fazer e lo quel cumple, dexadle passe su ventura.[753] E aun consejo a vos, que con todos los homnes que hobierdes a fazer,[754] que siempre les dedes a entender en cuál manera han de pasar convusco.

El conde hobo éste por buen consejo, e fízolo assí e fallose dello bien.

E porque don Johan lo tovo por buen enxiemplo, fízolo escribir en este libro, e fizo estos viessos que dizen assí:

Si al comienço non muestras qui eres,
nunca podrás después cuando quisieres.

E la historia deste enxiemplo es ésta que se sigue:

---

[752] *A la fe*: en verdad.
[753] *dexadle passe su ventura*: dejadle a su suerte.
[754] *hobierdes a fazer*: que tuviereis que tratar.

Exemplo XXXVI

De lo que contesçió a un mercadero cuando falló su mujer e su fijo durmiendo en uno

Un día fablaba el conde Lucanor con Patronio, estando muy sañudo por una cosa quel dixieron, que tenía el que era muy grand su deshonra, e díxole que quería fazer sobrello tan grand cosa e tan grand movimiento,[755] que para siempre fincasse por fazaña.

E cuando Patronio lo vio assí sañudo tan arrebatadamente,[756] díxole:

—Señor conde, mucho querría que sopiéssedes lo que contesçió a un mercadero que fue un día comprar sesos.[757]

El conde le preguntó cómo fuera aquello.

—Señor conde –dixo Patronio–, en una villa moraba un grand maestro que non había otro ofiçio nin otro mester sinon vender sesos. E aquel mercadero de que ya vos fablé, por esto que oyó, un día fue veer aquel maestro que vendía sesos e díxol quel vendiesse uno daquellos sesos. E el maestro díxol que de cuál presçio lo quería, ca segund quisiesse el seso, que assí había de dar el presçio por él. E díxole el mer-

---

[755] *movimiento*: escándalo.
[756] *arrebatadamente*: irreflexivamente.
[757] *sesos*: consejos.

cadero que quería seso de un maravedí.[758] E el maestro tomó el maravedí, e díxol:

—Amigo, cuando alguno vos convidare, si non sopiéredes los manjares que hobiéredes a comer, fartadvos bien del primero que vos traxieren.

El mercadero le dixo que non le había dicho muy grand seso. E el maestro le dixo que él non le diera presçio que debiesse dar grand seso. El mercadero le dixo quel diesse seso que valiesse una dobla, e diógela.

El maestro le dixo que, cuando fuesse muy sañudo e quisiese fazer alguna cosa arrebatadamente, que se non quexasse nin se arrebatasse[759] fasta que sopiesse toda la verdat.

El mercadero tovo que aprendiendo tales fabliellas[760] podría perder cuantas doblas traía, e non quiso comprar más sesos, pero tovo este seso en el coraçón.[761]

E acaesçió que el mercadero que fue sobre mar a una tierra muy lueñe,[762] e cuando se fue, dexó a su mujer ençinta.[763] El mercadero moró,[764] andando en su mercaduría tanto tiempo, fasta que el fijo, que nasçiera de que fincara su mujer ençinta, había más de veinte años. E la madre, porque non había otro fijo e tenía que su marido non era vivo, conortábase con aquel fijo e amábalo como a fijo, e por el grand amor que había a su padre, llamábalo marido. E comía siempre con ella, durmía con ella como cuando había un año o dos, e assí passaba su vida como muy buena mujer,

---

[758] *maravedí*: moneda de cobre.

[759] *arrebatasse*: precipitase.

[760] *fabliellas*: dichos.

[761] *coraçón*: memoria.

[762] *lueñe*: lejana.

[763] *ençinta*: embarazada.

[764] *moró*: se demoró, se entretuvo.

e con muy grand cuita porque non sabía nuevas[765] de su marido.

E acaesçió que el mercadero libró[766] toda su mercaduría e tornó muy bien andante. E el día que llegó al puerto de aquella villa do moraba, non dixo nada a ninguno, fuesse desconoçidamente[767] para su casa e escondiose en un lugar encubierto por veer lo que se fazía en su casa.

Cuando fue contra la tarde, llegó el fijo de la buena mujer, e la madre preguntol:

—Di, marido, ¿ónde vienes?

El mercadero, que oyó a su mujer llamar marido a aquel mançebo, pesol mucho, ca bien tenía que era homne con quien fazía mal o a lo mejor que era casada con él, e tovo más: que fazía maldat que non que fuese casada, e porque el homne era tan moço. Quisiéralos matar luego pero acordándose del seso que costara una dobla, non se arrebató.

E desque llegó la tarde assentáronse a comer. De que el mercadero los vio assí estar, fue aun más movido[768] por los matar, pero por el seso que comprara non se arrebató.

Mas, cuando vino la noche e los vio echar en la cama, fízosele muy grave de sofrir e endereçó a ellos por los matar. E yendo assí muy sañudo, acordándose del seso que comprara, estido quedo.

E ante que matassen[769] la candela, començó la madre a dezir al fijo, llorando muy fuerte:

—¡Ay, marido e fijo! ¡Señor!, dixiéronme que agora lle-

[765] *nuevas*: noticias.

[766] *libró*: vendió.

[767] *desconoçidamente*: ocultamente.

[768] *movido*: decidido.

[769] *matassen*: apagasen.

gara una nave al puerto e dizían que vinía daquella tierra do fue vuestro padre. Por amor de Dios, id allá cras de grand mañana, e por ventura querrá Dios que sabredes algunas buenas nuevas dél.

Cuando el mercadero aquello oyó, e se acordó como dexara ençinta a su mujer, entendió que aquél era su fijo. E si hobo grand plazer, non vos maravilledes. E otrosí, gradesçió mucho a Dios porque quiso guardar que los non mató como lo quisiera fazer, donde fincara muy mal andante por tal ocasión, e tovo por bien empleada la dobla que dio por aquel seso, de que se guardó e que se non arrebató por saña.

E vós, señor conde, como quier que cuidades que vos es mengua de sofrir esto que dezides, esto sería verdat de que fuéssedes çierto de la cosa, mas fasta que ende seades çierto, conséjovos yo que, por saña nin por rebato, [770] que vos non rebatedes a fazer ninguna cosa; ca pues esto non es cosa que se pierda por tiempo en vos sofrir fasta que sepades toda la verdat, e non perdedes nada, e del rebatamiento podervos íades [771] muy aína repentir. [772]

El conde tovo este por buen consejo e fízolo assí, e fallose ende bien.

E teniéndolo don Johan por buen enxiemplo, fízol escribir en este libro e fizo estos viessos que dizen assí:

Si con rebato grant cosa fazierdes,
ten que es derecho si te arrepentieres.

E la historia deste enxiemplo es ésta que se sigue:

---

[770] *rebato*: precipitación.
[771] *podervos íades*: os podríais.
[772] *repentir*: arrepentir.

Exemplo XXXVII

De la respuesta que dio el conde Ferrant Gonsales a sus gentes
después que hobo vencido la batalla de Façinas

Una vegada, vinía el conde de una hueste muy cansado
e muy lazdrado e pobre, e ante que uviesse folgar nin descansar, llegol mandado muy apressurado de otro fecho que
se movía de nuevo; e los más de su gente consejáronle que folgasse algún tiempo e después que faría lo que se le guisase. E
el conde preguntó a Patronio lo que faría en aquel fecho. E
Patronio díxole:

—Señor, para que vós escojades en esto lo mejor,
mucho querría que sopiéssedes la repuesta que dio una vez
el conde Ferrant Gonsales a sus vassallos.

El conde preguntó a Patronio cómo fuera aquello.

—Señor conde –dixo Patronio–, cuando el conde
Ferrant Gonsales venció al Rey Almozerre[773] en Façinas,
murieron y muchos de los suyos; e él e todos los más que
fincaron vivos fueron muy mal feridos; e ante que uviassen
guaresçer, sopo quel entraba el rey de Navarra por la tierra,
e mandó a los suyos que endereçassen a lidiar con los navarros. E todos los suyos dixiéronle que tenían muy cansados

---

[773] *Almozerre*: Almanzor (939-1002).

los caballos, e aun los cuerpos; e aunque por esto non lo dexasse que lo debía dexar porque él e todos los suyos estaban muy mal feridos, e que esperasse fasta que fuessen guaridos[774] él e ellos.

Cuando el conde vio que todos querían partir de aquel camino,[775] sintiéndose más de la honra que del cuerpo, díxoles:

—Amigos, por las feridas non lo dexemos, ca estas feridas nuevas que agora nos darán, nos farán que olvidemos las que nos dieron en la otra batalla.

Desque los suyos vieron que se non dolía del cuerpo por defender su tierra e su honra, fueron con él. E vençió la lid e fue muy bien andante.

E vós, señor conde Lucanor, si queredes fazer lo que debierdes, cuando viéredes que cumple para defendimiento de lo vuestro e de los vuestros, e de vuestra honra, nunca vos sintades por lazería, nin por trabajo, nin por peligro, e fazet en guisa que el peligro e la lazería nueva vos faga olvidar lo passado.

El conde tovo este por buen consejo, e fízolo assí e fallose dello muy bien.

E entendiendo don Johan que éste era muy buen enxiemplo, fízolo poner en este libro e fizo estos viessos que dizen assí:

Aquesto tenet çierto, que es verdat probada:
que honra e grand vicio non han una morada.

E la historia deste enxiemplo es ésta que se sigue:

---

[774] *guaridos*: curados, sanados.
[775] *camino*: propósito.

Exemplo XXXVIII

*De lo que contesçió a un hombre que iba cargado
de piedras preçiosas e se afogó en el río*

Un día, dixo el conde a Patronio que había muy grand
voluntad de estar en una tierra porquel habían de dar y una
partida de dineros, e cuidaba fazer y mucho de su pro, pero
que había muy grand reçelo que, si allí se detoviesse, quel
podría venir muy grand periglo del cuerpo, e quel rogava
quel consejasse qué faría en ello.

—Señor conde –dixo Patronio–, para que vós fagades
en esto, al mio cuidar, lo que vos más cumple, sería muy
bien que sopiéssedes lo que contesçió a un homne que llevaba una cosa muy presçiada en el cuello e passaba un río.

El conde le preguntó cómo fuera aquello.

—Señor conde –dixo Patronio–, un homne llevaba muy
grand pieça de piedras preçiosas a cuestas, e tantas eran que
se le fazían muy pesadas de llevar; e acaesçió que hobo de
passar un grand río; e como él llevaba grand carga, çafondaba[776] más que si aquella carga non llevasse; e cuando fue en
hondo del río, començó a çafondar mucho.

E un homne que estaba a la oriella del río començol a

---

[776] *çafondaba*: se hundía.

dar vozes e dezir que si non echasse [777] aquella carga, que sería muerto. E el mesquino [778] loco non entendió que si muriesse en el río, que perdería el cuerpo e la carga que llevaba; e si la echasse que, aunque perdiesse la carga, que non perdería el cuerpo. E por la grant cobdiçia de lo que valían las piedras preçiosas que llevaba, non las quiso echar e murió en el río, e perdió el cuerpo e perdió la carga que llevaba.

E vós, señor conde Lucanor, comoquier que los dineros e lo ál que podríades fazer de vuestra pro sería bien que lo fiziésedes, conséjovos yo que si peligro de vuestro cuerpo fallades en la fincada, [779] que non finquedes y por cobdiçia de dineros nin de su semejante. E aún vos consejo que nunca aventuredes el vuestro cuerpo si non fuere por cosa que sea vuestra honra o vos sería menguada si lo non fiziésedes: ca el que poco se presçia e por cobdiçia o por devaneo aventura su cuerpo, bien creed que non tiene mientes de fazer mucho con el su cuerpo, ca el que mucho presçia el su cuerpo, ha menester que faga en guisa porque lo preçien mucho las gentes; e non es el homne preçiado por preciarse él mucho, mas es muy preçiado porque faga tales obras quel preçien mucho las gentes. E si él tal fuere, çierto seed que preciará mucho el su cuerpo, non lo aventurará por cobdiçia nin por cosa en que non haya grand honra; mas en lo que se deberíe aventurar, seguro sed que non ha homne en el mundo que tan aína nin tan de buenamente aventure el cuerpo, como el que vale mucho e se preçia mucho.

El conde tovo éste por buen enxiemplo, e fízolo assí e fallose dello muy bien.

---

[777] *echasse*: tirase, arrojase.

[778] *mesquino*: desdichado.

[779] *fincada*: estancia, permanencia, estadía.

E porque don Johan entendió que éste era muy buen enxiemplo, fízolo escribir en este libro e fizo estos viessos que dizen assí:

Quien por grand cobdicia de haber se aventura,
será maravilla que el bien muchol dura.

E la historia deste enxiemplo es ésta que se sigue:

EXEMPLO XXXIX

De lo que contesçió a un homne con la golondrina
e con el pardal

Otra vez fablaba el conde Lucanor con Patronio, su consejero, en esta guisa:

—Patronio, yo non puedo escusar en ninguna guisa de haber contienda con uno de dos vezinos que yo he, e contesce assí: que el más mio vezino non es tan poderoso, e el que es más poderoso, non es tanto mio vezino. E agora ruégovos que me consejedes lo que faga en esto.

—Señor conde –dixo Patronio–, para que sepades para esto lo que vos más cumple, sería bien que sopiésedes lo que contesció a un homne con un pardal[780] e con una golondrina.

El conde le preguntó que cómo fuera aquello.

—Señor conde –dixo Patronio–, un homne era flaco[781] e tomaba grand enojo con el roído de las vozes de las aves e rogó a un su amigo quel diesse algún consejo, que non podía dormir por el roído quel fazían los pardales e las golondrinas.

E aquel su amigo le dixo que de todos non le podía

---

[780] *pardal*: gorrión.
[781] *flaco*: débil, enfermizo.

desembargar,[782] mas que él sabía un escanto[783] con que lo desembargaría del uno dellos: o del pardal o de la golondrina.

E aquel que estaba flaco respondiol que como quier que la golondrina da mayores vozes, pero porque la golondrina va e viene e el pardal mora siempre en casa, que antes se querría parar al roído de la golondrina, maguer que es mayor, porque va e viene, que al del pardal, porque está siempre en casa.

E vós señor conde, como quier que aquel que mora más lexos es más poderoso, conséjovos yo que hayades ante contienda con aquél, que con el que vos está más cerca, aunque non sea tan poderoso.

El conde tovo esto por buen consejo, e fízolo assí e fallose ende bien.

E porque don Johan se pagó deste enxiemplo, fízolo poner en este libro, e fizo estos viessos que dizen assí:

Si en toda guisa contienda hobieres de haber,
toma la de más lexos, aunque haya más poder.

E la historia deste exiemplo es ésta que se sigue:

---

[782] *desembargar*: librar.
[783] *escanto*: remedio.

EXEMPLO XL

De las razones porque perdió el alma un senescal de Carcassona

Fablaba otra ves el conde Lucanor con Patronio, e díxole:

—Patronio, porque yo sé que la muerte non se puede escusar, querría fazer en guisa que depués de mi muerte, que dexasse alguna cosa señalada que fincasse por mi alma e que fincasse para siempre, porque todos sopiessen que yo feziera aquella obra. E ruégovos que me consejedes en qué manera lo podría fazer mejor.

—Señor conde –dixo Patronio–, comoquier que el bien fazer en cualquier guisa o por cualquier entención que se faga siempre el bien fazer es bien, pero para que vós sopiésedes cómo se debe fazer lo que homne faze por su alma e a cuál entención, plazerme ía mucho que sopiéssedes lo que contesçió a un senescal[784] de Carcaxona.

El conde le preguntó cómo fuera aquello.

—Señor conde –dixo Patronio–, un senescal de Carcassona adolesçió. E desque entendió que non podía escapar,[785] envió por el prior de los fraires predicadores e por el guar-

---

[784] *senescal*: mayordomo.
[785] *escapar*: sanar.

dián de los fraires menores, e ordenó con ellos fazienda de su alma. E mandó que luego que él fuese muerto, que ellos cumpliesen todo aquello que él mandaba. [786]

E ellos fiziéronlo assí. E él había mandado mucho por su alma. E porque fue tan bien complido e tan aína, estaban los fraires muy pagados e en muy buena entención e buena esperança de la su salvación.

Acaesçió que, dende a pocos días, que fue una mujer demoniada [787] en la villa, e dizía muchas cosas maravillosas, porque el diablo, que fablaba en ella, sabía todas las cosas fechas e aun las dichas.

Cuando los fraires en que dexara el senescal fecho de su alma sopieron las cosas que aquella mujer dizía, tovieron que era bien de irla ver, por preguntarle si sabía alguna cosa del alma del senescal; e fiziéronlo. E luego que entraron por la casa do estaba la mujer demoniada, ante que ellos le preguntassen ninguna cosa, díxoles ella que bien sabía por qué vinían, e que sopiessen que aquella alma por que ellos querían preguntar, que muy poco había que se partiera della e la dexara en el Infierno.

Cuando los fraires esto oyeron, dixiéronle que mintía; ca çierto era que él fuera muy bien confessado e reçibiera los sacramentos de Sancta Eglesia, e pues la fe de los cristianos era verdadera, que non podía seer que fuesse verdat lo que ella dizía.

E ella díxoles que sin dubda la fe e la ley de los cristianos todo era verdadera, e si él muriera e fiziera lo que debe fazer el que es verdadero cristiano, que salva fuera la su alma;

---

[786] *mandaba*: otorgaba en el testamento.
[787] *demoniada*: endemoniada.

mas él non fizo como verdadero nin buen cristiano, ca como quier que mucho mandó fazer por su alma, non lo fizo como debía nin hobo buena entençión, ca él mandó complir aquello después que fuesse muerto, e su entención era que si muriesse, que lo cumpliessen; mas si visquiesse, [788] que non fiziessen nada dello; e mandólo complir después que moriesse, cuando non lo podía tener nin llevar consigo; e otrosí, dexábalo porque fincasse dél fama para siempre de lo que fiziera, porque hobiesse fama de las gentes e del mundo. E por ende, como quier que él fizo buena obra, non la fizo bien, ca Dios non galardona [789] solamente las buenas obras, mas galardona las que se fazen bien. E este bien fazer es en la entençión, e porque la entençión del senescal non fue buena, ca fue cuando non debía seer fecha, por ende non hobo della buen galardón. [790]

E vós, señor conde, pues me pedides consejo, digovos que, al mio grado, que el bien que quisiéredes fazer, que lo fagades en vuestra vida. E para que hayades dello buen galardón, conviene que, lo primero, que desfagades los tuertos que habedes fecho: ca poco valdría robar el carnero e dar los pies por amor de Dios. E a vós poco vos valdría tener mucho robado e furtado a tuerto, [791] e fazer limosnas de lo ajeno. E mas, para la limosna sea buena, conviene que haya en ella estas çinco cosas: la una que se faga de lo que homne hobiere de buena parte; la otra, que la faga estando en verdadera penitençia; la otra, que sea tanta, que sienta homne alguna mengua por lo que da, e que sea cosa de que se duela

---

[788] *visquiesse*: viviese.

[789] *galardona*: premia.

[790] *galardón*: premio, recompensa.

[791] *a tuerto*: sin razón.

homne; la otra, que la faga homne simplemente por Dios e non por vana gloria nin por ufana del mundo. E, señor, faziéndose estas cinco cosas, serían todas las buenas obras e limosnas bien complidas e habría homne de todas muy grand galardón; pero vós, nin otro ninguno que tan complidamente non las pudiessen fazer, non debe por esso dexar de fazer buenas obras, teniendo que, pues non las faze en las cinco maneras que son dichas, que non le tiene pro de las fazer; ca ésta sería muy mala razón e sería como desesperamiento; [792] ca çierto, que en cualquier manera que homne faga bien; ca las buenas obras prestan al homne salir de pecado e venir a penitençia e a la salut del cuerpo, e a que sea rico e honrado, e que haya buena fama de las gentes, e para todos los bienes temporales. E assí, todo bien que homne faga a cualquier entención siempre es bueno, más sería muy mejor para salvamiento e aprovechamiento del alma guardando las cinco cosas dichas.

El conde tovo que era verdat lo que Patronio le dizía e puso en su coraçón de lo fazer assí e rogó a Dios quel guise que lo pueda fazer en la manera que Patronio le dizía.

E entendiendo don Johan que este enxiemplo era muy bueno, fízolo escribir en este libro e fizo estos viessos que dizen assí:

Faz bien e ha buena entençión en tu vida,
si quieres acabar la gloria complida.

E la historia deste enxiemplo es está que se sigue:

---

[792] *deseperamiento*: actuar a la desesperada.

Exemplo XLI

De lo que contesçió a un rey de Córdoba quel dizían Alhaquem[793]

Un día fablaba el conde Lucanor con Patronio, su consejero, en esta guisa:

—Patronio, vós sabedes que yo só muy grand caçador e he fecho muchas caças nuevas que nunca fizo otro homne. E aun he fecho e eñadido[794] en las pihuelas[795] e en los capiellos[796] algunas cosas muy aprovechosas que nunca fueron fechas. E agora, los que quieren dezir mal de mí, fablan en manera de escarnio, e cuando loan al Cid Roy Díaz[797] o al conde Ferrant Gonzales[798] de cuantas lides vençieron o al sancto e bienaventurado rey don Ferrando[799] de cuantas buenas conquistas fizo, loan a mí diziendo que fiz muy buen fecho por que añadí aquello en los capiellos e en las pihue-

---

[793] *Alhaquem*: Al-Hakam II (915-976), califa de Córdoba.

[794] *eñadido*: añadido.

[795] *pihuelas*: correas de cuero que se ponen en las patas a las aves de cetrería.

[796] *capiellos*: caperuzas que se ponen a los halcones de cetrería.

[797] *Cid Roy Díaz*: Rodrigo Díaz de Vivar, el Cid Campeador.

[798] *Ferrant Gonzales*: el conde Fernán González, que ha sido el personaje central en otros exemplos (XVI y XXXVII).

[799] *rey don Ferrando*: Fernando III el Santo, abuelo de don Juan Manuel.

las. E porque yo entiendo que este alabamiento más se me torna en denuesto que en alabamiento,[800] ruégovos que me consejedes en qué manera faré por que non me escarnezcan[801] por la buena obra que fiz.

—Señor conde Lucanor –dixo Patronio–, para que vós sepades lo que vos más cumpliría de fazer en esto, plazerme ía que sopiéssedes lo que contesçió a un moro que fue rey de Córdoba.

E el conde le preguntó cómo fuera aquello.

—Señor conde –dixo Patronio–, en Córdoba hobo un rey que había nombre Alhaquim. Como quier que mantenía assaz bien su regno, non se trabajaba de fazer otra cosa honrada nin de grand fama de las que suelen e deben fazer los buenos reis, ca non tan solamente son los reis tenidos de guardar sus regnos, mas los que buenos quieren seer, conviene que tales obras fagan porque con derecho acresçienten su regno e fagan en guisa que en su vida sean muy loados de las gentes, e después de su muerte finquen buenas fazañas de las buenas obras que ellos hobieren fechas. E este rey non se trabajaba desto, sinon de comer e folgar e estar en su casa vicioso.

E acaesçió que, estando un día folgando, que tañían antél un estrumento de que se pagaran mucho los moros, que ha nombre albogón.[802] E el rey paró mientes e entendió que non fazía tan buen son[803] como era menester, e tomó el albogón e añadió en él un forado[804] en la parte de yuso en

---

[800] *alabamiento*: alabanza.
[801] *escarnezcan*: ridiculicen.
[802] *albogón*: flauta de siete agujeros.
[803] *son*: sonido.
[804] *forado*: agujero.

derecho de los otros forados, e dende adelante faze el albogón muy mejor son que fasta entonçe fazía.

E como quier que aquello era buen fecho para en aquella cosa, porque non era tan grand fecho como convinía de fazer a rey, las gentes, en manera de escarnio, començaron aquel fecho a loar e dizían cuando loaban a alguno: «V. a. he de ziat Alhaquim», que quiere dezir: «Este es el añadimiento del rey Alhaquem».

E esta palabra fue sonada [805] tanto por la tierra fasta que la hobo de oír el rey, e preguntó por qué dezían las gentes esta palabra. E como quier que gelo quisieran encobrir, tanto los afincó, que gelo hobieron a dezir.

E desque él esto oyó, tomó ende grand pesar, pero como era muy buen rey, non quiso fazer mal en los que dizían esta palabra, mas puso en su coraçón de fazer otro añadimiento de que por fuerça hobiessen las gentes a loar el su fecho.

Entonçe, porque la mezquita de Córdoba non era acabada, [806] añadió en ella aquel rey toda la labor que y menguaba e acabola.

Esta es la mayor e más complida e más noble mezquita que los moros habían en España, e loado a Dios, es agora eglesia e llámanla Sancta María de Córdoba, e ofreçiola el sancto rey don Ferrando a Sancta María, cuando ganó a Córdoba de los moros. [807]

E desque aquel roy hobo acabada la mezquita e fecho aquel tan buen añadimiento, dixo que, pues fasta entonçe lo loaban escarniçiéndolo del añadimiento que fiziera en el

---

[805] *fue sonada*: se divulgó mucho.

[806] Al-Hakén II amplió, en efecto, la mezquita de Córdoba (mandada construir por Abderramán I) entre 961 y 969.

[807] El suceso tuvo lugar en 1236.

albogón, que tenía que de allí adelante lo habían a loar con razón del añadimiento que fiziera en la mezquita de Córdoba.

E fue después muy loado. E el loamiento que fasta estonçe le fazían escarniçiéndolo, fincó después por loor; e hoy en día dizen los moros cuando quieren loar algún buen fecho: «Éste es el añadimiento de Alhaquem».

E vós, señor conde, si tomades pesar o cuidades que vos loan por vos escarnecer del añadimiento que fiziestes en los capiellos e en las pihuelas e en las otras cosas de caça que vos fiziestes, guisad de fazer algunos fechos grandes e buenos e nobles, cuales pertenesçen de fazer a los grandes homnes. E por fuerça las gentes habrán de loar los vuestros buenos fechos, assí como loan agora por escarnio el añadimiento que fiziestes en las cosas de la caça.

El conde tovo éste por buen consejo, e fízolo assí, e fallose ende muy bien.

E porque don Johan entendió que éste era buen enxiemplo, fízolo escribir en este libro, e fizo estos viessos que dizen assí:

Si algún bien fizieres
que muy grande non fuere,
faz grandes si pudieres
que el bien nunca muere.

E la historia deste enxiemplo es ésta que se sigue:

EXEMPLO XLII

De lo que contesçió a una falsa beguina

Otra vez fablaba el conde Lucanor con Patronio, su consejero, en esta guisa:

—Patronio, yo e otras muchas gentes estábamos fablando e preguntábamos que cuál era la manera que un homne malo podría haber para fazer a todas las otras gentes cosa por que más mal les veniesse. E los unos dizían que por ser homne revoltoso, e los otros dizían que por seer homne muy peleador, e los otros dizían que por seer muy malfechor en la tierra, e los otros dizían que la cosa porque el homne malo podría fazer más mal a todas las otras gentes que era por seer de mala lengua e assacador.[808] E por el buen entendimiento que vós habedes, ruégovos que me digades de cuál mal destos podría venir más mal a todas las gentes.

—Señor conde Lucanor –dixo Patronio–, para que vós sepades esto, mucho querría que sopiésedes lo que contesçió al diablo con una mujer destas que se fazen beguinas.[809]

El conde le preguntó cómo fuera aquello.

---

[808] *assacador*: difamador, cizañero.

[809] *beguinas*: falsa devota; sin embargo, se llamaban así los miembros de la secta religiosa fundada por Lamberto Beghe (m. 1187) en los Países Bajos.

—Señor conde Lucanor –dixo Patronio– en una villa había un muy buen mancebo e era casado con una mujer e fazían buena vida en uno, assí que nunca entre ellos había desavenençia.

E porque el diablo se despagó siempre de las buenas cosas, hobo desto muy grand pesar, e pero que andido muy grand tiempo por meter mal entre ellos, nunca lo pudo guisar.

E un día, viniendo el diablo de aquel logar do fazían vida aquel homne e aquella mujer, muy triste porque non podía poner y ningún mal, topó con una beguina. E desque se conoscieron, preguntol que por qué vinía triste. E él díxole que vinía de aquella villa do fazían vida aquel homne e aquella mujer e que había muy grand tiempo que andaba por poner mal entrellos e nunca pudiera; e desque lo sopiera aquel su mayoral quel dixiera que, pues tan grand tiempo había que andaba en aquello e pues non lo fazía, que sopiesse que era perdido con él; e que por esta razón vinía triste.

E ella díxol que se maravillaba, pues tanto sabía, cómo non lo podía fazer, mas que si fiziesse lo que ella querié, que ella le pornía recabdo[810] en esto.

E el diablo le dixo que faría lo que ella quisiesse en tal que guisasse cómo pusiesse mal entre aquel homne e aquella mujer.

E de que el diablo e aquella beguina fueron a esto avenidos, fuesse la beguina para aquel logar do vivían aquel homne e aquella mujer, e tanto fizo de día en día, fasta que se fizo conosçer con aquella mujer de aquel mançebo e fízol entender que era criada de su madre e por este debdo que había con ella, que era muy tenuda[811] de la servir e que la serviría cuanto pudiesse.

---

[810] *recabdo*: solución.
[811] *era muy tenuda*: estaba muy obligada.

E la buena mujer, fiando en esto, tóvola en su casa e fiaba della toda su fazienda, e esso mismo fazía su marido.

E desque ella hobo morado muy grand tiempo en su casa e era privada de entramos, vino un día muy triste e dixo a la mujer, que fiaba en ella:

—Fija, mucho me pesa desto que agora oí: que vuestro marido que se paga más de otra mujer que non de vos, e ruégovos quel fagades mucha honra e mucho plazer porque él non se pague más de otra mujer que de vos, ca desto vos podría venir más mal que de otra cosa ninguna.

Cuando la buena mujer esto oyó, comoquier que non lo creía, tovo desto muy grand pesar e entristeçió muy fieramente. E desque la mala beguina la vio estar triste fuesse para en el logar pora do[812] su marido había de venir. E de que se encontró con él, díxol quel pesaba mucho de lo que fazié en tener tan buena mujer como tenié e amar más a otra que non a ella, e que esto, que ella lo sabía ya, e que tomara grand pesar e quel dixiera que, pues él esto fazié, fiziéndol ella tanto serviçio, que cataría otro que la amasse a ella tanto como él o más, que por Dios, que guardasse que esto non lo sopiesse su mujer, sinon que sería muerta.

Cuando el marido esto oyó, comoquier que lo non creyó, tomó ende grand pesar e fincó muy triste.

E desque la falsa beguina le dexó assí, fuesse adelante a su mujer e díxol, amostrándol muy grand pesar:

—Fija, non sé qué desaventura es ésta, que vuestro marido es muy despagado de vos; e porque lo entendades que es verdat, esto que yo vos digo, agora veredes como viene muy triste e muy sañudo, lo que él non solía fazer.

---

[812] *pora do*: por donde.

E desque la dexó con este cuidado, fuesse para su marido e díxol esso mismo. E desque el marido llegó a su casa e
falló a su mujer triste, e de los plazeres que solían en uno
haber que non habían ninguno, estaban cada uno con muy
grand cuidado.

E de que el marido fue a otra parte, dixo la mala beguina a la buena mujer que, si ella quisiesse, que buscaría algún
homne muy sabidor quel fiziesse alguna cosa con que su
marido perdiesse aquel mal talante que había contra ella.

E la mujer, queriendo haber muy buena vida con su
marido, díxol quel plazía e que gelo gradescería mucho.

E a cabo de algunos días, tornó a ella e díxol que había
fallado un homne muy sabidor e quel dixiera que si hobiesse
unos pocos de cabellos de la barba de su marido de los que
están en la garganta, que faría con ellos una maestría [813]
que perdiesse el marido toda la saña que había della, e que
vivrían en buena vida como solían o por aventura mejor, e que
a la hora que viniesse, que guisasse que se echasse a dormir en
su regaço. E diol una navaja con que cortasse los cabellos.

E la buena mujer, por el grand amor que había a su
marido, pesándol mucho de la estrañeza [814] que entrellos
había caído e cudiçiando [815] más que cosa del mundo tornar
a la buena vida que en uno solían haber, díxol quel plazía e
que lo faría assí. E tomó la navaja que la mala beguina traxo
para lo fazer.

E la beguina falsa tornó al marido, e díxol que había
muy grand duelo de la su muerte, e por ende que gelo non
podía encobrir: que sopiesse que su mujer le quería matar e

---

[813] *maestría*: poción.
[814] *estrañeza*: distanciamiento.
[815] *cudiçiando*: deseando fervientemente.

irse con su amigo, e por que entendiesse quel dizía verdat, que su mujer e aquel su amigo habían acordado que lo matassen en esta manera: que luego que viniesse, que guisaría que él que se adormiesse en su regaço della, e desque fuesse adormido, quel degollasse con una navaja que tenía paral degollar.

E cuando el marido esto oyó, fue mucho espantado, e como quier que ante estaba con mal cuidado por las falsas palabras que la mala beguina le había dicho, por esto que agora dixo fue muy cuitado[816] e puso en su coraçón de se guardar e de lo probar; e fuesse para su casa.

E luego que su mujer lo vio, reçibiolo mejor que los otros días de ante, e díxol que siempre andaba trabajando e que non quería folgar nin descansar, mas que se echasse allí cerca della e que pusiesse la cabeça en su regaço, e ella quel espulgaría.[817]

Cuando el marido esto oyó, tovo por çierto lo quel dixiera la falsa beguina, e por probar lo que su mujer faría, echose a dormir en su regaço e começo de dar a entender que durmía. E de que su mujer tovo que era adormido bien, sacó la navaja para le cortar los cabellos, segund la falsa beguina le había dicho. Cuando el marido le vio la navaja en la mano cerca de la garganta, teniendo que era verdat lo que la falsa beguina le dixiera, sacol la navaja de las manos e degollóla con ella.

E al roído que se fizo cuando la degollaba, recudieron el padre e los hermanos de la mujer. E cuando vieron que la mujer era degollada e que nunca fasta aquel día oyeron al su

---

[816] *cuitado*: apenado.

[817] *espulgaría*: le quitaría las pulgas, lo cual es, además de una medida higiénica, una costumbre amorosa de la Edad Media.

marido nin a otro homne ninguna cosa mala en ella, por el grand pesar que hobieron, endereçaron todos al marido e matáronlo.

E a este roído recudieron[818] los parientes del marido e mataron a aquellos que mataron a su pariente. E en tal guisa se revolvió el pleito, que se mataron aquel día la mayor parte de cuantos eran en aquella villa.

E todo esto vino por las falsas palabras que sopo dezir aquella falsa beguina. Pero, porque Dios nunca quiere que el que mal fecho faze que finque sin pena, nin aun que el mal fecho sea encubierto, guisó que fuesse sabido que todo aquel mal viniera por aquella falsa beguina, e fizieron della muchas malas justicias,[819] e diéronle muy mala muerte e muy cruel.

E vós, señor conde Lucanor, si queredes saber cuál es el pior homne del mundo e de que más mal puede venir a las gentes, sabet que es el que se muestra por buen cristiano e por homne bueno e leal, e la su entención es falsa, e anda asacando falsedades e mentiras por meter mal entre las gentes. E conséjovos yo que siempre vos guardedes de los que vierdes que se fazen gatos religiosos[820] que los más dellos siempre andan con mal e con engaño, e para que los podades conosçer, tomad el consejo del Evangelio que dize: «A fructibus eorum coñosçetis eos» que quiere dezir «que por las sus obras los cognosçeredes». Ca, çierto, sabet que non ha homne en el mundo que muy luengamente pueda encubrir las obras que tiene en la voluntad, ca bien las puede encobrir algún tiempo, mas non luengamente.

---

[818] *recudieron*: acudieron.
[819] *malas justicias*: juzgaron rigurosamente.
[820] *gatos religiosos*: hipócritas.

E el conde tovo que era verdad esto que Patronio le dixo e puso en su coraçón de lo fazer assí. Rogó a Dios quel guardasse a él e a todos sus amigos de tal homne.

E entendiendo don Johan que este enxiemplo era muy bueno, fízolo escribir en este libro e fizo estos viessos que dizen assí:

> *Para mientes*[821] *a las obras e non a la semejança,*
> *si cobdiciares ser guardado de haber mala andança.*

E la historia deste enxiemplo es ésta que se sigue:

---

[821] *Para mientes*: presta atención.

EXEMPLO XLIII

De lo que contesçió al Bien e al Mal, e al cuerdo con el loco

El conde Lucanor hablaba con Patronio, su consejero, en esta manera:

—Patronio, a mí contesçe que he dos vezinos: el uno es homne a que yo amo mucho, e ha muchos buenos debdos entre mí e él porquel debo amar; e non sé qué pecado o qué ocasión es que muchas vezes me faze algunos yerros e algunas escatimas de que tomo muy grand enojo; e el otro non es homne con quien haya grandes debdos, nin grand amor, nin hay entre nos grand razón porquel deba mucho amar; e éste, otrosí, a las vezes, fázeme algunas cosas de que yo non me pago. E por el buen entendimiento que vos habedes, ruégovos que me consejedes en qué manera passe con aquellos dos homnes.

—Señor conde Lucanor –dixo Patronio–, esto que vós dezides non es una cosa, ante son dos, e muy revessadas[822] la una de la otra. E para que vós podades en esto obrar como vos cumple, plazerme ía que sopiéssedes dos cosas que acaesçieron; la una, lo que contesçió al Bien e al Mal; e la otra, lo que contesçió a un homne bueno con un loco.

---

[822] *revessadas*: diferentes.

El conde le preguntó cómo fuera aquello:

—Señor conde –dixo Patronio–, porque éstas son dos cosas que non vos las podría dezir en uno, dezirvos he primero de lo que contesçió al Bien e al Mal, e dezirvos he después lo que contesçió al homne bueno con el loco.

Señor conde, el Bien e el Mal acordaron de fazer su compañía en uno. E el Mal, que es más acuçioso e siempre anda con revuelta e non puede folgar, sinon revolver algún engaño e algún mal, dixo al Bien que sería buen recabdo que hobiessen algún ganado con que se pudiessen mantener. Al Bien plogo desto. E acordaron de haber ovejas.

E luego que las ovejas fueron paridas, dixo el Mal al Bien que escogiesse en el esquimo[823] daquellas ovejas.

El Bien, como es bueno e mesurado, non quiso escoger, e el Bien dixo al Mal que escogiesse él. E el Mal, porque es malo e derranchado,[824] plógol ende, e dixo que tomasse el Bien los corderuelos assí como nasçían, e él, que tomaría la leche e la lana de las ovejas. E el Bien dio a entender que se pagaba desta partición.[825]

E el Mal dixo que era bien que hobiessen puercos; e al Bien plogo desto. E desque parieron, dixo el Mal que, pues el Bien tomara los fijos de las ovejas e él la leche e la lana, que tomasse agora la leche e la lana de las puercas, e que tomaría él los fijos. E el Bien tomó aquella parte.

Después dixo el Mal que pusiessen alguna hortaliza; e pusieron nabos. E desque nasçieron, dixo el Mal al Bien que non sabía qué cosa era lo que non veía, mas, porque el Bien viesse lo que tomaba, que tomasse las fojas de los nabos que

---

[823] *esquimo*: beneficio obtenido del ganado o de la tierra.

[824] *derranchado*: audaz, imprudente.

[825] *partición*: reparto.

paresçían e estaban sobre tierra, e que tomaría él lo que estaba so tierra; e el Bien tomó aquella parte.

Después pusieron coles; e desque nasçieron, dixo el Mal que, pues el Bien tomara la otra vez de los nabos lo que estaba sobre tierra, que tomasse agora de las coles lo que estaba so tierra; e el Bien tomó aquella parte.

Después dixo el Mal al Bien que sería buen recabdo que hobiessen una mujer que los serviesse. E al Bien plogo desto. E desque la hobieron, dixo el Mal que tomasse el Bien de la çinta[826] contra la cabeça, e que él que tomaría de la çinta contra los pies; e el Bien tomó aquella parte. E fue assí que la parte del Bien fazía lo que cumplía en casa, e la parte del Mal era casada con él e había de dormir con su marido.

La mujer fue ençinta e encaesçió[827] de un fijo. E desque nasçió, quiso la madre dar al fijo de mamar; e cuando el Bien esto vio, dixo que non lo fiziesse, ca la leche de la su parte era, e que non lo consintría en ninguna manera. Cuando el Mal vino alegre por veer el su fijo quel nasçiera, falló que estaba llorando, e preguntó a su madre que por qué lloraba. La madre le dixo que porque non mamaba. E díxol el Mal quel diesse a mamar. E la mujer le dixo que el Bien gelo defendiera[828] diziendo que la leche era de su parte.

Cuando el Mal esto oyó, fue al Bien e díxol, riendo e burlando, que fiziesse dar la leche a su fijo. E el Bien dixo que la leche era de su parte e que non lo faría. E cuando el Mal esto oyó, començol de afincar ende. E desque el Bien vio la priessa en que estaba el Mal, díxol:

—Amigo, non cuides que yo tampoco sabía que non

---

[826] *çinta*: cintura.

[827] *encaesçió*: concibió.

[828] *defendiera*: prohibiera.

entendía cuáles partes escogiestes vós siempre e cuáles diestes a mí; pero nunca vos demandé yo nada de las vuestras partes, e passé muy lazdradamiente con las partes que me vós dábades, vós nunca vos doliestes nin hobiestes mensura contra mí, [829] pues si agora Dios vos traxo a lugar [830] que habedes mester algo de lo mío, non vos maravilledes si vos lo non quiero dar, e acordatvos de lo que me feziestes, e sofrid esto por lo ál.

Cuando el Mal entendió que el Bien dizía verdat e que su fijo sería muerto por esta manera, fue muy mal cuitado e começó a rogar e pedir merçet al Bien que, por amor de Dios, hobiesse piedat daquella criatura, e que non parasse mientes a las sus maldades, e que dallí adelante siempre faría cuanto mandasse.

Desque el Bien esto vio, tovo quel fiziera Dios mucho bien en traerlo a lugar que viesse el Mal que non podía guaresçer sinon por la bondat del Bien, e tovo que esto le era muy grand emienda, e dixo al Mal que si quería que consintiesse que diesse la mujer leche a su fijo, que tomasse el moço a cuestas e que andudiesse por la villa pregonando en guisa que lo oyessen todos, e que dixiesse: «Amigos, sabet que con bien vençe el Bien al Mal»; e faziendo esto, que consintría quel diesse la leche. Desto plogo mucho al Mal, e tovo que había de muy buen mercado [831] la vida de su fijo, e el Bien tovo que había muy buena emienda. E fízose assí. E sopieron todos que siempre el Bien vençe con bien.

Mas al homne bueno contesçió de otra guisa con el loco, e fue assí:

---

[829] *mensura contra mí*: piedad, buena disposición.

[830] *vos traxo a lugar*: os puso en situación de.

[831] *buen mercado*: en buenas condiciones.

Un homne bueno había un baño [832] e el loco vinía al baño cuando las gentes se bañaban e dábales tantos colpes con los cubos e con piedras e con palos e con cuanto fallaba, que ya homne del mundo non osaba ir al baño de aquel homne bueno. E perdió su renta.

Cuando el homne bueno vio que aquel loco le fazía perder la renta del baño, madrugó un día e metiose en el baño ante que el loco viniesse. E desnuyose [833] e tomó un cubo de agua bien caliente, e una grand maça de madero. E cuando el loco que solía venir al baño para ferir los que se bañassen llegó, endereçó al baño como solía. E cuando el homne bueno que estaba atendiendo [834] desnuyo le vio entrar, dexose ir a él muy bravo e muy sañudo, e diol con el cubo del agua caliente por çima de la cabeça, e metió mano a la maça e diol tantos e tales colpes con ella por la cabeça e por el cuerpo, que el loco cuidó ser muerto, e cuidó que aquel homne bueno que era loco. E salió dando muy grandes vozes, e topó con un homne e preguntol cómo vinía assí dando vozes, quexándose tanto; e el loco le dixo:

—Amigo, guardatvos, que sabet que otro loco ha en el baño.

E vós, señor conde Lucanor, con estos vuestros vezinos passat assí: con el que habedes tales debdos que en toda guisa quered que siempre seades amigos, e fazedle siempre buenas obras, e aunque vos faga algunos enojos, datles passada e acorredle siempre al su mester, pero siempre lo fazed dándol a entender que lo fazedes por los debdos e por el amor quel

---

[832] *baño*: casa de baños.
[833] *desnuyose*: se desnudó.
[834] *atendiendo*: esperando.

habedes, mas non por vençimiento;[835] mas al otro, con quien non habedes tales debdos, en ninguna guisa non le sufrades cosa del mundo, mas datle bien a entender que por quequier que vos faga todo se aventurará sobrello. Ca bien cred que los malos amigos que más guardan el amor por barata[836] e por reçelo, que por otra buena voluntad.

El conde tovo éste por muy buen consejo e fízolo assí, e fallose ende muy bien.

E porque don Johan tovo éstos por buenos exiemplos, fízolos escribir en este libro e fizo estos viessos que dizen assí:

Siempre el Bien vençe con bien al Mal;
sofrir al homne malo poco val.

E la historia deste enxiemplo es ésta que se sigue:

[835] *vençimiento*: sometimiento, sumisión.
[836] *barata*: conveniencia.

*De lo que contesçió a don Pero Nuñez el Leal e a
don Roi Gonzales Çavallos e a don Gutier Roíz de Blaguiello
con el conde don Rodrigo el Franco*

Otra vez fablaba el conde Lucanor con Patronio, su consejero, e díxole:

—Patronio, a mí acaesçió de haber muy grandes guerras, en tal guisa que estaba la mi fazienda en muy grand peligro. E cuando yo estaba en mayor mester, algunos de aquellos que yo crié e a quien fiziera mucho bien, dexáronme, e aun señaláronse mucho a me fazer mucho de serviçio. E tales cosas fizieron ante mí aquéllos, que bien vos digo que me fizieron haber muy peor esperança de las gentes de cuanto había, ante que aquellos que assí errassen contra mí. E por el buen seso que Dios vos dio, ruégovos que me consejedes lo que vos paresçe que debo fazer en esto.

—Señor conde –dixo Patronio–, si los que assí erraron contra vós fueran tales como fueron don Pero Núñez de Fuente Almexil [837] e don Roi Gonzales de Çavallos [838] e don

---

[837] *Pero Nuñez de Fuente Almexil*: mereció el sobrenombre de "Leal" por haber salvado a Alfonso VIII, niño aún, huyendo con él a Atienza desde Soria.

[838] *Roi Gonzales de Çavallos*: era señor de Cevallos, primo de Rodrigo el Franco.

Gutier Roíz de Blaguiello [839] e sopieran lo que les contesçió, non fizieran lo que fizieron.

El conde le preguntó cómo fuera aquello.

—Señor conde –dixo Patronio–, el conde don Rodrigo el Franco fue casado con una dueña, fija de don Gil García de Çagra, e fue muy buena dueña, e el conde, su marido, asacol falso testimonio. E ella, quexándose desto, fizo su oraçión a Dios que si ella era culpada, que Dios mostrasse su miraglo en ella; e si el marido le assacara falso testimonio, que lo mostrasse en él.

Luego que la oración fue acabada, por el miraglo de Dios, engafezió [840] el conde su marido, e ella partiose dél. E luego que fueron partidos, envió el rey de Navarra sus mandaderos a la dueña, e casó con ella, e fue reina de Navarra.

El conde, seyendo gafo, [841] e veyendo que non podía guaresçer, fuese para la Tierra Sancta en romería para morir allá. E como quier que él era muy honrado e había muchos buenos vasallos, non fueron con él sinon estos tres caballeros dichos e moraron allá tanto tiempo que les non cumplió [842] lo que llevaron de su tierra e hobieron de vevir a tan grand pobreza, que non habían cosa que dar al conde, su señor, para comer; e por la grand mengua, alquilábanse cada día los dos en la plaça e el uno fincaba con el conde, e de lo que ganaban de su alquilé [843] gobernaban su señor e a sí mismos.

---

[839] *Gutier Roíz de Blaguiello*: emparentado con Roi González y Rodrigo González de Lara, *el Franco*. Fue conde de las Asturias de Santillana en tiempos de Alfonso VII. Hacia 1141 estuvo en Jerusalén.

[840] *engafezió*: enfermó de lepra (la lepra en la Edad Media era motivo suficiente para el divorcio).

[841] *gafo*: leproso.

[842] *cumplió*: fue suficiente, bastante.

[843] *alquilé*: salario que percibían los que trabajan para otros.

E cada noche bañaban al conde e alimpiábanle las llagas de aquella gafedat. [844]

E acaesçió que, en lavándole una noche los pies e las piernas, que, por aventura, hobieron mester de escopir, e escupieron. Cuando el conde vio que todos escupieron, cuidando que todos lo fazían por asco que dél tomaban, començó a llorar e a quexarse del grand pesar e quebranto que daquello hobiera.

E porque el conde entendiesse que non habían asco de la su dolençia, tomaron con las manos daquella agua que estaba llena de podre [845] e de aquellas pustuellas [846] que salían de las llagas de la gafedat que el conde había, e bebieron della muy grand pieça. E passando con el conde su señor tal vida, fincaron con él fasta que el conde murió.

E porque ellos tovieron que les sería mengua de tornar a Castiella sin su señor, vivo o muerto, non quisieron venir sin él. [847] E como quier que les dizían quel fiziessen cozer e que llevassen los sus huesos, dixieron ellos que tampoco consintrían que ninguno pusiesse la mano en su señor, seyendo muerto como si fuesse vivo. E non consintieron quel coxiessen, mas enterráronle e esperaron tanto tiempo fasta que fue toda la carne desfecha. E metieron los huesos en una arqueta, e traíenlo a veces [848] a cuestas.

E assí vinían pidiendo las raçiones, [849] trayendo a su señor a cuestas, pero traían testimonio de todo esto que les

---

[844] *gafedat*: lepra.

[845] *podre*: pus.

[846] *pustuellas*: costras.

[847] Porque se consideraba como deshonra abandonar el cuerpo del señor en tierra ajena.

[848] *a veces*: por turno.

[849] *pidiendo las raçiones*: pidiendo la comida como pobres.

había contesçido. E viniendo ellos tan pobres, pero tan bien andantes, llegaron a tierra de Tolosa,[850] e entrando por una villa, toparon con muy grand gente que llevaban a quemar una dueña muy honrada porque la acusaba un hermano de su marido. E dizía que si algún caballero non la salvasse, que cumpliessen en ella aquella justiçia, e non fallaban caballero que la salvasse.

Cuando don Pero Núñez el Leal e de buena ventura entendió que, por mengua de caballero, fazían aquella justiçia de aquella dueña, dixo a sus compañeros que si él sopiesse que la dueña era sin culpa, que él la salvaría.

E fuesse luego para la dueña e preguntol la verdat de aquel fecho. E ella díxol que ciertamente ella nunca fiziera aquel yerro de que la acusaban, mas que fuera su talante de lo fazer.

E como quier que don Pero Núñez entendió que, pues ella de su talante quisiera fazer lo que non debía, que non podía seer que algún mal non le contesçiesse a él que la quería salvar, pero pues lo había començado e sabía que non fiziera todo el yerro de que la acusaban, dixo que él la salvaría.

E como quier que los acusadores lo cuidaron desechar[851] diziendo que non era caballero, desque mostró el testimonio que traía, non lo podieron desechar. E los parientes de la dueña diéronle caballo e armas, e ante que entrasse en el campo[852] dixo a sus parientes que, con la merçed de Dios, que él fincaría con honra e salvaría la dueña, mas que non podía seer que a él non le viniesse alguna ocasión por lo que la dueña quisiera fazer.

---

[850] *Tolosa*: Toulouse, Francia.
[851] *desechar*: rechazar.
[852] *campo*: lugar del torneo.

Desque entraron en el campo, ayudó Dios a don Pero Núñez, e venció la lid e salvó la dueña, pero perdió y don Pero Núñez el ojo, e assí se cumplió todo lo que don Pero Núñez dixiera ante que entrasse en el campo.

La dueña e los parientes dieron tanto haber a don Pero Núñez con que pudieron traer los huesos del conde su señor, ya cuanto más sin lazería que ante.

Cuando las nuevas llegaron al rey de Castiella de cómo aquellos bien andantes caballeros vinían e traían los huesos del conde, su señor, e cómo vinían tan bien andantes, plógole mucho ende e gradesçió mucho a Dios porque eran del su regno homnes que tal cosa fizieran. E envioles mandar que viniessen de pie, assí mal vestidos como vinían. E el día que hobieron de entrar en el su regno de Castilla, saliolos a reçebir el rey de pie bien çinco leguas ante que llegassen al su regno, e fízoles tanto bien que hoy en día son heredados[853] los que vienen de los sus linajes de lo que el rey les dio.

E el rey, e todos cuantos eran con él, por fazer honra al conde, e señaladamente por lo fazer a los caballeros, fueron con los huesos del conde fasta Osma, do lo enterraron. E desque fue enterrado, fuéronse los caballeros para sus casas.

E el día que don Roi Gonzales llegó a su casa, cuando se assentó a la mesa con su mujer, desque la buena dueña vio la vianda ante sí, alçó las manos contra Dios, e dixo:

—¡Señor!, ¡bendito seas tú que me dexaste veer este día, ca tú sabes que depués que don Roi Gonzales se partió desta tierra, que ésta es la primera carne que yo comí, e el primero vino que yo bebí!

A don Roi Gonzales pesó por esto, e preguntol por qué

---

[853] *son heredados*: se benefician.

lo fiziera. E ella díxol que bien sabía él que, cuando se fuera con el conde, quel dixiera que él nunca tornaría sin el conde e ella que visquiesse como buena dueña, que nunca le menguaría pan e agua en su casa, e pues él esto le dixiera, que non era razón quel saliese ella de mandado, e por esto nunca comiera nin bibiera sinon pan e agua.

Otrosí, desque don Pero Núñez llegó a su casa, desque fincaron él e su muger e sus parientes sin otra compaña, la buena dueña e sus parientes hobieron con él tan grand plazer, que allí començaron a reir. E cuidando don Pero Núñez que fazían escarnio dél porque perdiera el ojo, cubrió el manto por la cabeça e echose muy triste en la cama. E cuando la buena dueña lo vio assí ser triste, hobo ende muy grand pesar, e tanto le afincó fasta quel hobo a dezir que se sintía mucho porquel fazían escarnio por el ojo que perdiera.

Cuando la buena dueña esto oyó, diose con una aguja en el su ojo e quebrólo, e dixo a don Pero Núñez que aquello fiziera ella porque si alguna vez riesse, que nunca él cuidasse que reía por le fazer escarnio.

E assí fizo Dios bien en todo aquellos buenos caballeros por el bien que fizieron.

E tengo que si los que tan bien non lo acertaron en vuestro serviçio, fueron tales como éstos, e sopieran cuánto bien les vino por esto qué fizieron e non lo erraran como erraron; pero vós, señor conde, por vos fazer algún yerro algunos que lo non debían fazer, nunca vós por esso dexedes de fazer bien, ca los que vos yerran, más yerran a sí mismos que a vos. E parad mientes que si algunos vos erraron, que muchos otros vos servieron; e más vos cumplió el serviçio que aquéllos vos fizieron, que vos empeçió nin vos tovo mengua los que vos erraron. E non creades que de todos los que vós fazedes bien, que de todos tomaredes serviçio, mas un tal acaesçimiento vos podrá acaesçer: que uno vos fará tal serviçio, que ternedes por bien empleado cuanto bien fazedes a los otros.

El conde tovo éste por buen consejo e por verdadero.

E entendiendo don Johan que este enxiemplo era muy bueno, fízolo escribir en este libro, e fizo estos viessos que dizen assí:

Maguer que algunos te hayan errado,
nunca dexes de fazer aguisado.

E la historia deste enxiemplo es ésta que se sigue:

Exemplo XLV

De lo que contesçió a un homne que se fizo amigo e vasallo del Diablo

Fablaba una vez el conde Lucanor con Patronio, su consejero, en esta guisa:

—Patronio, un homne me dize que sabe muchas maneras, también de agüeros como de otras cosas, en cómo podré saber las cosas que son por venir e cómo podré fazer muchas arterías [854] con que podré aprovechar mucho mi fazienda, pero en aquellas cosas tengo que non se puede escusar de haber y pecado. E por la fiança que de vos he, ruégovos que me consejedes lo que faga en esto.

—Señor conde —dixo Patronio—, para que vós fagades en esto lo que vos más cumple, plazerme ía que sepades lo que contesçió a un homne con el Diablo.

El conde le preguntó cómo fuera aquello.

—Señor conde —dixo Patronio—, un homne fuera muy rico e llegó a tan grand pobreza, que non había cosa de que se mantener. E porque non ha en el mundo tan grand desventura como seer muy mal andante el que suele seer bien andante, por ende, aquel homne, que fuera muy bien

---

[854] *arterías*: engaños, astucias.

andante, era llegado a tan grand mengua, que se sintía dello mucho. E un día, iba en su cabo,[855] solo, por un monte, muy triste e cuidando muy fieramente yendo assí tan coitado encontrose con el Diablo.

E como el Diablo sabe todas las cosas passadas, e sabía el coidado en que vinía aquel homne, e preguntol por qué vinía tan triste. E el homne díxole que para que gelo diría, ca él non le podría dar consejo en la tristeza que él había.

E el Diablo díxole que si él quisiesse fazer lo que él le diría que él le daría cobro paral cuidado que había e por que entendiesse que lo podía fazer, quel diría en lo que vinía cuidando e la razón por que estaba tan triste. Estonçe le contó toda su fazienda e la razón de su tristeza como aquel que la sabía muy bien. E díxol que si quisiesse fazer lo que él le diría, que él le sacaría de toda lazería e lo faría más rico que nunca fuera él nin homne de su linaje, ca él era el Diablo, e había poder de lo fazer.

Cuando el homne oyó dezir que era el Diablo, tomó ende muy grand reçelo, pero por la grand cuita e gran mengua en que estaba, dixo al Diablo que si él le diesse manera como pudiesse ser rico, que faría cuanto él quisiesse.

E bien cred que el Diablo siempre cata tiempo[856] para engañar a los homnes; cuando vee que están en alguna quexa, o de mengua, o de miedo, o de querer complir su talante, estonçe libra[857] él con ellos todo lo que quiere, e assí cató manera para engañar a aquel homne en el tiempo que estaba en aquella coita.

---

[855] *en su cabo*: a solas.
[856] *cata tiempo*: encuentra la ocasión.
[857] *libra*: obtiene.

Estonçe fizieron sus posturas en uno[858] e el homne fue su vasallo. E desque las avenençias[859] fueron fechas, dixo el Diablo al homne que, dallí adelante, que fuesse a furtar, ca nunca fallaría puerta nin casa, por bien çerrada que fuesse, que él non gela abriesse luego, e si por aventura en alguna priesa se viesse o fuesse preso, que luego que lo llamasse e le dixiesse: «Acorredme, don Martín», que luego fuesse con él e lo libraría de aquel periglo en que estudiesse. Las posturas fechas entre ellos, partiéronse.

E el homne endereçó a casa de un mercadero, de noche oscura: ca los que mal quieren fazer siempre aborrecen la lumbre.[860] E luego que llegó a la puerta, el diablo abriógela, e esso mismo fizo a las arcas, en guisa que luego hobo ende muy grant haber.

Otro día fizo otro furto muy grande, e después otro, fasta que fue tan rico que se non acordaba de la pobreza que había passado. E el mal andante, non se teniendo por pagado de cómo era fuera de lazería, començó a furtar aun más; e tanto lo usó, fasta que fue preso.

E luego que lo prendieron llamó a don Martín que lo acorriesse; e don Martín llegó muy apriessa e librólo de la prisión. E desque el homne vio que don Martín le fuera tan verdadero, començó a furtar como de cabo,[861] e fizo muchos furtos, en guisa que fue más rico e fuera de lazería.

E usando a furtar, fue otra vez preso, e llamó a don Martín, mas don Martín non vino tan aína como él quisiera, e

---

[858] *posturas en uno*: convinieron.
[859] *avenençias*: acuerdos.
[860] *lumbre*: luz.
[861] *de cabo*: al comienzo.

los alcaldes[862] del lugar do fuera el furto començaron a fazer pesquisa sobre aquel furto. E estando assí el pleito, llegó don Martín; e el homne díxol:

—¡Ah, don Martín! ¡Qué grand miedo me posiestes! ¿por qué tanto tardábades?

E don Martín le dixo que estaba en otras grandes priessas e que por esso tardara; e sacolo luego de la prisión.

El homne se tornó a furtar, e sobre[863] muchos furtos fue preso, e fecha la pesquisa dieron sentençia contra él. E la sentençia dada, llegó don Martín e sacolo.

E él tornó a furtar porque veía que siempre le acorría don Martín. E otra vez fue preso, e llamó a don Martín, e non vino, e tardó tanto fasta que fue jubgado a muerte, e seyendo jubgado, llegó don Martín e tomó alçada[864] para casa del rey e librolo de la prisión, e fue quito.[865]

Después tornó a furtar e fue preso, e llamó a don Martín, e non vino fasta que jubgaron quel enforcassen.[866] E seyendo al pie de la forca, llegó don Martín, e el homne le dixo:

—¡Ah, don Martín, sabet que esto non era juego, que bien vos digo que grand miedo he passado!

E don Martín le dixo que él le traía quinientos maravedís en una limosnera[867] e que los diesse al alcalde e que luego sería libre. El alcalde había mandado ya que lo enforcassen, e non fallaban soga para lo enforcar. E en cuanto buscaban la soga, llamó el homne al alcalde e diole la limosnera con

---

[862] *alcaldes*: jueces.
[863] *sobre*: después de.
[864] *alçada*: apelación.
[865] *quito*: libre.
[866] *enforcassen*: ahorcasen.
[867] *limosnera*: bolsa donde se guardaban las limosnas.

los dineros. Cuando el alcalde cuidó quel daba los quinientos maravedís, dixo a las gentes que y estaban:

—Amigos, ¡quién vio nunca que menguasse soga para enforcar homne! Çiertamente este homne non es culpado, e Dios non quiere que muera e por esso nos mengua la soga; mas tengámoslo fasta cras, e veremos más en este fecho; ca si culpado es, y se finca para complir cras la justiçia.

E esto fazía el alcalde por lo librar por los quinientos maravedís que cuidaba que le había dado. E hobiendo esto assí acordado, apartose el alcalde e abrió la limosnera, e cuidando fallar los quinientos maravedís, non falló los dineros, mas falló una soga en la limosnera. E luego que esto vio, mandol enforcar.

E puniéndolo en la forca, vino don Martín e el homne le dixo quel acorriesse. E don Martín le dixo que siempre él acorría a todos sus amigos fasta que los llegaba a tal lugar.

E assí perdió aquel homne el cuerpo e el alma, creyendo al Diablo e fiando dél. E cierto sed que nunca homne dél creyó nin fió que non llegasse a haber mala postremería; [868] sinon, parad mientes a todos los agoreros o sorteros [869] o adevinos, o que fazen cercos [870] o encantamientos e destas cosas cualesquier, e veredes que siempre hobieron malos acabamientos. E si non me credes, acordat vos de Álvar Núñez [871]

---

[868] *postremería*: fin.

[869] *sorteros*: adivinadores del porvenir por medio de las suertes, es decir, por medio de la interpretación de las primeras palabras de un libro que se abría al azar.

[870] *cercos*: círculos mágicos que se trazaban en el suelo para invocar a los demonios.

[871] Se trata de Álvar Núñez Osorio, el caballero a quien Alfonso XI dio gran poder y que más tarde, unido al propio don Juan Manuel, se alzó contra el rey y fue muerto en Soria.

e de Garcilasso, [872] que fueron los homnes del mundo que más fiaron en agüeros e en estas tales cosas e veredes cuál acabamiento hobieron.

E vós, señor conde Lucanor, si bien queredes fazer vuestra fazienda paral cuerpo e paral alma, fiat derechamente en Dios e ponet en Él toda vuestra esperança e vós ayudatvos cuanto pudierdes, e Dios ayudarvos ha. E non creades nin fiedes en agüeros, nin en otro devaneo, [873] ca çierto sed que de los pecados del mundo, el que a Dios más pesa e en que homne mayor tuerto e mayor desconosçimiento [874] faze a Dios, es en catar agüero e estas tales cosas.

El conde tovo éste por buen consejo; e fízolo assí e fallose muy bien dello.

E porque don Johan tovo este por buen exiemplo, fízolo escribir en este libro, e fizo estos viessos que dizen assí:

El que en Dios non pone su esperança,
morrá [875] mala muerte, habrá mala andança.

E la estoria deste exiemplo es ésta que se sigue:

---

[872] *Garcilasso*: en la *Crónica de Alfonso XI* se lee: "Y este Garcilasso era home que cataba mucho en agüeros y traía homes que sabían mucho desto, y antes que fuesse arredrado de Córdoba, dixo que había visto agüeros que había de morir en aquel camino y morirían con él otros muchos caballeros. Y él pensó que, desque hobiesse ayuntado consigo algunas campañas, que iría a la comarca do era D. Juan , fijo del infante D. Manuel, y que en la pelea moriría él y otros muchos con él" (cap. LXV).

[873] *devaneo*: locura.

[874] *desconosçimiento*: agravio.

[875] *morrá*: morirá.

Exemplo XLVI

De lo que contesçió a un philósopho que por ocasión entró en
una calle do moraban malas mujeres

Otra vez fablaba el conde Lucanor con Patronio, su consejero, en esta manera:

—Patronio, vós sabedes que una de las cosas del mundo
por que homne más debe trabajar [876] es por haber buena
fama e por se guardar que ninguno non le pueda trabar en
ella. E porque yo sé que en esto, nin en ál, ninguno non me
podría mejor consejar que vos, ruégovos que me consejedes
en cuál manera podré mejor encresçentar e llevar adelante e
guardar la mi fama.

—Señor conde Lucanor –dixo Patronio–, mucho me
plaze desto que dezides, e para que vós mejor lo podades
fazer, plazerme ía que sopiésedes lo que contesçió a un muy
grand philósopho e mucho ançiano.

El conde le preguntó cómo fuera aquello.

—Señor conde –dixo Patronio–, un muy grand philósopho moraba en una villa del reino de Marruecos; e aquel
philósopho había una enfermedat: que cuandol era mester
de desembargar de las cosas sobejanas [877] que fincaban de la

---

[876] *trabajar*: esforzar.
[877] *sobejanas*: sobrantes, superfluas –se está refiriendo a las heces–.

vianda que había reçebido, non lo podía fazer sinon con muy grant dolor e con muy grand pena, e tardaba muy grand tiempo ante que pudiesse seer desembargado.

E por esta enfermedat que había, mandábanle los físicos que cada quel tomasse talante[878] de se desembargar de aquellas cosas sobejanas, que lo probasse[879] luego, e non lo tardasse; porque cuanto aquella manera más se quemasse, más se desecarié e más endurescrié,[880] en guisa quel serié grand pena e grand daño para la salud del cuerpo. E porque esto le mandaron los físicos, faziélo e fallábasse ende bien.

E acaesçió que un día, yendo por una calle de aquella villa do moraba e do tenié muchos discípulos que aprendían dél, quel tomó talante de se desembargar como es dicho. E por fazer lo que los físicos le consejaban, e era su pro, entró en una calleja para fazer aquello que non pudié escusar.

E atal fue su ventura, que en aquella calleja do él entró, que moraban y las mujeres que públicamente viven en las villas fiziendo daño de sus almas e deshonra de sus cuerpos. E desto non sabía nada el philósopho que tales mujeres moraban en aquel logar. E por la manera[881] de la enfermedat que él había, e por el grant tiempo que se detovo en aquel lugar e por las semejanças[882] que en él paresçieron cuando salió de aquel lugar do aquellas mujeres moraban, comoquier que él non sabía que tal compaña[883] allí mora-

---

[878] *tomasse talante*: tuviese ganas.

[879] *probasse*: tratase de hacerlo.

[880] *desecarié e más endurescrié*: se secaría y endurecería.

[881] *manera*: tipo, clase.

[882] *semejanças*: apariencias.

[883] *compaña*: clase de gente.

ba, con todo esso, cuando ende salió, todas las gentes cuidaron que entrara en aquel logar por otro fecho que era muy desvariado [884] de la vida que él solía e debía fazer. E porque paresçe muy peor e fablan muy más e muy peor las gentes dello cuando algún homne de grand guisa faze alguna cosa quel non pertenesçe e le está peor, por pequeña que sea, que a otro que saben las gentes que es acostumbrado de non se guardar de fazer muchas cosas peores, por ende, fue muy fablado [885] e muy tenido a mal, porque aquel philósopho tan honrado e tan ançiano entraba en aquel lugar quel era tan dañoso paral alma e paral cuerpo e para la fama.

E cuando fue en su casa, vinieron a él sus discípulos e con muy grand dolor de sus coraçones e con grand pesar, començaron a dezir qué desaventura o qué pecado fuera aquél porque en tal manera confondiera a sí mismo e a ellos, e perdiera toda su fama que fasta entonçe guardara mejor que homne del mundo.

Cuando el philósopho esto oyó, fue tanto espantado e preguntóles que por qué dizían esto o qué mal era éste que él fiziera o cuándo o en qué lugar. Ellos le dixieron que por qué fablaba assí en ello, que ya por su desaventura dél e dellos, que non había homne en la villa que non fablasse de lo que él fiziera cuando entrara en aquel lugar do aquellas tales mujeres moraban.

Cuando el philósopho esto oyó, hobo muy grand pesar, pero díxoles que les rogaba que se non quexassen mucho desto, e que dende a ocho días les daría ende repuesta.

---

[884] *desvariado*: distinto.
[885] *muy fablado*: muy criticado, muy censurado.

E metiose luego en su estudio, e compuso un librete pequeño e muy bueno e muy aprovechoso. E entre muchas cosas buenas que en él se contienen, fabla y de la buena ventura e de la desaventura, e como en manera de departimiento que departe[886] con sus discípulos, dize assí:

—Fijos, en la buena ventura e en la desaventura contesçe assí: a las vegadas es fallada e buscada, e algunas vegadas es fallada e non buscada. La fallada e buscada es cuando algund homne faze bien, e por aquel buen fecho que faze, le viene alguna buena ventura; e esso mismo cuando por algún fecho malo que faze le viene alguna mala ventura; esto tal es ventura, buena o mala, fallada e buscada, que él busca e faz porquel venga aquel bien o aquel mal.

Otrosí, la fallada e non buscada es cuando un homne, non faziendo nada por ello le viene alguna pro o algún bien: assí como si homne fuesse por algún lugar e fallasse muy grand haber o otra cosa muy aprovechosa por que él non hobiesse nada fecho; e esso mismo, cuando un homne, non faziendo nada por ello, le viene algún mal o algún daño, assí como si homne fuesse por una calle e lançasse otro una piedra a un páxaro e descalabrasse a él en la cabeça: ésta es desaventura fallada e non buscada, ca él nunca fizo nin buscó cosa porquel debiesse venir aquella desaventura.

E, fijos, debedes saber que en la buena ventura o desaventura fallada e buscada hay meester dos cosas: la una, que se ayude el homne faziendo bien para haber bien o faziendo mal para haber mal; e la otra, que le galardone Dios segund las obras buenas e malas que el homne hobiere fecho. Otrosí, en la ventura buena o mala, fallada e non buscada, ay

---

[886] *departimiento que departe*: diálogo.

meester otras dos cosas: la una, que se guarde homne cuanto pudiere de non fazer mal nin meterse en sospecha nin en semejança porquel deba venir alguna desaventura o mala fama; la otra, es pedir merçed e rogar a Dios que, pues él se guarda cuanto puede porquel nol venga desaventura nin mala fama, quel guarde Dios que non le venga ninguna desaventura como vino a mí el otro día que entré en una calleja por fazer lo que non podía escusar para la salud del mi cuerpo e que era sin pecado e sin ninguna mala fama, e por mi desaventura moraban y tales compañas, porque maguer yo era sin culpa, finqué mal enfamado.

E vós, señor conde Lucanor, si queredes acrescentar e llevar adelante vuestra buena fama, conviene que fagades tres cosas: la primera, que fagades muy buenas obras a plazer de Dios, e esto guardado, [887] después, en lo que pudierdes, a plazer de las gentes, e guardando vuestra honra e vuestro estado, e que non cuidedes que por buena fama que hayades, que la non perderedes si debedes de fazer buenas obras e fiziéredes las contrarias, ca muchos homnes fizieron bien un tiempo e porque después non lo llevaron adelante, perdieron el bien que habían fecho e fincaron con la mala fama postrimera; [888] la otra es que roguedes a Dios que vos endereçe que fagades tales cosas por que la vuestra buena fama se acresçiente e vaya siempre adelante e que vos guarde de fazer nin de dezir cosa por que la perdades: la terçera cosa es que por fecho nin por dicho, nin por semejança, nunca fagades cosa por que las gentes puedan tomar sospecha, porque la vuestra fama vos sea guardada como debe, ca

---

[887] *guardado*: cumplido, respetado.
[888] *postrimera*: última.

muchas vezes faze homne buenas obras e por algunas malas semejanças que faze, las gentes toman tal sospecha, que empeçe poco menos paral mundo e paral dicho de las gentes como si fiziesse la mala obra. E debedes saber que en las cosas que tañen [889] a la fama, que tanto aprovecha e empeçe lo que las gentes tienen e dizen como lo que es verdat en sí; mas cuanto para Dios e paral alma non aprovecha nin empeçe sinon las obras que el homne faze e a cuál entención son fechas.

E el conde tovo éste por buen exiemplo e rogó a Dios quel dexasse fazer tales obras cuales entendía que cumplen para salvamiento de su alma e para guarda de su fama e de su honra e de su estado.

E porque don Johan tovo éste por muy buen enxiemplo, fízolo escribir en este libro, e fizo estos viessos que dizen assí:

Faz siempre bien e guárdate de sospecha,
    e siempre será la tu fama derecha.

E la estoria deste exiemplo es ésta que se sigue:

---

[889] *tañen*: atañen, afectan.

Exemplo XLVII

De lo que contesçió a un moro con una su hermana que
daba a entender que era muy medrosa[890]

Un día fablaba el conde Lucanor con Patronio en esta
guisa:

—Patronio, sabet que yo he un hermano que es mayor
que yo, e somos fijos de un padre e de una madre e porque
es mayor que yo, tengo que lo he de tener en logar de padre
e seerle a mandado.[891] E él ha fama que es muy buen cristiano e muy cuerdo, pero guisolo Dios assí que só yo más
rico e más poderoso que él; e como quier que él non lo da a
entender, só çierto que ha ende envidia, e cada que yo he
mester su ayuda e que faga por mí alguna cosa, dame a
entender que lo dexa de fazer porque sería pecado, e estráñamelo[892] tanto fasta que lo parte[893] por esta manera.[894] E
algunas vezes que ha mester mi ayuda, dame a entender que
aunque todo el mundo se perdiesse, que non debo dexar de
aventurar el cuerpo e cuanto he porque se faga lo que a él

---

[890] *medrosa*: miedosa.
[891] *seerle a mandado*: obecerle, estar bajo su mando.
[892] *estráñamelo*: me lo rehúye.
[893] *lo parte*: lo elude.
[894] *manera*: treta.

cumple. E porque yo passo con él en esta guisa, ruégovos que me consejedes lo que viéredes que debo en esto fazer e lo que me más cumple.

—Señor conde –dixo Patronio–, a mí paresçe que la manera que este vuestro hermano trae convusco, semeja mucho a lo que dixo un moro a una su hermana.

El conde le preguntó cómo fuera aquello.

—Señor conde –dixo Patronio–, un moro había una hermana que era tan regalada, [895] que de quequier que veíe o la fazién, que de todo daba a entender que tomaba reçelo e se espantaba. E tanto había esta manera, que cuando bebía del agua en unas tarrazuelas [896] que la suelen beber los moros, que suena el agua cuando beben, cuando aquella mora oyó aquel sueno [897] que fazía el agua en aquella terraçuela, daba a entender que tan grant miedo había daquel sueno que se quería amorteçer. [898]

E aquel su hermano era muy buen mançebo, mas era muy pobre, e porque la grant pobreza faz a homne fazer lo que non querría, non podía escusar aquel mançebo de buscar la vida muy vergonçosamente. E fazíalo assí: que cada que moría algún homne iba de noche e tomábale la mortaja e lo que enterraban con él, e desto mantenía a sí e a su hermana e a su compaña. [899] E su hermana sabía esto.

E acaesçió que murió un homne muy rico, e enterraron con él muy ricos paños e otras cosas que valían mucho.

---

[895] *regalada*: delicada.

[896] *tarrazuelas*: jarras pequeñas de barro.

[897] *sueno*: sonido.

[898] *amorteçer*: desmayar.

[899] *compaña*: casa, en el sentido de personas y propiedades bajo la autoridad del cabeza de familia, o jefe de la casa.

Cuando la hermana esto sopo, dixo a su hermano que ella quería ir con él aquella noche para traer aquello con que aquel homne habían enterrado.

Desque la noche vino, fueron el mançebo e su hermana a la fuessa[900] del muerto, e abriéronla, e cuando le cuidaron tirar aquellos paños muy preçiados que tenía vestidos, non pudieron sinon rompiendo los paños o crebando las cervizes[901] del muerto.

Cuando la hermana vio que si non quebrantassen el pescueço del muerto, que habrían de romper los paños e que perderían mucho de lo que valían, fue tomar con las manos, muy sin duelo e sin piedat, de la cabeça del muerto e descoyuntolo todo, e sacó los paños que tenía vestidos, e tomaron cuanto y estaba, e fuéronse con ello.

E luego, otro día, cuando se asentaron a comer, desque començaron a beber, cuando la terraçuela començó a sonar, dio a entender que se quería amorteçer de miedo de aquel sueno que fazía la terraçuela. Cuando el hermano aquello vio, e se acordó cuánto sin miedo e sin duelo desconyuntara la cabeça del muerto, díxol en algarabía:

—Aha ya ohti, tafza min bocu, bocu, va liz tafza min fotuh encu.

E esto quiere decir: «Ahá, hermana, despantádesvos del sueno de la terraçuela que faze boc, boc, e non vos espantábades del desconyuntamiento del pescueço.» E este proverbio es agora muy retraído entre los moros.

E vós, señor conde Lucanor, si aquel vuestro hermano mayor veedes que en lo que a vos cumple se escusa por la

---

manera que habedes dicha, dando a entender que tiene por grand pecado lo que vós querríades que fiziesse por vos, non seyendo tanto como él dize, e tiene que es guisado, e dize que fagades vós lo que a él cumple, aunque sea mayor pecado e muy grand vuestro daño, entendet que es de la manera de la mora que se espantaba del sueno de la terraçuela e non se espantaba de desconyuntar la cabeça del muerto. E pues él quiere que fagades vós por él lo que sería vuestro daño si lo fiziésedes, fazet vós a él lo que él faze a vos: dezilde buenas palabras, e mostradle muy buen talante; e en lo que vos non empeesçiere, facet por él todo lo que cumpliere, mas en lo que fuer vuestro daño, partitlo siempre con la más apuesta manera que pudiéredes, e en cabo,[902] por una guisa o por otra, guardatvos de fazer vuestro daño.

El conde tovo éste por buen consejo e fízolo así e fallose ende muy bien.

E teniendo don Johan este enxiemplo por bueno, fízolo escribir en este libro, e fizo estos viessos que dizen assí:

> *Por qui non quiere lo que te cumple fazer,*
> *e tú non quieras lo tuyo por él perder.*

E la estoria deste enxiemplo es ésta que se sigue:

---

[902] *en cabo*: por último.

De lo que contesçió a uno que probaba sus amigos

Otra vez fablaba el conde Lucanor con Patronio, su consejero, en esta manera:

—Patronio, segunt el mio cuidar, yo he muchos amigos que me dan a entender que por miedo de perder los cuerpos nin lo que han, que non dexarían de fazer lo que me cumpliesse, que por cosa del mundo que pudiesse acaesçer non se parterían de mí. E por el buen entendimiento que vós habedes, ruégovos que me digades en qué manera podré saber si estos mis amigos farían por mí tanto como dizen.

—Señor conde Lucanor –dixo Patronio–, los buenos amigos son la mejor cosa del mundo, e bien cred que cuando viene grand mester e la grand quexa, que falla homne muy menos de cuantos cuidan; e otrosí, cuando el mester non es grande, es grave de probar cuál sería amigo verdadero cuando la priessa veniesse; pero para que vós podades saber cuál es el amigo verdadero, plazerme ía que sopiéssedes lo que contesçió a un homne bueno con un su fijo que dizía que había muchos amigos.

El conde le preguntó cómo fuera aquello.

—Señor conde Lucanor –dixo Patronio–, un homne bueno había un fijo, e entre las otras cosas quel mandaba e le consejaba dizíal siempre que puñasse en haber muchos amigos e buenos. El fijo fízolo assí, e començó a acompañarse e a partir[903] de lo que había con muchos homnes por tal de los haber por amigos. E todos aquellos dizían que eran sus amigos e que farían por él todo cuantol cumpliesse, e que aventurarían por él los cuerpos e cuanto en el mundo hobiessen cuandol fuesse mester.

Un día, estando aquel mançebo con su padre, preguntol si había fecho lo quel mandara, e si había ganado muchos amigos. E el fijo díjole que sí, que había muchos amigos, mas que señaladamente entre todos los otros había fasta diez de que era çierto que por miedo de muerte, nin de ningún reçelo, que nunca le errarién[904] por quexa, nin por mengua, nin por ocasión quel acaesçiesse.

Cuando el padre esto oyó, díxol que se maravillaba ende mucho porque en tan poco tiempo pudiera haber tantos amigos e tales, ca él, que era mucho ançiano, nunca en toda su vida pudiera haber más de un amigo e medio.

El fijo començó a porfiar diziendo que era verdat lo que él dizía de sus amigos. Desque el padre vio que tanto porfiaba el fijo, dixo que los probasse en esta guisa: que matasse un puerco e que lo metiesse en un saco, e que se fuesse a casa de cada uno daquellos sus amigos, e que les dixiesse que aquél era un homne que él había muerto, e que era çierto; e si aquello fuesse sabido, que non había en el mundo cosa quel pudiesse escapar de la muerte a él e a cuantos sopiessen que sabían daquel fecho; e que les rogasse, que pues sus amigos eran, quel encubriessen[905] aquel homne

---

[903] *partir*: compartir.
[904] *errarién*: fallarían.
[905] *encubriessen*: ocultasen.

e, si mester le fuesse, que se parassen[906] con él a lo defender.

El mançebo fízolo e fue probar sus amigos según su padre le mandara. E desque llegó a casa de sus amigos e les dixo aquel fecho perigloso quel acaesçiera, todos le dixieron que en otras cosas le ayudarién, mas que en esto, porque podrían perder los cuerpos e lo que habían, que non se atreverían a le ayudar e que, por amor de Dios, que guardasse que non sopiessen ningunos que había ido a sus casas. Pero destos amigos, algunos le dixieron que non se atreverían a fazerle otra ayuda, mas que irían rogar por él; e otros le dixieron que cuando le llevassen a la muerte, que non lo desampararían[907] fasta que oviessen complido en él la justicia, e quel farían honra al su enterramiento.

Desque el mançebo hobo probado assí todo sus amigos e non falló cobro[908] en ninguno, tornose para su padre e díxol todo lo quel acaesçiera. Cuando el padre así lo vio venir, díxol que bien podía ver ya que más saben los que mucho han visto e probado, que los que nunca passaron por las cosas. Estonçe le dixo que él non había más de un amigo e medio que los fuesse probar.

El mancebo fue probar al que su padre tenía por medio amigo; e llegó a su casa de noche e llevaba el puerco muerto a cuestas, e llamó a la puerta daquel medio amigo de su padre e contol aquella desaventura quel había contesçido e lo que fallara en todos sus amigos, e rogol que por el amor que había con su padre quel acorriese en aquella cuita.

---

[906] *parassen*: preparasen, estuviesen dispuestos.
[907] *desampararían*: abandonarían, dejarían solo.
[908] *cobro*: ayuda.

Cuando el medio amigo de su padre aquello vio, díxol que con él non había amor nin afazimiento por que se debiesse tanto aventurar, mas que por el amor que había con su padre, que gelo encubriría.

Entonçe tomó el saco con el puerco a cuestas, cuidando que era homne, e llevólo a una su huerta e enterrolo en un sulco de coles; e puso las coles en el surco assí como ante estaban e envió[909] el mançebo a buenaventura.[910]

E desque fue con su padre, contol todo lo quel contesçiera con aquel su medio amigo. El padre le mandó que otro día, cuando estudiessen en conçejo,[911] que sobre cualquier razón que despartiessen,[912] que començasse a porfiar con aquel su medio amigo, e, sobre la porfía, quel diesse una puñada[913] en el rostro, la mayor que pudiesse.

El mançebo fizo lo quel mandó su padre e cuando gela dio, catol el homne bueno e díxol:

—A buena fe, fijo, mal feziste; mas dígote que por éste nin por otro mayor tuerto,[914] non descubriré las coles del huerto.

E desque el mançebo esto contó a su padre, mandol que fuesse probar aquel que era su amigo complido. E el fijo fízolo.

E desque llegó a casa del amigo de su padre e le contó todo lo que le había contesçido, dixo el homne bueno, amigo de su padre, que él le guardaría de muerte e de daño.

---

[909] *envió*: despidió.
[910] *a buenaventura*: deseándole buena suerte.
[911] *conçejo*: junta, reunión.
[912] *despartiessen*: conversaren.
[913] *puñada*: puñetazo.
[914] *tuerto*: agravio.

Acaesçió, por aventura, que en aquel tiempo habían muerto un homne en aquella villa, e non podían saber quién lo matara. E porque algunos vieron que aquel mançebo había ido con aquel saco a cuestas muchas vezes de noche, tovieron que él lo había muerto.

¿Qué vos iré alongando? El mançebo fue jubgado que lo matassen. E el amigo de su padre había fecho cuanto pudiera por lo escapar. Desque vio que en ninguna manera non lo pudiera librar de muerte, dixo a los alcaldes que non quería llevar pecado de aquel mançebo, que sopiessen que aquel mançebo non matara el homne, mas que lo matara un su fijo solo que él había. E fizo al fijo que lo cognosçiese;[915] e el fijo otorgolo;[916] e matáronlo. E escapó de la muerte el fijo del homne bueno que era amigo de su padre.

Agora, señor conde Lucanor, vos he contado cómo se prueban los amigos, e tengo que este enxiemplo es bueno para saber en este mundo cuáles son los amigos, e que los debe probar ante que se meta en grant periglo por su fuza,[917] e que sepa a cuánto se pararan por él sil fuere mester. Ca çierto seet que algunos son buenos amigos, mas muchos, e por aventura los más, son amigos de la ventura, que, assí como la ventura corre, assí son ellos amigos.

Otrosí, este enxiemplo se puede entender spiritualmente en esta manera: todos los homnes en este mundo tienen que han amigos, e cuando viene la muerte, hanlos de probar en aquella quexa, e van a los seglares, e dízenlos que assaz han de fazer en sí; van a los religiosos e dízenles que rogarán a Dios por ellos; van a la mujer e a los fijos e dízenles que

---

[915] *cognosçiesse*: reconociese.
[916] *otorgolo*: lo admitió.
[917] *fuza*: confianza.

irán con ellos fasta la fuessa e que les farán honra a su enterramiento; e assí prueban a todos aquellos que ellos cuidaban que eran sus amigos. E desque non fallan en ellos ningún cobro para escapar de la muerte, assí como tornó el fijo, depués que non falló cobro en ninguno daquellos que cuidaba que eran sus amigos, tórnanse a Dios, que es su padre, e Dios dízeles que prueben a los sanctos que son medios amigos. E ellos fázenlo. E tan grand es la bondat de los sanctos e sobre todos de sancta María, que non dexan de rogar a Dios por los pecadores; e sancta María muéstrale cómo fue su madre e cuánto trabajo tomó en lo tener e en lo criar, e los sanctos muéstranle las lazerías e las penas e los tormentos e las passiones[918] que reçebieron por él; e todo esto fazen por encobrir los yerros de los pecadores. E aunque hayan reçebido muchos enojos dellos, non le descubren, assí como non descubrió el medio amigo la puñada quel dio el fijo del su amigo. E desque el pecador vee spiritualmente que por todas estas cosas non puede escapar de la muerte del alma, tórnasse a Dios, assí como tornó el fijo al padre depués que non falló quien lo podiesse escapar de la muerte. E nuestro señor Dios, assí como padre e amigo verdadero, acordándose del amor que ha al homne, que es su criatura, fizo como el buen amigo, ca envió al su fijo Jesu Cristo que moriesse, non hobiendo ninguna culpa e seyendo sin pecado, por desfazer las culpas e los pecados que los homnes meresçían. E Jesu Cristo, como buen fijo, fue obediente a su padre e seyendo verdadero Dios e verdadero homne quiso reçebir, e reçebió, muerte, e redimió a los pecadores por la su sangre.

---

[918] *passiones*: sufrimientos.

E agora, señor conde, parat mientes cuáles destos amigos son mejores e más verdaderos, o por cuáles debía homne [919] fazer más por los ganar por amigos.

Al conde plogo mucho con todas estas razones, e tovo que eran muy buenas.

E entendiendo don Johan que este enxiemplo era muy bueno, fízolo escribir en este libro, e fizo estos viessos que dizen assí:

Nunca homne podría tan buen amigo fallar
como Dios, que lo quiso por su sangre comprar. [920]

E la estoria deste enxiemplo es ésta que se sigue:

---

[919] *homne*: uno, alguno.
[920] *comprar*: redimir.

Exemplo XLIX

*De lo que contesçió al que echaron en la isla desnuyo
cuandol tomaron el señorío que tenié*

Otra vez fablaba el conde Lucanor con Patronio, e díxole:

—Patronio, muchos me dizen que, pues yo só tan honrado e tan poderoso, que faga cuanto pudiere por haber grand riqueza e grand poder e grand honra, e que esto es lo que me más cumple e más me pertenesçe. E porque yo sé que siempre me consejades lo mejor e que lo faredes assí daquí adelante, ruégovos que me consejedes lo que vierdes que me más cumple en esto.

—Señor conde –dixo Patronio–, este consejo que me vós demandades es grave de dar por dos razones: lo primero, que en este consejo que me vós demandades, habré a dezir contra vuestro talante; e lo otro, porque es muy grave de dezir contra el consejo que es dado a pro del señor. E porque en este consejo ha estas dos cosas, esme muy grave de dezir contra él, pero, porque todo consejero, si leal es, non debe catar[921] sinon por dar el mejor consejo e non catar su pro, nin su daño, nin si le plaze al señor, nin si le pesa, sinon dezirle lo mejor que homne viere, por ende, yo non dexaré

_____

[921] *catar*: procurar, ofrecer.

de vos dezir en este consejo lo que entiendo que es más vuestra pro e vos cumple más. E por ende, vos digo que los que esto vos dizen que, en parte, vos consejan bien, pero non es el consejo complido nin bueno para vos; mas para seer del todo complido e bueno, serié muy bien e plazerme ía mucho que sopiésedes lo que acaesçió a un homne quel fizieron señor de una grand tierra.

El conde le preguntó cómo fuera aquello.

—Señor conde Lucanor –dixo Patronio–, en una tierra habían por costumbre que cada año fazían un señor. E en cuanto duraba aquel año, fazían todas las cosas que él mandaba; e luego que el año era acabado, tomábanle cuanto había e desnuyábanle[922] e echábanle en una isla solo, que non fincaba con él homne del mundo.

E acaesçió que hobo una vez aquel señorío un homne que fue de mejor entendimiento e más aperçebido que los que lo fueron ante. E porque sabía que desque el año passase, quel habían de fazer lo que a los otros, ante que se acabasse el año del su señorío, mandó, en grand poridat, fazer en aquella isla, do sabía que lo habían de echar, una morada muy buena e muy complida en que puso todas las cosas que eran mester para toda su vida. E fizo la morada en lugar tan encubierto,[923] que nunca gelo pudieron entender[924] los de aquella tierra quel dieron aquel señorío.

E dexó algunos amigos en aquella tierra assí adebdados e castigados[925] que si, por aventura, alguna cosa hobiessen mester de las que él non se acordara de enviar adelante, que

---

[922] *desnuyábanle*: le desnudaban.
[923] *encubierto*: escondido.
[924] *entender*: descubrir.
[925] *adebdados e castigados*: comprometidos y enseñados.

gelas enviassen ellos en guisa quel non menguasse ninguna cosa.

Cuando el año fue complido e los de la tierra le tomaron el señorío e le echaron desnuyo en la isla, assí como a los otros fizieron que fueron ante que él; porque él fuera apercebido e había fecho tal morada en que podía vevir muy viçioso e muy a plazer de sí, fuesse para ella, e visco en ella muy bien andante.

E vós, señor conde Lucanor, si queredes seer bien consejado, parad mientes que este tiempo que habedes de vevir en este mundo, pues sodes çierto quel habedes a dexar e que vós habedes a parar desnuyo dél e non habedes a llevar del mundo sinon las obras que fizierdes, guisat que las fagades tales, porque, cuando deste mundo salierdes, que tengades fecha tal morada en el otro, porque cuando vos echaren deste mundo desnuyo, que fagades buena morada para toda vuestra vida. E sabet que la vida del alma non se cuenta por años, más dura para siempre sin fin; ca el alma es cosa spiritual e non se puede corromper, ante dura e finca para siempre. E sabet que las obras buenas o malas que el homne en este mundo faze, todas las tiene Dios guardadas para dar dellas galardón en el otro mundo, segund sus mereçimientos. E por todas estas razones, conséjovos yo que fagades tales obras en este mundo por que cuando dél hobierdes de salir, falledes buena posada en aquél do habedes a durar para siempre, e que por los estados e honras deste mundo, que son vanas e falleçederas, que non querades perder aquello que es çierto que ha de durar para siempre sin fin. E estas buenas obras fazetlas sin ufana e sin vanagloria, que aunque las vuestras buenas obras sean sabidas, siempre serían encubiertas, pues non las fazedes por ufana nin por vanagloria.

Otrosí, dexat acá tales amigos que los que vós non pudier-des complir en vuestra vida, que lo cumplan ellos a pro de la vuestra alma. Pero seyendo estas cosas guardadas, todo lo que pudierdes fazer por llevar vuestra honra e vuestro estado adelante, tengo que lo debedes fazer e es bien que lo fagades.

El conde tovo este por buen enxiemplo e por buen con-sejo e rogó a Dios quel guisase que lo podiesse assí fazer como Patronio dizía.

E entendiendo don Johan que este enxiemplo era bueno, fízolo escribir en este libro, e fizo estos viessos que dizen assí:

> *Por este mundo falleçedero,*
> *non pierdas el que es duradero.*

E la estoria deste enxiemplo es ésta que se sigue:

Exemplo L

De lo que contesçió a Saladín con una dueña,
mujer de un su vasallo

Fablaba el conde Lucanor un día con Patronio, su consejero, en esta guisa:

—Patronio, bien sé yo çiertamente que vós habedes tal entendimiento que homne de los que son agora en esta tierra non podría dar tan buen recabdo a ninguna cosa quel preguntassen como vós. E por ende, vos ruego que me digades cuál es la mejor cosa que homne puede haber en sí. E esto vos pregunto porque bien entiendo que muchas cosas ha mester el homne para saber acertar en lo mejor e fazerlo, ca por entender homne la cosa e non obrar della bien, non tengo que mejora mucho en su fazienda. E porque las cosas son tantas, querría saber a lo menos una, por que siempre me acordasse della para la guardar.

—Señor conde Lucanor –dixo Patronio–, vós, por vuestra merçed, me loades mucho señaladamente e dizides que yo he muy grant entendimiento. E, señor conde, yo reçelo que vos engañades en esto. E bien cred que non ha cosa en el mundo en que homne tanto nin tan de ligero se engañe como en cognoscer los homnes cuáles son en sí e cuál entendimiento han. E estas son dos cosas: la una, cuál es el homne en sí; la otra, qué entendimiento ha. E para saber cuál es en sí, hase de mostrar en las obras que faze a Dios e al mundo; ca muchos parescen que fazen buenas obras, e non son buenas: que todo el su bien es para este mundo. E creet que esta bondat quel costará muy cara, ca por este bien que dura un día, sufrirá mucho mal sin fin. E otros fazen buenas obras para serviçio de Dios e non cuidan en lo del mundo; e como quier que éstos escogen la mejor parte e la que nunca les será tirada[926] nin la perderán; pero los unos nin los otros non guardan entreamas las carreras, que son lo de Dios e del mundo.

E para las guardar amas, ha mester muy buenas obras e muy grant entendimiento, que tan grand cosa es de fazer esto como meter la mano en el fuego e non sentir la su calentura; pero, ayudándole Dios, e ayudándose el homne, todo se puede fazer; ca ya fueron muchos buenos reis e otros homnes sanctos; pues éstos buenos fueron a Dios e al mundo. Otrosí, para saber quál ha buen entendimiento, ha mester muchas cosas; ca muchos dizen muy buenas palabras e grandes sesos e non fazen sus faziendas tan bien como les complía; mas otros traen muy bien sus faziendas e non saben o non quieren o non pueden dezir tres palabras a derechas. Otros fablan muy bien e fazen muy bien sus faziendas, mas son de malas entençiones, e como quier que obran bien para sí, obran malas obras para las gentes. E destos tales dize la Scriptura[927] que son tales como el loco que tiene la espada en la mano, o como el mal príncipe que ha grant poder.

Mas, para que vós e todos los homnes podades cognosçer cuál es bueno a Dios e al mundo, e cuál es de buen

---

[926] *tirada*: quitada.
[927] Exodo, XXV.

entendimiento e cuál es de buena palabra e cuál es de buena entençión, para lo escoger verdaderamente, conviene que non judguedes a ninguno sinon por las obras que fiziere luengamente, e non poco tiempo, e por como viéredes que mejora o que peora[928] su fazienda, ca en estas dos cosas se paresçe todo lo que desuso es dicho.

E todas estas razones vos dixe agora porque vós loades mucho a mí e al mio entendimiento, e só çierto que, desque a todas estas cosas catáredes, que me non loaredes tanto. E a lo que me preguntastes que vos dixiesse cuál era la mejor cosa que homne podía haber en sí, para saber desto la verdat, querría mucho que sopiésedes lo que contesçió a Saladín[929] con una muy buena dueña, mujer de un caballero, su vasallo.

E el conde le preguntó cómo fuera aquello.

—Señor conde Lucanor –dixo Patronio–, Saladín era soldán de Babilonia e traía consigo siempre muy grand gente; e un día, porque todos non podían posar[930] con él, fue posar a casa de un caballero.

E cuando el caballero vio a su señor, que era tan honrado, en su casa, fízole cuanto serviçio e cuanto plazer pudo, e él e su mujer e sus fijos e sus fijas servíanle cuanto podían. E el Diablo, que siempre se trabaja en que faga el homne lo más desaguisado, puso en el talante de Saladín que olvidasse todo lo que debía guardar e que amasse aquella dueña non como debía.

---

[928] *peora*: empeora.

[929] *Saladín*: ha aparecido en el XXV, es el conocido Yusuf Salah al-din, que dominó Egipto y sucedió a los fatimíes en el califato. Intervino en las luchas con los cruzados de Palestina y gobernó entre 1160 y 1194.

[930] *posar*: alojarse.

E el amor fue tan grande, quel hobo de traer a consejarse con un su mal consejero en qué manera podría complir lo
que él quería. E debedes saber que todos debían rogar a Dios
que guardasse a su señor de querer fazer mal fecho, ca si el
señor lo quiere, çierto seed que nunca menguará quien gelo
conseje e quien lo ayude a lo complir.

E assí contesçió a Saladín, que luego falló quien lo consejó cómo pudiesse complir aquello que quería. E aquel mal
consejero, consejol que enviasse por su marido e quel fiziesse
mucho bien e quel diesse muy grant gente de que fuesse mayoral; e a cabo de algunos días, quel enviasse a alguna tierra lueñe
en su serviçio, e en cuanto el caballero estudiesse allá, que
podría él complir toda su voluntad.

Esto plogó a Saladín, e fízolo assí. E desque el caballero
fue ido en su serviçio, cuidando que iba muy bien andante
e muy amigo de su señor, fuesse Saladín para su casa. Desque la buena dueña sopo que Saladín vinía, porque tanta
merçed había fecho a su marido, reçibiolo muy bien e fízole mucho serviçio e cuanto plazer pudo ella e toda su compaña. Desque la mesa fue alçada e Saladín entró en su
cámara, envió por la dueña. E ella, teniendo que enviaba por
ál, fue a él. E Saladín le dixo que la amaba mucho. E luego
que ella esto oyó, entendiolo muy bien, pero dio a entender
que non entendía aquella razón e díxol quel diesse Dios
buena vida e que gelo gradesçié, ca bien sabié Dios que ella
mucho deseaba la su vida, e que siempre rogaría a Dios por
él, como lo debía fazer, porque era su señor e, señaladamente, por cuanta merçed fazía a su marido e a ella.

Saladín le dixo que, sin todas aquellas razones, la amaba
más que a mujer del mundo. E ella teníagelo en merçed, non
dando a entender que entendía otra razón. ¿Qué vos iré más

alongando? Saladín le hobo a dezir cómo la amaba. Cuando la buena dueña aquello oyó, como era muy buena e de muy buen entendimiento, respondió assí a Saladín:

—Señor, como quier que yo só assaz mujer de pequeña guisa, [931] pero bien sé que el amor non es en poder del homne, ante es el homne en poder del amor. E bien sé yo que si vós tan grand amor me habedes como dezides, que podría ser verdat esto que me vós dezides, pero assí como esto sé bien, assí sé otra cosa: que cuando los homnes, e señaladamente los señores, vos pagades [932] de alguna mujer, dades a entender que feredes cuanto ella quisiere, e desque ella finca mal andante e escarnida, [933] preçiádesla poco e, como es derecho, finca del todo mal. E yo, señor, reçelo que contesçerá assí a mí.

Saladín gelo començó a desfazer [934] prometiéndole quel faría cuanto ella quisiesse porque fincasse muy bien andante. Desque Saladín esto le dixo, respondiol la buena dueña que si él le prometiesse de complir lo que ella le pidría, ante quel fiziesse fuerça nin escarnio, que ella le prometía que, luego que gelo hobiesse complido, faría ella todo lo que él mandasse.

Saladín le dixo que recelaba quel pidría que non le fablasse más en aquel fecho. E ella díxol que non le demandaría esso nin cosa que él muy bien non pudiesse fazer. Saladín gelo prometió. La buena dueña le besó la mano e el pie e díxole que lo que dél quería era quel dixiesse cuál era la mejor cosa que homne podía haber en sí, e que era madre de todas las bondades.

---

[931] *guisa*: entendimiento.
[932] *vos pagades*: encapricháis.
[933] *escarnida*: deshonrada.
[934] *desfazer*: desmentir.

Cuando Saladín esto oyó, començó muy fieramente a cuidar, e non pudo fallar qué respondiesse a la buena dueña. E porquel había prometido que non le faría fuerça nin escarnio fasta quel cumpliesse lo quel había prometido, díxole que quería acordar sobresto. E ella díxole que prometía que en cualquier tiempo que desto le diesse recado, que ella compliría todo lo que él mandasse.

Assí fincó pleito puesto entrellos. E Saladín fuesse para sus gentes; e, como por otra razón, preguntó a todos sus sabios por esto. E unos dizían que la mejor cosa que homne podía haber era seer homne de buena alma. E otros dizían que era verdat para el otro mundo, mas que por seer solamente de buena alma, que non sería muy bueno para este mundo. Otros dizían que lo mejor era seer homne muy leal. Otros dizían que, como quier que seer leal es muy buena cosa, que podría seer leal e seer muy cobarde, o muy escasso,[935] o muy torpe, o mal acostumbrado, e assí que ál había mester, aunque fuesse muy leal. E desta guisa fablaban en todas las cosas, e non podían acertar en lo que Saladín preguntaba.

Desque Saladín non falló qui le dixiesse e diesse recabdo a su pregunta en toda su tierra, traxo consigo dos jubglares, e esto fizo porque mejor pudiesse con éstos andar por el mundo. E desconoçidamente[936] passó la mar, e fue a la corte del Papa, do se ayuntan todos los cristianos. E preguntando por aquella razón, nunca falló quien le diesse recabdo. Dende fue a casa del rey de Francia e a todos los reyes e nunca falló recabdo. E en esto moró tanto tiempo que era ya repentido de lo que había començado.

---

[935] *escasso*: mezquino, ruin.
[936] *desconoçidamente*: de incógnito.

E ya por la dueña non fiziera tanto; mas, porque él era tan buen homne, tenía quel era mengua si dexasse de saber aquello que había començado; ca, sin dubda, el grant homne grant mengua faze si dexa lo que una vez comiença, solamente que el fecho non sea malo o pecado; mas, si por miedo o trabajo lo dexa, non se podría de mengua escusar. E por ende, Saladín non quería dexar de saber aquello por que saliera de su tierra.

E acaesçió que un día, andando por su camino con sus jubglares, que toparon con un escudero que vinía de correr monte[937] e había muerto un ciervo. E el escudero casara poco tiempo había, el había un padre muy viejo que fuera el mejor caballero que hobiera en toda aquella tierra. E por la grant vejez, non veía e non podía salir de su casa, pero había el entendimiento tan bueno e tan complido, que non le menguaba ninguna cosa por la vejez. El escudero, que venía de su caça muy alegre, preguntó aquellos homnes que dónde vinían e qué homnes eran. Ellos le dixeron que eran joglares.

Cuando él esto oyó, plógol ende mucho, e díxoles quél vinía muy alegre de su caça e para complir el alegría, que pues eran ellos muy buenos joglares, que fuessen con él essa noche. E ellos le dixeron que iban a muy grant priessa, que muy grant tiempo había que se partieran de su tierra por saber una cosa e que non podieron fallar della recabdo e que se querían tornar, e que por esso non podían ir con él essa noche.

El escudero les preguntó tanto, fasta quel hobieron a dezir qué cosa era aquello que querían saber. Cuando el escudero esto oyó, díxoles que si su padre non les diesse con-

---

[937] *correr monte*: cazar, montear.

sejo a esto, que non gelo daría homne del mundo, e contóles qué homne era su padre.

Cuando Saladín, a qui el escudero tenía por joglar, oyó esto, plógol ende muncho. E fuéronse con él.

E desque llegaron a casa de su padre, e el escudero le contó cómo vinía mucho alegre porque caçara muy bien e aún, que había mayor alegría porque traía consigo aquellos juglares; e dixo a su padre lo que andaban preguntando, e pidiol por merçed que les dixiesse lo que desto entendía él, ca él les había dicho que, pues non fallaban quien les diesse desto recabdo, que si su padre non gelo diesse, que non fallarían homne que les diesse recabdo.

Cuando el caballero ançiano esto oyó, entendió que aquél que esta pregunta fazía que non era juglar; e dixo a su fijo que, depués que hobiessen comido, que él les daría recabdo a esto que preguntaban.

E el escudero dixo esto a Saladín, que él tenía por joglar, de que fue Saladín mucho alegre, e alongábasele ya mucho porque había de atender[938] fasta que hobiesse comido.

Desque los manteles fueron levantados e los juglares hobieron fecho su mester, díxoles el caballero ançiano quel dixiera su fijo que ellos andaban faziendo una pregunta e que non fallaban homne que les diesse recabdo, e quel dixiessen qué pregunta era aquélla, e él que les diría lo que entendía.

Entonçe, Saladín, que andaba por juglar, díxol que la pregunta era ésta: que cuál era la mejor cosa que homne podía haber en sí, e que era madre e cabeça de todas las bondades.

---

[938] *atender*: esperar.

Cuando el caballero ançiano oyó esta razón, entendiola muy bien; e otrosí, conosçió en la palabra que aquél era Saladín; ca él visquiera muy grand tiempo con él en su casa e reçibiera dél mucho bien e mucha merçed, e díxole:

—Amigo, la primera cosa que vos respondo, dígovos que çierto só que fasta el día de hoy, que nunca tales juglares entraron en mi casa. E sabet que, si yo derecho fiziere, que vos debo cognosçer cuánto bien de vos tomé, pero desto non vos diré agora nada fasta que fable convusco en poridat, porque non sepa ninguno nada de vuestra fazienda. Pero, cuanto a la pregunta que fazedes, vos digo que la mejor cosa que homne puede haber en sí, e que es madre e cabeça de todas las bondades, dígovos que ésta es la vergüença; e por vergüença sufre homne la muerte, que es la más grave cosa que puede seer, e por vergüença dexa homne de fazer todas las cosas que non le paresçen bien, por grand voluntat que haya de las fazer. E assí, en la vergüença han comienço e cabo todas las bondades, e la vergüença es partimiento [939] de todos los malos fechos.

Cuando Saladín esta razón oyó, entendió verdaderamente que era assí como el caballero le dizía. E pues entendió que había fallado recabdo de la pregunta que fazía, hobo ende muy grant plazer e espidiose del caballero e del escudero cuyos huéspedes habían seído. Mas ante que se partiessen de su casa, fabló con él el caballero ançiano, e le dixo cómo lo conosçía que era Saladín, e contol cuánto bien dél había reçebido. E él e su fijo fiziéronle cuanto serviçio pudieron, pero en guisa que non fuesse descubierto.

---

[939] *es partimiento*: supone el alejamiento.

E desque estas cosas fueron passadas, endereçó Saladín para irse para su tierra cuanto más aína pudo. E desque llegó a su tierra, hobieron las gentes con el muy grand plazer e fizieron muy grant alegría por la su venida.

E después que aquellas alegrías fueron passadas, fuesse Saladín para casa de aquella buena dueña quel fiziera aquella pregunta. E desque ella sopo que Saladín vinía a su casa, reçibiol muy bien, e fízol cuanto serviçio pudo.

E depués que Saladín hobo comido e entró en su cámara, envió por la buena dueña. E ella vino a él. E Saladín le dixo cuánto había trabajado por fallar repuesta çierta de la pregunta quel fiziera e que la había fallado, e pues le podía dar repuesta complida, assí comol había prometido, que ella otrosí cumpliesse lo quel prometiera. E ella le dixo quel pidía por merçed quel guardasse lo quel había prometido e quel dixiesse la repuesta a la pregunta quel había fecho, e que si fuesse tal que él mismo entendiesse que la repuesta era complida, que ella muy de grado cumpliría todo lo que había prometido.

Estonçe le dixo Saladín quel plazía desto que ella le dizía, e díxol que la repuesta de la pregunta que ella fiziera, que era ésta: que ella le preguntara cuál era la mejor cosa que homne podía haber en sí e que era madre e cabeça de todas las bondades, quel respondía que la mejor cosa que homne podía haber en sí e que es madre e cabeça de todas las bondades, que ésta es la vergüença.

Cuando la buena dueña esta repuesta oyó, fue muy alegre, e díxol:

—Señor, agora conosco que dezides verdat, e que me habedes complido cuanto me prometiestes. E pídovos por merçed que me digades, assí como rey debe dezir verdat, si cuidades que ha en el mundo mejor homne que vós.

E Saladín le dixo que, como quier que se le fazía vergüença de dezir, pero pues la había a dezir verdat como rey, quel dizía que más cuidaba que era él mejor que los otros, que non que había otro mejor que él.

Cuando la buena dueña esto oyó, dexósse caer en tierra ante los sus pies, e díxol assí, llorando muy fieramente:

—Señor, vós habedes aquí dicho muy grandes dos verdades: la una, que sodes vós el mejor homne del mundo; la otra, que la vergüença es la mejor cosa que el homne puede haber en sí. E señor, pues vós esto conosçedes, e sodes el mejor homne del mundo, pídovos por merçed que querades en vós la mejor cosa del mundo, que es la vergüença, e que hayades vergüença de lo que me dezides.

Cuando Saladín todas estas buenas razones oyó e entendió cómo aquella buena dueña, con la su bondat e con el su buen entendimiento, sopiera aguisar que fuesse él guardado de tan grand yerro, gradesçiolo mucho a Dios. E comoquier que la él amaba ante de otro amor, amola muy más dallí adellante de amor leal e verdadero, cual debe haber el buen señor e leal a todas sus gentes. E señaladamente por la su bondat della, envió por su marido e fízoles tanta honra e tanta merçet por que ellos, e todos los que dellos vinieron, fueron muy bien andantes entre todos sus vezinos.

E todo este bien acaesçió por la bondat daquella buena dueña, e porque ella guisó que fuesse sabido que la vergüença es la mejor cosa que homne puede haber en sí, e que es madre e cabeça de todas las bondades.

E pues vós, señor conde Lucanor, me preguntades cuál es la mejor cosa que homne puede haber en sí, dígovos que es la vergüença: ca la vergüença faze a homne ser esforçado e franco e leal e de buenas costumbres e de buenas maneras, e fazer todos los bienes que faze. Ca bien cred que todas estas cosas faze homne más con vergüença que con talante que haya de lo fazer. E otrosí, por vergüença dexa homne de fazer todas las cosas desaguisadas que da la voluntad al homne de fazer. E por ende, cuán buena cosa es haber el homne vergüença de fazer lo que non debe e dexar de fazer lo que debe, tan mala e tan dañosa e tan fea cosa es el que pierde la vergüença. E debedes saber que yerra muy fieramente el que faze algún fecho vergonçoso e cuida que, pues que lo faze encubiertamente, que non debe haber ende vergüença. E cierto sed que non ha cosa, por encubierta que sea, que tarde o aína non sea sabida. E aunque luego que la cosa vergonçosa se faga, non haya ende vergüença, debrié homne cuidar qué vergüença sería cuando fuere sabido. E aunque desto non tomasse vergüença, débela tomar de sí mismo, que entiende el pleito vergonçoso que faze. E cuando en todo esto non cuidasse, debe entender cuánto sin ventura es (pues sabe que si un moço viesse lo que él faze, que lo dexaría por su vergüença) en non lo dexar nin haber vergüença nin miedo de Dios, que lo vee e lo sabe todo, e es çierto quel dará por ello la pena que meresciere.

Agora, señor conde Lucanor, vos he respondido a esta pregunta que me feziestes e con esta repuesta vos he respondido a çinquenta preguntas que me habedes fecho. E habedes estado en ello tanto tiempo, que só çierto que son ende enojados muchos de vuestras compañas, e señaladamente se enojan ende los que non han muy grand talante de oír nin de aprender las cosas de que se pueden mucho aprovechar. E contésceles como a las bestias que van cargadas de oro, que sienten el peso que llevan a cuestas e non se aprovechan de la pro que ha en ello. E ellos sienten el enojo de lo que oyen e non se aprovechan de las cosas buenas e aprovechosas que oyen. E por ende, vos digo que lo uno por esto, e lo ál por el trabajo que he tomado en las otras respuestas que vos di, que vos non quiero más responder a otras preguntas que vós fagades, que en este enxiemplo e en otro que se sigue adelante deste vos quiero fazer fin a este libro.

El conde tovo éste por muy buen enxiemplo. E cuanto de lo que Patronio dixo que non quería quel feziessen más preguntas, dixo que esto fincasse en cómo se pudiesse fazer.

E porque don Johan tovo este enxiemplo por muy bueno, fízolo escribir en este libro e fizo estos viessos que dizen assí:

> *La vergüença todos los males parte;*
> *por vergüença faze homne bien sin arte.*

E la estoria deste enxiemplo es ésta que se sigue:

Exemplo li

Lo que contesçió a un rey christiano que era muy poderoso e muy soberbioso

Otra vez fablaba el conde Lucanor con Patronio, su consejero, e díxole assí:

—Patronio, muchos homnes me dizen que una de las cosas porque el homne se puede ganar con Dios es por seer homildoso; otros me dizen que los homildosos son menospreçiados de las otras gentes e que son tenidos por homnes de poco esfuerço e de pequeño coraçón, [940] e que el grand señor, quel cumple e le aprovecha ser soberbio. E porque yo sé que ningún homne non entiende mejor que vós lo que debe fazer el grand señor, ruégovos que me consejedes cuál destas dos cosas me es mejor, o qué yo debo más fazer.

—Señor conde Lucanor —dixo Patronio—, para que vós entendades qué es en esto lo mejor e vos más cumple de fazer, mucho me plazería que sopiéssedes lo que conteçió a un rey cristiano que era muy poderoso e muy soberbioso.

El conde le rogó quel dixiesse cómo fuera aquello.

—Señor conde —dixo Patronio—, en una tierra de que me non acuerdo el nombre, había un rey muy mançebo e

---

[940] *poco esfuerço e de pequeño coraçón*: de poco valor y escaso ánimo.

muy rico e muy poderoso, e era muy soberbio a grand maravilla; e a tanto llegó la su soberbia, que una vez, oyendo aquel cántico de sancta María que dize: «Magnificat anima mea dominum», oyó en él un viesso que dize: «Deposuit potentes de sede et exaltavit humiles»[941] que quier decir: «Nuestro señor Dios tiró et abaxó los poderosos soberbios del su poderío e ensalçó los homildosos.» Cuando esto oyó, pesol mucho e mandó por todo su regno que rayessen[942] este viesso de los libros, e que pusiessen en aquel lugar: «Et exaltavit potentes in sede et humiles posuit in natus», que quiere dezir: «Dios ensalçó las siellas de los soberbios poderosos e derribó los homildosos.»

Esto pesó mucho a Dios, e fue muy contrario de lo que dixo sancta María en este cántico mismo; ca desque vio que era madre del fijo de Dios que ella conçibió e parió, seyendo e fincando siempre virgen e sin ningún corrompimiento, e veyendo que era señora de los çielos e de la tierra, dixo de sí misma, alabando la humildat sobre todas las virtudes: «Quia respexit humilitatem ancillae suae, ecce enim ex hoc benedictam me dicent omnes generationes»,[943] que quiere dezir: «Porque cató el mi señor Dios la homildat de mí, que só su sierva, por esta razón me llamarán todas las gentes bienaventurada». E assí fue, que nunca ante nin después, pudo seer ninguna mujer bienaventurada; ca por la bondades, e señaladamente por la su grand homildat, meresçió seer madre de Dios e reina de los çielos e de la tierra e seer Señora puesta sobre todos los coros de los ángeles.

---

[941] San Lucas, I, 46-52.
[942] *rayessen*: tachasen, borrasen.
[943] San Lucas, I, 48.

Mas al rey soberbioso contesçió muy contrario desto: ca un día hobo talante de ir al baño e fue allá muy orgullosamente con su compaña. E porque entró en el baño, hóbose a desnuyar e dexó todos sus paños fuera del baño. E estando él bañándose, envió nuestro señor Dios un ángel al baño, el cual, por la virtud e por la voluntad de Dios, tomó la semejança del rey e salió del baño e vistiose los paños del rey e fuéronse todos con él paral alcáçar. E dexó a la puerta del baño unos pañizuelos muy viles e muy rotos, como destos pobrezuelos que piden a las puertas.

El rey, que fincaba en el baño non sabiendo desto ninguna cosa, cuando entendió que era tiempo para salir del baño, llamó a aquellos camareros e aquellos que estaban con él. E por mucho que los llamó, non respondió ninguno dellos, que eran idos todos, cuidando que iban con el rey. Desque vio que non le respondió ninguno, tomol tan grand saña, que fue muy grand maravilla, e començó a jurar que los faría matar a todos de muy crueles muertes. E teniéndose muy escarnido, salió del baño desnuyo, cuidando que fallaría algunos de sus homnes quel diessen de vestir. E desque llegó do él cuidó fallar algunos de los suyos, e non falló ninguno, començó a catar del un cabo e del otro del baño, e non falló a homne del mundo a qui dezir una palabra.

E andando assí muy coitado, e non sabiendo qué se fazer, vio aquellos pañizuelos viles e rotos que estaban a un rincón e pensó de los vestir e que iría encubiertamente a su casa e que se vengaría muy cruelmente de todos los que tan grand escarnio le habían fecho. E vistiose los paños e fuesse muy encubiertamente al alcáçar, e cuando y llegó, vio estar a la puerta uno de los sus porteros que conosçía muy bien que era su portero, e uno de los que fueran con él al baño, e llamol muy passo [944] e díxol quel abriesse la puerta e le metiesse en su casa muy encubiertamente, porque non entendiesse ninguno que tan envergonçadamente viníа.

El portero tenía muy buena espada al cuello e muy buena maça en la mano e preguntol qué homne era que tales palabras dizía. E el rey le dixo:

—¡Ah, traidor! ¿Non te cumple el escarnio que me fezíste tú e los otros en me dexar solo en el baño e venir tan envergonçado como vengo? ¿Non eres tú fulano, e non me conosçes cómo só yo el rey, vuestro señor, que dexastes en el baño? Ábreme la puerta, ante que venga alguno que me pueda conosçer, e sinon, seguro sei que yo te faré morir mala muerte e muy cruel.

E el portero le dixo:

—¡Homne loco, mesquino!, ¿qué estás diziendo? Ve a buena ventura e non digas más estas locuras, sinon, yo te castigaré bien como a loco, ca el rey, pieça ha que vino del baño, e veniemos todos con él, e ha comido e es echado a dormir, e guárdate que non fagas aquí roído por quel despiertes.

Cuando el rey esto oyó, cuidando que gelo dizía faziéndol escarnio, començó a rabiar de saña e de malenconía, [945] e arremetiose a él, cuidándol tomar por los cabellos. E de que el portero esto vio, non le quiso ferir con la maça, mas diol muy grand colpe con el mango, en guisa quel fizo salir sangre por muchos lugares. De que el rey se sintió ferido e vio que el portero teníe buena espada e buena maça e que él non teníe ninguna cosa con quel pudiesse fazer mal, nin aun para se defender, cuidando que el portero era enloqueçido, e que

---

[944] *muy passo*: en voz baja.
[945] *malenconía*: melancolía.

si más le dixiesse quel mataría por aventura, pensó de ir a casa del su mayordomo e de encobrirse y fasta que fuesse guarido, e después que tomaría vengança de todos aquellos traidores que tan grant escarnio le habían traído.

E desque llegó a casa de su mayordomo, si mal le contesçiera en su casa con el portero, muy peor le acaesció en casa de su mayordomo.

E dende, fuesse lo más encubiertamente que pudo para casa de la reina, su mujer, teniendo çiertamente que todo este mal quel vinía porque aquellas gentes non le conosçían; e tenié sin duda que cuando todo el mundo le desconosçiese, que non lo desconosçería la reina, su mujer. E desque llegó ante ella e le dixo cuánto mal le habían fecho e cómo él era el rey, la reina, reçelando que si el rey, que ella cuidaba que estaba en casa, sopiesse que ella oíe tal cosa, quel pesaría ende, mandol dar muchas palancadas[946] diziéndol quel echassen de casa aquel loco quel dizía aquellas locuras.

El rey, desaventurado, de que se vio tan mal andante, non sopo qué fazer e fuese echar en un hospital muy mal ferido e muy quebrantado, e estudo allí muchos días. E cuando le aquexaba la fambre, iba demandando por las puertas; e diziéndol las gentes, e fiziéndol escarnio, que cómo andaba tan lazdrado seyendo rey de aquella tierra. E tantos homnes le dixieron esto e tantas vezes e en tantos logares, que ya él mismo cuidaba que era loco e que con locura pensaba que era rey de aquella tierra. E desta guisa andudo muy grant tiempo, teniendo todos los quel conosçían que era loco de una locura que contesçió a muchos: que cuidan por sí mismo que son otra cosa o que son en otro estado.

---

[946] *muchas palancadas*: muchos palos.

E estando aquel rey en tan grand mal estado, la bondat e la piedat de Dios, que siempre quiere pro de los pecadores e los acarrea a la manera como se pueden salvar, si por grand su culpa non fuere, obraron en tal guisa, que el cativo[947] del rey, que por su soberbia era caído en tan grant perdimiento e a tan grand abaxamiento, començó a cuidar que este mal quel viniera, que fuera por su pecado e por la grant soberbia que en él había, e, señaladamente, todo que era por el viesso que mandara raer del cántico de sancta María que desuso es dicho, que mudara con grant soberbia e por tan grant locura. E desque esto fue entendiendo, començó a haber tan grant dolor e tan grant repentimiento en su coraçón, que homne del mundo non lo podría dezir por la boca; e era en tal guisa, que mayor dolor e mayor pesar había de los yerros que fiziera contra nuestro Señor, que del regno que había perdido, e vio cuánto mal andante el su cuerpo estaba, e por ende, nunca ál fazía sinon llorar e matarse[948] e pedir merçed a nuestro señor Dios quel perdonasse sus pecados e quel hobiesse merçed al alma. E tan grant dolor había de sus pecados, que solamente nunca se acordó nin puso en su talante de pedir merçed a nuestro señor Dios quel tornasse en su regno nin en su honra; ca todo esto preçiaba él nada, e non cobdiçiaba otra cosa sinon haber perdón de sus pecados e poder salvar el alma.

E bien cred, señor conde, que cuantos fazen romerías e ayunos e limosnas e oraciones o otros bienes cualesquier porque Dios les dé o los guarde o los acresçiente en la salud de los cuerpos o en la honra o en los bienes temporales, yo

---

[947] *cativo*: pobre.
[948] *matarse*: golpearse.

non digo que fazen mal, mas digo que si todas estas cosas fiziessen por haber perdón de todos sus pecados o por haber la gracia de Dios, la cual se gana por buenas obras e buenas entençiones sin hipocrisía e sin infinta, [949] que serié muy mejor, e sin dubda habrién perdón de sus pecados e habrían la gracia de Dios: ca la cosa que Dios más quiere del pecador es el corazón quebrantado e homillado e la entençión buena e derecha.

E por ende, luego que por la merced de Dios el rey se arrepentió de su pecado e Dios vio el su grand repentimiento e la su buena entención, perdonol luego. E porque la voluntad de Dios es tamaña [950] que non se puede medir, non tan solamente perdonó todos sus pecados al rey tan pecador, mas ante le tornó su regno e su honra más complidamente que nunca la hobiera, e fízolo por esta manera:

El ángel que estaba en logar de aquel rey e tenié la su figura llamó un su portero e díxol:

—Dízenme que anda aquí un homne loco que dize que fue rey de aquesta tierra, e dize otras muchas buenas locuras; que te vala Dios, ¿qué homne es o qué cosas dize?

E acaesçió assí por aventura, que el portero era aquél que firiera al rey el día que se demudó [951] cuando salió del baño. E pues el ángel, quél cuidaba ser el rey, gelo preguntaba todo lo quel contesçiera con aquel loco, e contol cómo andaban las gentes riendo e trebejando con él, oyendo las locuras que dizié. E desque esto dixo el portero al rey, mandol quel fuesse llamar e gelo troxiesse. E desque el rey que

---

[949] *infinta*: engaño, fingimiento.
[950] *tamaña*: tan grande.
[951] *demudó*: transformó.

andaba por loco vino ante el ángel que estaba en logar de rey, apartósse con él e díxol:

—Amigo, a mí dizen que vós que dezides que sodes rey desta tierra, e que lo perdiestes, non sé por cuál mala ventura e por qué ocasión. Ruégovos, por la fe que debedes a Dios, que me digades todo como cuidades que es, e que non me encubrades ninguna cosa, e yo vos prometo a buena fe que nunca desto vos venga daño.

Cuando el cuitado del rey que andaba por loco e tan mal andante oyó dezir aquellas cosas aquél que él cuidaba que era rey, non sopo qué responder: ca de una parte hobo miedo que gelo preguntaba por lo sosacar,[952] e si dixiesse que era rey quel mataría e le faría más mal andante de cuanto era, e por ende començó a llorar muy fieramente e díxole, como homne que estaba muy coitado:

—Señor, yo non sé lo que vos responder a esto que me dezides, pero porque entiendo que me sería ya tan buena la muerte como la vida (e sabe Dios que non tengo mientes por cosa de bien nin de honra en este mundo) non vos quiero encobrir ninguna cosa de como lo cuido en mi corazón. Dígovos, señor, que yo veo que só loco, e todas las gentes me tienen por tal e tales obras me fazen que yo por tal manera ando grand tiempo ha en esta tierra. E como quier que alguno errasse, non podría seer si yo loco non fuesse, que todas las gentes, buenos e malos, e grandes e pequeños, e de grand entendimiento e de pequeño, todos me toviessen por loco pero, como quier que yo esto veo e entiendo que es assí, çiertamente la mi entençión e la mi creençia es que yo fui rey desta tierra e que perdí el regno e la gracia de Dios con grand

---

[952] *sosacar*: sonsacar.

derecho por mios pecados, e señaladamente, por la grand soberbia e grand orgullo que en mí había.

E entonce contó con muy grand cuita e con muchas lágrimas, todo lo quel contesçiera, también del viesso que fiziera mudar, como los otros pecados. E pues el ángel, que Dios enviara tomar la su figura e estaba por rey, entendió que se dolía más de los yerros en que cayera que del regno e de la honra que había perdido, díxol por mandado de Dios:

—Amigo, dígovos que dezides en todo muy grand verdat, que vós fuestes rey desta tierra, e nuestro señor Dios tiróvoslo [953] por estas razones mismas que vós dezides, e envió a mí, que só su ángel, que tomasse vuestra figura e estudiesse en vuestro lugar. E porque la piedat de Dios es tan complida, e non quiere del pecador sinon que se arrepienta verdaderamente, este prodigio verdaderamente amostró dos cosas para seer el repentimiento verdadero: la una es que se arrepienta para nunca tornar aquel pecado; e la otra, que sea el repentimiento sin infinta. E porque el nuestro señor Dios entendió que el vuestro repentimiento es tal, havos perdonado, e mandó a mí que vos tornasse en vuestra figura e vos dexasse vuestro regno. E ruégovos e conséjovos yo que entre todos los pecados vos guardedes del pecado de la soberbia; ca sabet que de los pecados en que, segund natura, los homnes caen, que es el que Dios más aborreçe, ca es verdaderamente contra Dios e contra el su poder, e siempre que es muy aparejado para fazer perder el alma. Seed çierto que nunca fue tierra, nin linaje, nin estado, nin persona en que este pecado regnasse, que non fuesse desfecho o muy mal derribado. [954]

---

[953] *tiróvoslo*: os lo quitó.
[954] *mal derribado*: humillado.

Cuando el rey que andaba por loco oyó dezir estas palabras del ángel, dexose caer ante él llorando muy fieramente, e creyó todo lo quel dizía e adorol por reverençia de Dios, cuyo ángel mensajero era, e pidiol merçed que se non partiesse ende fasta que todas las gentes se ayuntassen porque publicasse este tan grand miraglo que nuestro señor Dios fiziera. E el ángel fízolo assí. E desque todos fueron ayuntados, el rey predicó e contó todo el pleito como passara. E el ángel, por voluntat de Dios, paresçió a todos manifiestamente e contóles esso mismo.

Entonçe el rey fizo cuantas emiendas pudo a nuestro señor Dios; e entre las otras cosas, mandó que, por remembrança [955] desto, que en todo su regno para siempre fuesse escripto aquel viesso que él revesara [956] con letras de oro. E oí dezir que hoy en día assí se guarda en aquel regno. E esto acabado, fuese el ángel para nuestro señor Dios quel enviara, e fincó el rey con sus gentes muy alegres e muy bien andantes. E dallí adelante fue el rey muy bueno para serviçio de Dios e pro del pueblo e fizo muchos buenos fechos porque hobo buena fama en este mundo e meresçió haber la gloria del Paraíso, la cual Él nos quiera dar por la su merçed.

E vós, señor conde Lucanor, si queredes haber la gracia de Dios e buena fama del mundo, fazet buenas obras, e sean bien fechas, sin infinta e sin hipocrisía, e entre todas las cosas del mundo vos guardat de soberbia e set homildoso sin beguenería [957] e sin hipocrisía; pero la humildat, sea siempre guardando vuestro estado en guisa que seades homildoso, mas non homillado. E los poderosos soberbios nunca fallen

---

[955] *remembrança*: recuerdo.
[956] *revesara*: volviera del revés, enrevesara.
[957] *beguenería*: falsedad.

en vos humildat con mengua, nin con vençimiento, mas todos los que vos homillaren fallen en vos siempre humildat de vida e de buenas obras complida.

Al conde plogo mucho con este consejo, e rogó a Dios quel endereçasse por quel pudiesse todo esto complir e guardar.

E porque don Johan se pagó mucho además deste enxiemplo, fízolo poner en este libro, e fizo estos viessos que dizen assí:

> *Los derechos homildosos Dios mucho los ensalça,*
> *a los que son soberbios fiérelos peor que maça.*

E la estoria deste enxiemplo es ésta que se sigue.

Actividades en torno a
El Conde Lucanor
(apoyos para la lectura)

1. Estudio y análisis

1.1. Género, relaciones e influencias

El Conde Lucanor es una obra escrita con fines didácticos, como casi todas las obras de don Juan Manuel, aunque en ésta es en la que se puede apreciar mejor el influjo de los dominicos, relación puesta de relieve por la magistral investigadora Mª Rosa Lida de Malkiel. A esta orden, fundada en 1216 por el santo español Santo Domingo de Guzmán (1170-1221), entregó don Juan Manuel el monasterio que fundó en 1318 en Peñafiel.

Esta estrecha relación se ve nítidamente en el *El Conde Lucanor*, pues esta obra recoge gran cantidad de material procedente de colecciones dominicas, ya que estos frailes se dedicaron principalmente a la predicación, de ahí que se les conozca como frailes predicadores. Éstos, para hacer más llevaderos los sermones, recurrieron al *exemplum* para exponer, convencer y explicar a los feligreses materias y conceptos que de otra manera resultarían demasiado arduos y difíciles.

Estos *exempla* (plural de *exemplum*) podía ser cualquier narración, historia, fábula, parábola, relato, cuento, descripción, refrán, anécdota de los orígenes más diversos, desde los libros sagrados, vidas de los santos hasta materiales procedentes de oriente, para los que la península Ibérica actuó como puente transmisor, y que se fueron recogiendo en colecciones conocidas como *exemplarios*, de la que la más conocida es la del dominico Étienne de Bourbon quien reunió, entre 1250 y 1261, una colección de casi tres mil ejemplos.

Sin embargo, en don Juan Manuel la palabra *exemplo* es ambivalente, puede designar todo el capítulo, es decir, todo el marco narrativo y la "historieta" que se incluye como núcleo, según se puede ver en las palabras finales de don Juan Manuel: "E cuando don Johan falló este *exiemplo*, mandolo escribir en este libro" (*Exemplo* II) como a cada una de las historietas que incluye en ellos: "Señor conde Lucanor –dixo Patronio–, mucho me plazería que parásedes mientes a un *exiemplo* de una cosa que acaesçió una vegada con un homne bueno con su fijo" (*Exemplo* II).

Las *historietas* utilizadas por don Juan Manuel proceden de todo tipo de fuentes tanto orientales (III, VII, XIII, XIX, XX, XXI) como dominicas (XIV, XXXI), bíblicas (XXXIV), clásicas (II, V, VI) como de hechos históricos retocados con libérrimo arte por don Juan Manuel (IX, XV, XVI, XLIV) y de otros no se conocen sus fuentes o antecendentes remotos (XVII, XXXVIII, XXXIX o XLVII), y en algunos casos es posible que don Juan Manuel los haya extraído de obras como el *Calila e Dimna*, el *Disciplina clericalis* o el *Barlaam y Josafat*, lo que no quiere decir que se sepa con exactitud de dónde las pudo tomar don Juan Manuel.

1.2. El autor en el texto

La presencia de don Juan Manuel se hace en dos niveles. En uno de ellos aparece como él mismo, en la intervención final que suele comenzar "E porque don Johan... e fizo estos viessos" a lo que suele seguir un pareado en el que se resume la moraleja del exemplo. Es decir, aparece como organizador y juez de los contenidos.

Sin embargo, podríamos ver otra intervención que sería escondido tras el disfraz del Conde Lucanor, quien propone los problemas a Patronio, problemas que en muchos casos parecen recordar algunos de los avatares de su vida, ya que se pueden resumir en tres grandes asuntos: la honra, el estado y la hacienda, o sus problemas con los reyes de Castilla, especialmente con Alfonso XI y la guerra contra el moro.

1.3. Características generales (personajes, argumento, estructura, temas, ideas)

1.3.1. Personajes

En *El Conde Lucanor* hay que distinguir dos tipos de personajes: los que dan unidad a la obra y los que actúan en cada una de las historietas que constituyen el núcleo central del libro.

Los dos personajes básicos son el Conde Lucanor que es quien plantea las preguntas, casi siempre referidas a los problemas propios de un noble, es decir, sobre cómo se debe guardar el honor y la hacienda a la vez que desea salvar su alma, de ahí que las diez últimas preguntas (*exemplos*) traten de resolver problemas espirituales. El otro personaje es Patronio, que es quien da cumplida respuesta a su tutelado. Ambos van ganando en profundidad según progresa la obra y poco a poco se puede ver que el Conde Lucanor va asimilando las enseñanzas de su consejero lo que hace que el conde se convierta, a su vez, en consejero de un noble joven al que debe estar educando. Esto se hace patente a partir del *exemplo* XXI.

Los personajes de cada historieta son complicados de sistematizar ya que en ellos pasa toda la sociedad medieval, los miembros de los tres estados que la constituyen, desde el Papa al más humilde labrador y, al tratarse de Castilla, también aparece el moro, el cual también refleja una sociedad estamental semejante a la cristiana (véase el punto 1.5).

1.3.2. Estructura

Esta obra no solo la componen los cincuenta (y un) *exemplos* que presento aquí, aunque como ha mostrado Alberto Blecua (1980) tuvieron vida y difusión independiente; éstos no son más que la primera parte de un libro que consta de dos a cinco. Para algunos investigadores como Germán Orduna, Alan Deyermond o Reinaldo Ayerbe-Chaux se divide en dos partes: el *Libro de los exemplos del Conde Lucanor e de Patronio*, que son los 51 *exemplos* y el *Libro de los proverbios del conde Lucanor e de Patronio*, el resto de la obra. Los argumentos esgrimidos son que los *exemplos* tuvieron difusión independiente, la existencia de un rasgo paleográfico del ms. S que marcaría una clara frontera entre la colección de *exemplos* y el *Libro de los proverbios* y, por último, que ambas partes se inician con un prólogo independiente. Otros autores como Joaquín Gimeno Casalduero, Fernando Gómez Redondo o Guillermo Serés hablan de tres partes cuyos títulos serían *Libro de los exemplos*, *Libro de los proverbios* y Epílogo y que corresponde cada una de ellas a una fórmula didáctica diferente: *exemplo*, proverbio y exposición doctrinal cuya complejidad intelectual es creciente. En cualquier caso, ya sean dos, tres o cinco partes de las que consta esta obra, la verdad es que la unidad se debe a que están enlazados por los mismos personajes centrales: el Conde Lucanor y Patronio, su consejero.

Por otra parte, hay que hablar de la microestructura de cada uno de los *exemplos*. El mismo don Juan Manuel expone en el prólogo al libro cuál es el procedimiento que va a seguir:

> «...de aquí adelante començaré la manera del libro, en manera de un grand señor que fablaba con un su consejero. E dizían al señor, conde Lucanor, e al consejero, Patronio...»

Cada vez que al conde se le presenta un problema o una duda, se la plantea a su ayo; éste recuerda que se asemeja a lo que sucedió a tal o cual personaje. El conde le interroga "cómo fuera aquello". Patronio relata la "historieta" que es la parte central de cada *exemplo*, y aplica, por semejanza, la enseñanza que de ella se desprende al caso particular de su señor, acompañándola de algunas reflexiones acerca del vicio o de la virtud de que se trata; en este momento concluye la ficción entre el Conde Lucanor y Patronio. En la cuarta y última parte entra don Juan Manuel, lo cual supone el aspecto más novedoso de su obra si la consideramos en el marco de las colecciones de *exemplos*, que viendo que el episodio es muy bueno y aleccionador, compone unos *viessos* que encierran, a manera de moraleja, la enseñanza del *exemplo*, lo cual se puede resumir en el siguiente esquema:

Planteamiento del problema del Conde Lucanor que según Patronio se asemeja a...
CUENTO
Aplicación al Conde por semejanza
Intervención de don Juan Manuel VIESSOS
E la historia deste exemplo...

de manera que en cada *exemplo* se progresa desde lo particular (el caso concreto del conde) hasta lo general (*viessos* finales).

Sin embargo, Gómez Redondo (1987: 42; 1994: 372 y 1998: 1157) establece una estructura tripartita para cada uno de los cincuenta y un exemplos:

I. *Introducción* [nivel de la realidad humana].
   1.1: Presentación de los personajes por el narrador.
   1.2: Exposición de un problema por el Conde Lucanor
   1.3: Asunción del caso por Patronio.
II. *Núcleo* [nivel de la ficción literaria].
   2.1: Presentación.
   2.2: Desarrollo.
   2.3: Desenlace narrativo.
III. *Aplicación* [nivel de la ficción didáctica].
   3.1: Conexión de Patronio con el problema inicial.
   3.2: Solución mostrada por Patronio.
   3.3: Conclusión del narrador.

Estructura muy sugerente por cuanto que el núcleo dejaría de ser lo importante y lo serían los planos I y III, pues en ellos se recogería "la experiencia política y social del autor y se transforma en un conjunto de 'castigos' o consejos" (Gómez Redondo 1998: 1157), por lo que *El Conde Lucanor* encubriría, "de hecho, un manual centrado en la figura del consejero y en el valor que los consejos deben tener por sí mismos" (Gómez Redondo 1998: 1160), por lo que la conclusión a la que llega es que "es más un libro sobre Patronio que sobre el conde Lucanor".

Por muy sugerente que pueda ser esta formulación de Gómez Redondo, la verdad es que la parte más sabrosa, en el decir de algunos autores, son las "historietas", es decir el *núcleo* de Gómez Redondo, pues si se extraen del marco narrativo en que están encerradas, pueden tener vida autónoma por sí mismas, pues su contenido no varía. Éstas no son cuentos como los entendemos hoy día, de ahí que las llame "historietas", porque don Juan Manuel utiliza cuentos, apólogos, parábolas, fábulas, casi todos de gran tradición y raigambre como ha estudiado magistralmente Ayerbe-Chaux (1975).

1.3.3. TEMAS

Los temas de estos *exemplos* son tan variados como el número de ellos, algunas veces con personajes humanos: el desinterés (I), la predestinación (III), el contentarse cada cual con lo que posee (IV, X), el prever los peligros (VI), los daños que puede causar la adulación (V), o las ilusiones desmedidas (VII), el hacer caso de las opiniones ajenas (II, XLVI), la prodigalidad (VIII), la ingratitud (XI), el miedo injustificado (XII), los malos efectos de la avaricia (XIV, XX, XXXII), de la terquedad

(XXVII, XXXV), de la ira (XXXVI), de la codicia (XXXVIII), de la lengua de una mala mujer (XLII), de las supersticiones (XLV), de la envidia (XLVII), de la hipocresía (XL) o de la soberbia (LI). Y también se proponen al hombre, bajo la "melezina con açúcar o miel" de la fábula, una serie de ejemplos dignos de imitar: la paciencia (XV), el honor, que se ha de mantener sobre todas las cosas (XVI, XXXVII, L), la previsión (XXIII), la educación (XXIV), la docilidad de la mujer casada, base de la felicidad conyugal (XXVIII, XXXV), la prontitud en el obrar (XXXI), la aspiración a las cosas grandes que dejan recuerdo imperecedero (XLI), la seguridad del premio al que sirve bien (XLIV), la amistad perfecta (XLVIII), la seguridad de que el Bien y la Verdad vencen siempre al Mal y la Mentira (XXVI, XLIII), y muchos otros.

Todos estos temas no los ha utilizado don Juan Manuel sin un fin determinado. Fernando Gómez Redondo, en consonancia con su sugerencia de que *El Conde Lucanor* es "un manual centrado en la figura del consejero y en el valor que los consejos deben tener por sí mismos" (1998: 1160), ha visto que los cincuenta primeros *exemplos* se pueden agrupar en cinco unidades de progresión que marcan la formación de ese consejero:

"Exemplos" I-X   *Elección del buen consejero.*

"Exemplos" XI-XX   *Examen de las relaciones entre consejero y aconsejado.*

"Exemplos" XXI-XXX   *Transformación del aconsejado en consejero.*

"Exemplos" XXXI-XL   *Definición del "aristrocratismo consiliario".*

"Exemplos" XLI-L   *Configuración espiritual del consejo.*

Al igual que son variados los temas que tratan los diversos *exemplos*, los personajes de ellos son de todos los tipos: el rey, el labriego, el árabe, el mercader, el pobre y el rico, el sabio y el iletrado. Es decir, en los *exemplos* nos encontramos a toda la sociedad. Pero no exclusivamente, ya que muchos los personajes son animales y, a veces, lo que hay es un traslado de la sociedad humana a los animales.

1.4. FORMA Y ESTILO

La manera de escribir de don Juan Manuel es sobria, acumula en la frase la trabazón lógica y la fuerza didáctica; no pretende divertir, como ocurre en el *Libro de buen amor*, sino enseñar, por lo que desarrolla sentimientos y se esmera en preparar las situaciones a las que la narración conduce. Evita en todo momento los ornamentos, pero esto no implica que no haya descripciones; las que hay son de gran sobriedad, pero de gran viveza como queda patente en la de la bajada de don Illán y el deán de Santiago a la cámara donde éste aprenderá (exemplo XI).

A pesar de su didactismo, que es lo que le guía a escribir la mayoría de sus obras, deja que la narración fluya sin intercalar máximas ni discursos sentenciosos, busca que la moraleja se desprenda del relato mismo y sólo la ofrece, de una manera aforística –los *viessos*–, al final de cada *exemplo*, cuando habla el mismo don Juan Manuel.

En esta obra se ve que la clásica división *forma / contenido* no está disociada. La forma está elaborada estilísticamente de tal manera que es el vehículo apropiado para el contenido didáctico y moralizante que desea transmitir.

Sin embargo, el deseo de don Juan Manuel es el de escribir con palabras correctas y apropiadas, elegancia y, sobre todo, claridad y concisión. Éstas dos se pierden en las partes finales de la obra, y lo advierte él mismo cuando nos hace saber que su amigo Juan de Jérica le pidió que escribiese menos claro:

«...me dixo que querría que los mis libros fablassen más oscuro, e me rogó que si algún libro feziesse, que non fuesse tan declarado. E só çierto que esto me dixo porque él es tan sotil e tan de buen entendimiento, e tiene por mengua de sabiduría fablar en las cosas muy llana y declaradamente.»

1.5. COMUNICACIÓN Y SOCIEDAD

La sociedad estamental en la que vivió don Juan Manuel y que refleja en su *Libro de los estados* o en el *Libro del cavallero e del escudero* también se ve en todo su esplendor en *El conde Lucanor*. Esta sociedad se divide en tres estados, y el primero y principal es el de los *oradores*, es decir, los sacerdotes dedicados a la salvación espiritual de la comunidad, a los que siguen los *defensores*, que son los nobles dedicados a la defensa, por medio de las armas, y al gobierno de la comunidad y en último lugar se encuentran los *labradores*, que eran los que la mantenían por medio de su trabajo. Todos ellos están representados en *El conde Lucanor*. En varios *exemplos* aparecen los defensores (I, III, IX, XV, XVI, XX...), en otros los oradores (XIV, XXXI) y en otros los labradores (II, IV, V, VI, XIII, ...).

2. TRABAJOS PARA LA EXPOSICIÓN ORAL Y ESCRITA

2.1. CUESTIONES FUNDAMENTALES SOBRE LA OBRA

–Busque en el *Libro de Buen Amor* de Juan Ruiz, Arcipreste de Hita, algún cuento que tenga en común con *El Conde Lucanor*, compárelos y establezca con qué fin se han utilizado en ambas obras.

–Lea *La doma de la bravía* (*The Taming of the Shrew*) de William Shakespeare y vea qué cuentos tienen en común la obra de Shakespeare y la de don Juan Manuel.

—Sabiendo que en la época de don Juan Manuel la sociedad estaba dividida en tres estamentos –oradores, defensores y labradores– haga un cuadro en el que señale a cuál estamento se refiere cada cuento.

—Busque en *El Conde Lucanor* las ocasiones en las que don Juan Manuel interviene en la obra, no como personaje, sino como autor.

—Localice tres *exemplos* en los que el tema principal sea el de los consejeros.

—Busque los *exemplos* en los que se traten las relaciones matrimoniales.

—Localice los *exemplos* de carácter histórico.

—No todos los *exemplos* constan de una única historieta, algunos de ellos contienen varios. Localícelos y vea cuántas historietas contiene cada uno de ellos.

—¿Por qué usa don Juan Manuel los *exemplos*? ¿Lo explica él en algún lugar de *El conde Lucanor*?

—El siguiente fragmento es de la obra de Antonio Buero Vallejo *Historia de una escalera*:

FERNANDO: Sí. Acabar con todo esto. ¡Ayúdame tú! Escucha: voy a estudiar mucho, ¿sabes? Mucho. Primero me haré delineante. ¡Eso es fácil! En un año… Como para entonces ya ganaré bastante, estudiaré para aparejador. Tres años. ¡Dentro de cuatro años seré un aparejador solicitado por todos los arquitectos! Ganaré mucho dinero. Por entonces tú serás ya mi mujercita, y viviremos en otro barrio, en un pisito limpio y tranquilo. Yo seguiré estudiando. ¿Quién sabe? Puede que para entonces me haga ingeniero. Y como una cosa no es incompatible con la otra, publicaré un libro de poesías, un libro que tendrá mucho éxito…

CARMINA: *(Que le ha escuchado extasiada.)* ¡Qué felices seremos!

FERNANDO: ¡Carmina!

(Se inclina para besarla y da un golpe con el pie a la lechera, que se derrama estrepitosamente. Temblorosos se levantan los dos y miran asombrados la gran mancha blanca en el suelo.)

¿Hay algún *exemplo* de *El Conde Lucanor* que trate el mismo tema?

—En varios *exemplos* don Juan Manuel menciona a algunos de sus parientes. Búsquelos e indique cuál era su relación con ellos.

—Algunos de los *exemplos* presentan una serie de personajes históricos castellanos que son protagonistas o personajes importantes en algunas obras literarias: localícelos e indique en qué otras obras aparecen.

—En *La vida es sueño* de Pedro Calderón de la Barca se encuentran los siguientes versos:

> Cuentan de un sabio que un día
> tan pobre y mísero estaba,
> que solo se sustentaba
> de una yerbas que cogía.
> ¿Habrá otro (entre sí decía)
> más pobre y triste que yo?

Y cuando el rostro volvió,
halló la respuesta, viendo
que iba otro sabio cogiendo
las hojas que él arrojó

Localice el *exemplo* que presenta el mismo asunto.

–Varios *exemplos* tienen como protagonistas los animales. Averigüe qué nombre *técnico* se le da a esas narraciones con seres irracionales; localice algún autor "famoso" que los haya escrito y expóngalo en clase.

2.2. TEMAS PARA EXPOSICIÓN Y DEBATE

–Establezcan un debate sobre el trato que se le da a la mujer a lo largo de *El Conde Lucanor* y vean si sería aceptable en la sociedad actual.

–Comenten, en un debate, la importancia política y literaria que tuvo don Juan Manuel en la Edad Media (su papel en las guerras contra los musulmanes, su relación con Alfonso XI, etc.).

–Una vez que hayan localizado los *exemplos* en los que se presenta el tema del matrimonio, debatan sobre las relaciones matrimoniales a la luz de lo que aparece en *El Conde Lucanor*.

–En cierto momento de *El Conde Lucanor* don Juan Manuel dice que él hizo sus libros "para los legos e de non muy grand saber como lo es él". ¿Qué lengua utilizó para escribirlos y cómo la llama? Discutan sobre el nombre de la lengua en la que escribió don Juan Manuel.

2.3. Motivos para redacciones escritas

–Los puntos sugeridos en los apartados 2.2 y 2.4 son susceptibles de ser presentados como redacciones.

2.4. Sugerencias para trabajos en grupo

–*El Conde Lucanor* no es el único libro medieval castellano que utiliza *exemplos*, hay varios más entre los siglos XIII y XV. Localicen en una enciclopedia, historia de la literatura o diccionario de literatura esas obras y redacten un pequeño ensayo en el que se pongan en evidencia las similitudes y discrepancias entre todos ellos.

–En el prólogo general don Juan Manuel advierte de que los errores que se puedan encontrar en sus obras es muy posible que se deban a los copistas. Averigüe (se puede hacer en un pequeño equipo), con la ayuda de una enciclopedia, cómo se producían los libros antes de la imprenta, haga un breve ensayo y expóngalo en clase.

–La disciplina que se ocupa de la edición de textos, tanto antiguos como medievales, se conoce como *crítica textual* y también como *ecdótica*. En español hay varios manuales que tratan esta disciplina. Localicen alguno de ellos y preparen un ensayo sobre los procedimientos necesarios para preparar la edición de un texto medieval.

2.5. Trabajos interdisciplinares

–¿Qué personajes históricos son protagonistas de *exemplos*? Haciendo uso de una enciclopedia, incluso de Internet, busque información sobre los hechos en los que se vieron implicados.

–Busque en los diccionarios el significado de la palabra *deporte*. ¿Tenía el mismo sentido en la Edad Media que en la actualidad?

–Algunos *exemplos* acontecen en lo que llaman *Ultramar*. Indique cuáles son los personajes históricos principales y busque en una enciclopedia con qué hechos militares están relacionados.

–Con un atlas de la península Ibérica localice las ciudades y lugares íntimamente relacionados con don Juan Manuel que se mencionan en la biografía (pp. 19-24).

2.6. Búsqueda bibliográfica en internet y otros recursos electrónicos

–Don Juan Manuel sentía una pasión desmedida por una actividad deportiva que aparece en varios *exemplos*. Explore esta dirección de internet http://www.fyl.uva.es/~cetreria/ y posteriormente haga una redacción sobre cómo se debía practicar este deporte.

–Relacionado con lo anterior, busque con las palabras *hawking*, *falconry*, *fauconnerie* y establezca si es un deporte popular hoy o no y si está muy difundido en el mundo.

–Utilice la dirección http:\\www.bne.es, que corresponde a la Biblioteca Nacional de Madrid, y haga búsquedas sobre *El Conde Lucanor* y las demás obras de don Juan Manuel.

–Localicen en el libro *Textos y transmisión* (Madrid, Castalia, 2002) los estudios referentes a los libros de *exemplo* escritos en Castilla, y a partir de ellos preparen una bibliografía sobre el *exemplo* medieval. Pueden serles de utilidad el *Manual de bibliografía española*, de José Simón Díaz, (Madrid, Gredos, 1977) y los *Boletines Bibliográficos de la Asociación Hispánica de Literatura Medieval*.

–Haciendo uso de las mismas fuentes bibliográficas anteriores localicen las obras referentes a las historias de cruzados en *Ultramar*.

–Exploren estas dos direcciones:
http:\\www.spanishforyou.com/el_libro_de_los_ejem plos_de_el_c.htm
http:\\www.peoria.k.12.il-us/msmith/lucanor
y vean cómo han enfocado el estudio de *El Conde Lucanor*.

3. COMENTARIO DE TEXTOS

Veamos, en primer lugar, si el *exemplo* elegido, el XXXIII (pp. 215-218) se adecúa al esquema general que he mostrado (véase la p. 324). Tras la presentación del narrador –don Juan Manuel– el Conde Lucanor plantea, a lo largo de todo el párrafo segundo, el problema que le preocupa. En el tercer párrafo Patronio le dice que le conviene saber lo que le ocurrió a un halcón del infante don Manuel y en el cuarto párrafo el conde le pide que se lo cuente. A lo largo de los tres párrafos siguientes le narra el hecho. Tras ello viene la aplicación del caso al Conde, a lo que le sigue una nueva intervención de don Juan Manuel con los *viessos* que sintetizan en un pareado la enseñanza del *exemplo* y, por último, la frase "E la historia deste enxiemplo es...".

Es evidente que este *exemplo* sigue el esquema general: planteamiento - historieta - aplicación - intervención - "E la historia...", aunque hay un ligero intento de complicación al recordar Patronio al conde que el caso del rey Ricardo, que le contó en el *exemplo* III, también se puede aplicar.

Centrémonos en la historieta, que es el núcleo de la ficción literaria. Aparentemente es de carácter familiar: el protagonista es nada más y nada menos que don Manuel, el padre de don Juan Manuel y sucede en el lugar en el que nació: en Escalona; además presenta una acción relacionada con uno de los más importantes y vistosos entretenimientos –deportes– de la Edad Media: la cetrería, es decir, la caza con aves de rapiña o presa.

Sabemos, por varias fuentes que Don Manuel era un extraordinario cazador, en las *Cantigas de Santa María* del rey Alfonso el Sabio, en la 336, nos lo encontramos como protagonista de otra aventura cetrera, esta vez en Sevilla, y el mismo don Juan Manuel, en el *Libro de la Caza* nos cuenta que en una de las posesiones de su padre, en Medellín, había 160 halcones, a los que habría que añadir los que dejó en Sevilla. No es extraño, pues, que su hijo fuese también un gran cazador, hasta el punto de escribir un tratado de cetrería y se alabara de haber introducido algunas mejoras en las pihuelas y caperuzas de los halcones (véase el *exemplo* XLI, "De lo que contesçió a un rey de Córdoba quel dizían Alhaquem") y que el motivo de la cetrería aparezca en otra historieta (véase el *exemplo* XXV, "De lo que contesçió al conde de Provençia..."). Esta afición por la caza, incluso, le sirvió en una ocasión para escapar a un intento de asesinato:

> Las cartas fechas van
> y eran en papel
> que prendiesen a don Johan
> fijo del infante don Manuel

e que luego le matasen
si lo non pudiessen prender
a vida non lo dexassen
por oro nin por haber.
Don Johan que esto oyó
pessole muy fuertemente
de Sevilla se salió
muy encobiertamente
açor en la mano llevaba
como que iba a caçar
e por Córdoba passaba
e en Murçia fue entrar

(*Poema de Alfonso Onceno*, vv. 261-76)

Aunque se nos presenta a don Manuel como el protagonista de la historieta, no es él, en realidad, el auténtico protagonista, sino los animales que desarrollan la acción. En la cetrería hay dos protagonistas: el halcón, en sus diversas variantes (sacre, neblí, baharí, borní, etc.) y la presa, de las cuales la más noble es la garza. El lugar, las riberas de los ríos y llanuras cuando la presa está volando.

Por lo tanto, los protagonistas de la historieta son, pues, un halcón, un águila y una garza. Tengamos en cuenta que el halcón y el águila pertenecen al mismo orden (*falconiformes*) pero el águila, entre las aves, es como el león entre las fieras, la más preciada y la reina; por consiguiente, el halcón es un súbdito.

La garza es, por lo tanto, el enemigo que se ha de abatir, enemigo poderosísimo, puesto que tiene hasta dos metros de envergadura, es decir, de punta a punta de las alas desplegadas, además de un agudo y largo pico y fuertes patas.

El halcón ha sido lanzado contra una garza a quien está a punto de capturar cuando se presenta el águila; por respeto el halcón, como súbdito, se retira, pero no una vez sino tres o cuatro. No obstante, la paciencia que muestra el halcón en estas ocasiones, que se ha retirado ante el águila, su señor, cuando ésta insiste una vez más se encoleriza, remonta el vuelo y se lanza sobre el águila a la que da un fuerte golpe y, malherida, cae al suelo. Tras lo cual el halcón regresa contra la garza y la mata, dando por finalizada su misión.

Obsérvese que si trasladamos la sociedad de los animales a la sociedad humana, a la sociedad estamental de la Edad Media, el halcón es un súbdito cualificado del águila. Si recordamos que el rey durante la Edad Media es vicario de Cristo en la tierra para el gobierno de los hombres y por tanto intangible, resulta que se ha cometido un regicidio que subvierte el orden medieval. Recuérdese, por ejemplo, que el Cid Campeador nunca quiere luchar contra Alfonso VI y una y otra vez repite «contra mío rey Alfons non querría lidiare», como David dice refiriéndose a Saúl: "Hoy te ha puesto en mis manos, y yo no he querido alzar mi mano contra el ungido de Yavé" (I Samuel, 26, 23).

Como he dicho al principio, esta historieta parece una historia familiar, el relato de una anécdota cinegética acontecida al padre de don Juan Manuel. Y acciones de estas son comunes en la naturaleza, pues muchas águilas, y otras rapaces de mayor porte, atacan a los halcones cuando están cazando o una vez que han cazado para robarle la presa. Sin embargo, la realidad es que don Juan Manuel ha tomado un cuento de gran raigambre y que se encuentra desde muy antiguo en obras como el *De natura rerum* de Alejandro Neckam (m. 1217), *Il Novellino* italiano, la *Floresta española* de Melchor de Santa

Cruz de Dueñas, el *Fructus Sanctorum* de Alonso de Villegas e incluso entre los *Dichos y hechos del rey don Felipe II* de Baltasar Porreño. En todas las versiones de este cuento, al regresar el halcón a manos de su dueño (Federico II, una reina de España, Felipe I, Felipe II, el sultán de Persia) es decapitado porque "nadie debe luchar contra su señor". No obstante, nada de esto se produce en esta ocasión, por lo cual parece como si don Juan Manuel aceptara luchar contra su propio rey.

Que don Juan Manuel era muy noble y que se consideraba a sí mismo tan honrado como los mismos reyes nos lo demuestra su conversación con Sancho IV en Madrid. Que don Juan Manuel se enfrentó a Fernando IV, María de Molina y sobre todo a Alfonso XI es notorio, ambos monarcas intentaron asesinarlo en alguna ocasión, pero que llegase incluso a pensar en matar al propio rey, según este cuento, rompiendo la tradición del mismo y subvirtiendo el orden político y religioso medieval parece excesivo. Podríamos identificar los protagonistas de la siguiente manera:

Alfonso XI = el águila real.
Don Juan Manuel = el halcón.
Los moros = la garza.

Un autor del siglo siguiente, Alfonso Álvarez Villasandino, en un poema recogido en el *Cancionero* conservado en la Biblioteca de la Real Academia de la Historia, presenta un debate político en verso (fols. 455v-465v) en el que se puede comprobar que la identificación águila = rey y halcones = súbditos era una imagen conocida y posible, pues en ese debate el rey Juan II está representado por un águila y Álvaro de Luna, el favorito real, por lo tanto un súbdito cualificado, por un halcón sacre.

De forma, pues, que don Juan Manuel nos plantea un caso vital para él en un momento de odio contra el rey, y lo resuelve de forma práctica y egoísta para su personalidad, con un sofisma: es preferible luchar y expulsar a los moros a mantenerse en la obediencia al rey que no hace más que estorbar esta lucha preferente.

Así pues, el cuento es una ejemplificación de las luchas nobiliarias y contra el poder real que don Juan Manuel mantuvo con Alfonso XI, pero que no resuelve por la vía de la legalidad sino por la de su soberbia nobiliaria. Sin duda, este aspecto se debe a la afrenta que Alfonso XI le hizo a don Juan Manuel cuando, habiendo prometido casarse con doña Constanza, hija de don Juan Manuel, la recluye en Toro (Zamora) y se casa con una infanta portuguesa, lo cual tuvo que producir en el orgullosísimo don Juan Manuel un tremendo odio, que guardó durante varios años y le llevó a desnaturarse, salirse del reino, en dos ocasiones.

Toda la historieta está narrada en tercera persona, pero con una rapidez expresiva que permite sentir el raudo vuelo de las aves que lo protagonizan.

Hay cuatro párrafos. El segundo, con frases breves, nos muestra la sorpresa y retirada del halcón ante la presencia del águila. El tercero cuenta la reiteración del mismo hecho que, psicológicamente, va acumulando en el halcón un cierto malestar porque fueron "tres o cuatro vezes" las que el águila regresa, no para beneficiarse de la caza de la garza sino para molestar e impedir que el halcón no solo no mate a la garza sino que parece que el águila lo que quiere –según interesadamente expresa el cuento– es matar al halcón, dejando incólume a la garza.

El cuarto y último párrafo podemos dividirlo en dos aspectos:

1. El halcón enfadado hace huir al águila y

2. cuando ésta torna, el odio, la soberbia y la ira del halcón se precipitan velozmente y hiere de muerte al águila.

Obsérvese que las tres acciones –subir, caer y quebrantar ("subió otra vez sobre el águila e dexose venir a ella e diol tan grant colpe, quel quebrantó el ala")– están expresadas con una rapidez extremada a pesar de las conjunciones *e*.

Esa rapidez es aún más significativa en la frase siguiente: "E desque ella vino caer, el ala quebrantada, tornó el falcón a la garça e matola", en la que el regreso del halcón a la garza y la muerte son casi simultáneas, en contraste con la demora expresiva del segundo párrafo ("tornó a la garça e començó a andar muy bien con ella por la matar") en el que se ve la persecución ascendente del halcón tras la garza, que para huir del halcón trata de obtener cada vez más altura.

Así que hay una gradación de las acciones que se expresan lingüísticamente en el segundo párrafo por medio de tiempos perfectos: *lançó, dexó, vió, tornó*. En el tercero la abundancia de imperfectos: *iba, tornaba, vinía* que indican la repetición de las acciones, mientras que en el cuarto la mezcla de ambos tiempos, imperfectos y perfectos, nos lleva a la conclusión: *dexose, diol, quebrantó* que es el resumen fatal de las situaciones anteriores.

En definitiva, lo que hace en esta historieta es una presentación lógica y ordenada de los hechos, no hay ninguna incongruencia, ni siquiera en lo referente al ataque del águila, que es un hecho comprobado en la naturaleza.

Don Juan Manuel quiere ser eminentemente claro y

breve. Así, cuando dice de forma antitética "cada que el águila se iba, luego el falcón tornaba a la garça; e cada que el falcón tornaba a la garça, luego vinía el aguila por le matar", nos indica, con rapidez y sencillez, las múltiples acciones condensadas. Algo semejante ocurre al final, cuando extrae la conclusión de porqué lo hizo "e esto fizo porque tenía que la su caça non la debía dexar, luego que fuesse desembargado de aquella águila que gela embargaba", a pesar del levísimo políptoton *desembargaba / embargaba*.

El vocabulario es sencillísimo, las palabras son corrientes, a pesar de narrar un hecho que tiene una técnica refinada y un vocabulario técnico muy específico; la sintaxis es sencilla, abundan las oraciones con *e* aunque no todas sean copulativas. En "e cada quel falcón tornaba a la garça" el *e* puede ser una causal *porque*. Posiblemente pesan todavía sobre don Juan Manuel los valores polisémicos de la conjunción *e* en la prosa arabizante de Alfonso X.

Índice de contenidos